JN109943
TAIMANIN
アクション対魔忍
乱れ堕ちる熟くノ一
原作 Black Lilith 小説 新居佑 挿絵 えれ2エアロ

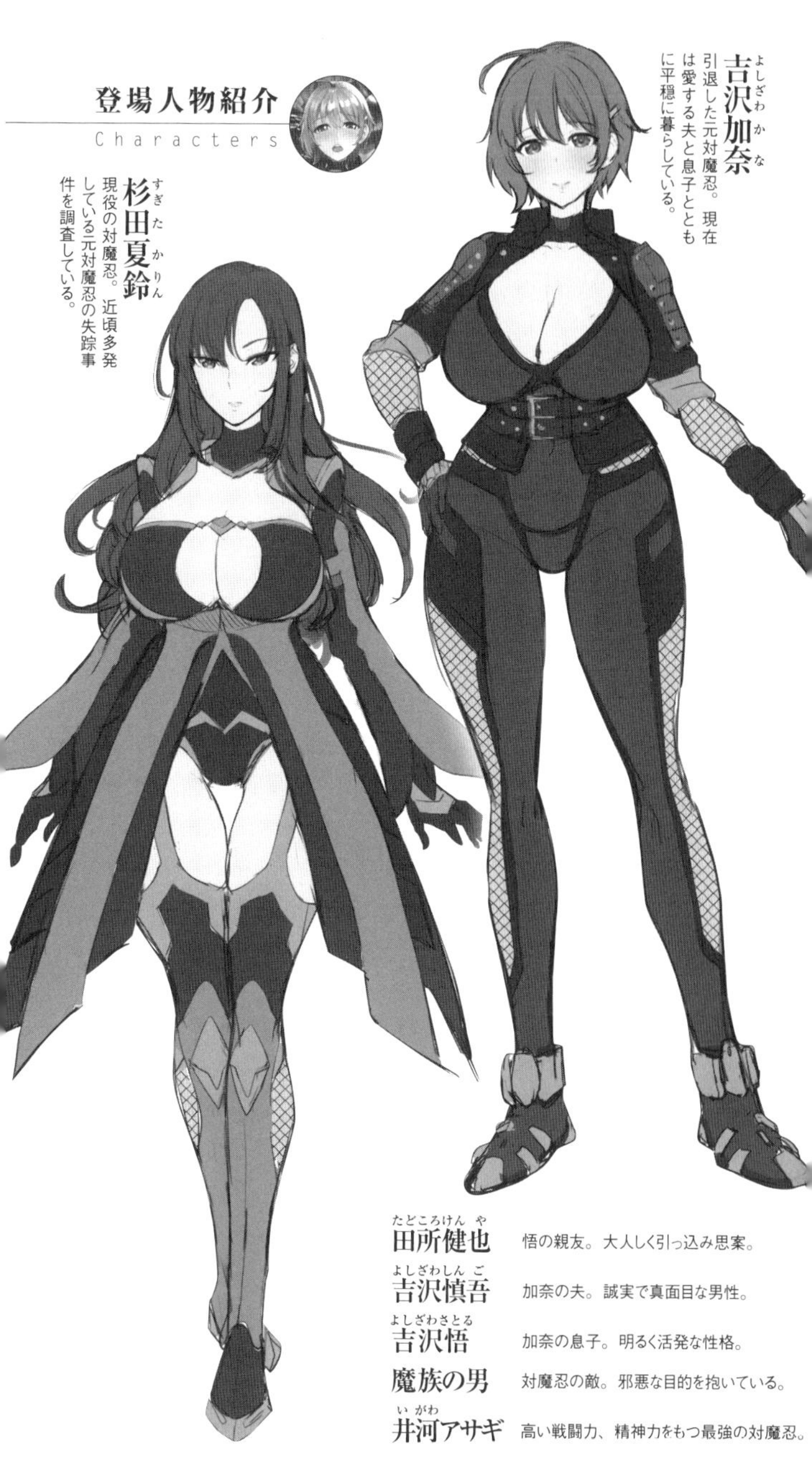
登場人物紹介
Characters
吉沢加奈
引退した元対魔忍。現在は愛する夫と息子とともに平穏に暮らしている。
杉田夏鈴
現役の対魔忍。近頃多発している元対魔忍の失踪事件を調査している。
田所健也　悟の親友。大人しく引っ込み思案。
吉沢慎吾　加奈の夫。誠実で真面目な男性。
吉沢悟　加奈の息子。明るく活発な性格。
魔族の男　対魔忍の敵。邪悪な目的を抱いている。
井河アサギ　高い戦闘力、精神力をもつ最強の対魔忍。

第一話　狙われた引退対魔忍　非道の肉体調教

闇の存在・魑魅魍魎(ちみもうりょう)が跋扈(ばっこ)する近未来・日本。

人魔の間で太古より守られてきた「互いに不干渉」という暗黙のルールは、人が外道に堕してからは綻びを見せはじめ、人魔結託した犯罪組織や企業が暗躍、時代は混沌へと凋落していった。

しかし正道を歩まんとする人々も無力ではない。

時の政府は人の身で『魔』に対抗できる〝忍のもの〟たちからなる集団を組織し、人魔外道の悪に対抗したのだ。

人は彼らを〝対魔忍(たいまにん)〟と呼んだ――――。


だが対魔忍とはいえ、一人の人間である。

恋をし、誰かを愛し、そしてその人と結ばれ、子供を作りたい、そんな欲求を忍ばせておくことはできない。

対魔忍を引退し、今は平穏な日常を送る者は大勢いた。

だが、対魔忍であった業を消し去ることはできない。

現役時代に戦ってきた〝魔の存在〟は、引退した対魔忍たちを、捨て置くことは決してないのだ――。

季節は真夏を迎えた7月下旬。

首都圏にある、閑静な新興住宅地。

そこに建てられた新築の一軒家。

「悟(さとる)、いつまで寝てるの～～っ。早く起きて。ご飯、冷めちゃうわよ～～～～」

一階のダイニングキッチンから、二階の子供部屋に向けて、よく通った、それでいて美しく、ほんのりとした色香を感じる女性の声が発せられる。

声の主の名前は、吉沢加奈(よしざわかな)。

忙しそうな朝にも崩れない、整った面立ちには、優しそうな瞳を携えている。さらさらのショートヘアと相まって、その笑顔だけで、部屋の雰囲気が明るくなりそうな美貌(びぼう)の持ち主だ。

スタイルもまた抜群であり、一児の母とは思えない、キュッとした腰のくびれや、スラリとした脚。

なによりボインッ！　と音が聞こえてきそうなほどの爆乳は、形も張りも若い時のままで、ツンッと生意気そうに上を向いた乳首などは、魅惑的な卑猥(ひわい)ささえ漂わせている。

その美ボディを包むのは、Tシャツにホットパンツという、非常にラフな格好。そこから覗く、年齢とともにムチムチ感を増していっている女肉は、しゃぶりつきたくなるほどの張りと艶に溢れている。

　加奈は元対魔忍であり、今は引退して、この町、この家で、一人の主婦として、愛する家族とともに暮らしている。

　加奈の声が聞こえたのかどうか。それから数分たってから、寝惚けまなこを擦りながら、加奈と、夫である慎吾の一人息子の悟が、のそのそとリビングに現れる。

「ふぁぁ～～、おはよう、ママ。今、何時～～～？」

「もう、８時すぎよ。悟、昨日、夜中までゲームしてたでしょ？　夏休みだからって、あんまりだらけちゃダメよ」

「へへっ、ママ、ごめんごめんっ。この前、買ってもらった〝妖怪テレビ〟の新作ゲーム、ほんとおもしろくってさ。なかなかやめられなくって……」

「はは、パパは疲れて先に寝ちゃったよ。あの後、一人でまだ頑張ってたのか。なかなかやるな、悟」

　息子の悟は、快活そうな見た目そのままに、元気が取り柄な性格だ。子供らしくテレビゲームも好きだが、運動も得意なうえ、その明るい性格から、友達も多く、仲間想いでリーダーシップもある。

　夫の慎吾は、見た目通りの優しい穏やかな性格で、職業は一般的なサラリーマンだ。

　加奈とは友人の紹介で知り合い、そのまま結婚。

　専業主婦の加奈にばかり、家事を任せず、こうして子供の相手もしてくれる、加奈にとって最愛の夫なのだ。

そして二人は、加奈が対魔忍であったこと……。そもそも対魔忍というものの存在すら知らない。

加奈も一線から身を引いたこともあり、そのことを打ち明ける必要はないと感じている。

ごく普通の、ありふれた幸せな家庭。それが吉沢家の日常だ。

「ちょっ、あなたっ。そこは褒めるところじゃないでしょ？　まぁ、好きなことに集中できるのは、いいところだと思うけど……」

「だろ？　僕じゃないな。きっと加奈に似たんだよ。よかったなぁ、悟。ママがすごい人で」

「うん、ありがとう、ママっ！」

「あらそう……って、二人して私を丸め込もうとして、もうっ。だから慎吾さんも寝坊したのね!?　まったく、親子そろって調子がいいんだから」

言った加奈の口調は、やや厳しかったが、そこに込められた感情は、決して怒りのものではなかった。

むしろ、それは差しこむ夏の朝の陽ざしのように、晴れやかで、どこか清々しいものだ。

「悟、起きたんなら、早く顔を洗って、着替えてきなさい。早くしないと……」

ピンポーン。

加奈の言葉に覆いかぶさるように、玄関からチャイム音が響く。

「っと、言ってるそばから。は～～い。……悟、早く着替えて。ご飯食べてっ」

「う、んん……わかったよ～～～」

「ほらほら、しゃきっとしてっ！　……は～い、今行くわね～～」

加奈は、まだ眠そうな顔をしている悟に声をかけると、急いで玄関へと向かい、ドアの鍵を開ける。

そこに立っていたのは、加奈がよく知り、そして心を許している人物だ。

「お、おはようございます、オバさん」

「おはよう、健也(けんや)君」

ニコリと笑って、どこか気弱そうな目の前の少年……健也に、極上の笑みを送る加奈。

健也は悟の学校での友達であり、今日は朝から、悟と遊ぶ約束をしていたのだ。

身長は悟より、わずかに低く、前髪をきれいに整え、服装も小ぎれいで、いかにも優等生といったいで立ちだ。

その見かけ通り、性格もおとなしく、引っ込み思案で、ともすればいじめられっ子にでもなりそうな、優しく、どこか頼りない健也。

それがなぜか、ガキ大将気質の悟とウマがあうらしく、学校はもとより、家でゲームをするのも、外で身体を動かすのも、悟といつも一緒で、悟にとって最もよき友人であるように、加奈には思えた。

「おっ、きたきた、健也っ。早く上がれよ。頼みがあるんだ、このサラダ……ちょっと代わりに食べてくれない？　いや〜、こればっかりは苦手でさぁ」

「え、う……うん、いいけど……」

キッチンからの悟の呼びかけに、健也はいそいそと家へと上がり、悟が座るテーブルの方へと向かう。

そこには、ワンプレートに用意された悟の朝食があり、盛られていたトーストとウインナーの食べ跡、そして野菜たっぷりのサラダだけが、きれいに手付かずで残っていた。

「パパが庭で育てた野菜で、ママの手作りなんだよ。だから味は保証するぜ。ほらほら、健也ぁ。食べた食べたっ！」

「え、あ……お、オバさんの手作り!?　い、いいの？」

「あったり前じゃんっ！　僕たち友達だろ!?　親友だろぉ？　な、頼むよ。あ、けどママには内緒で……」

「サアトォオルゥゥ〜〜！」

「ひ、ひぃぃいいっっっ！」

頼まれたら断れない気質の健也に、自分が嫌いな野菜たっぷりのサラダを食べさせようとする悟。

わが息子ながら、呆れた不正行為に、加奈は、その整った顔の眉を吊り上げ、子育てに厳格な母らしい形相をしてみせる。

「ズルをしないのっ！　きちんと全部食べなきゃ、遊びに行かせないわよ、いい？　わかった？」

「は、はいっっ！　わかったっ。わかったよ～～っ。ったく、ニコニコしてたと思ったら、すぐ鬼婆になるんだからさぁ」

「へぇぇぇぇっ、だ～れが鬼ですってェェェ？」

「う、うわっっ。け、健也……悪いけど、ちょっと待っててな。なるべく早く片付けるから」

「う、うん。わかったよ。悟君も頑張って。オバさんの手作りなんだから、絶対においしいよっ」

「お、おうっっ。そ、そうだよな……うあ、なんで世の中に野菜なんてものがあるかなぁ～」

悟は見るからに嫌そうな顔を浮かべながら、それでも、健也に後押しされる形で、どうにかサラダを飲み込んでいく。

「まったく。油断も隙もないんだから……ふふ」

加奈は、息子の好き嫌いに呆れながら、それでも、なんとかして食べようとする悟の姿に、母親としての小さな、しかし確かな幸せを感じていた。

すでに表情は穏やかなものに戻り、口元には柔和な笑みが自然と作られる。

「はは、悟、頑張れ。健也君、悟と仲良くしてやってくれな。……よし、じゃあそろそろ仕事の時間だ。行ってくるよ、加奈……」

「ええ、行ってらっしゃい、慎吾さん。……ん、チュッ」

悟の慌ただしい世話に一息ついたのもつかの間、今度は、スーツ姿の慎吾が出勤するのを、玄関で甲斐甲斐しく見送る加奈。

そして、二人はほんのわずか恥ずかしそうに視線を合わせ、まるで新婚夫婦のように、お出かけのキスを交わした。

それは結婚した時から……もっと前の付き合っていた頃から続く、毎日、毎朝の二人の決まり事だ。

悟が成長し、最近はそちらに意識や時間を取られるようになっても、この一瞬だけはずっと変わらない。

時間にすれば、ほんの一秒か二秒……。

どちらかといえば奥手で、穏やかな性格の慎吾とのキスは、ドラマで見るような、濃厚で情熱的なキスではない。

だが互いの唇と唇がしっかりと触れ合い、そこから伝わる慎吾の愛情に、加奈は確かな女としての幸せと満足感を、毎朝覚えていた。

「じゃあね、加奈」

「はい、慎吾さん。気を付けてね」

加奈たち家族のため、会社へと向かう慎吾の背中を見送りながら、加奈は唇に残った慎吾の夫としての熱の余韻に、恋する乙女のような表情で浸る。

だが、今この場にいるのは、家族である慎吾や悟だけではないということを、思わず加奈は失念してしまっていた。

「あ、その、え……と……」

「っっっっ、け、健也君っ⁉」

気配を感じて振り向けば、玄関には、恥ずかしそうに顔を赤く染め、瞳を左右にオロオロさせている健也の姿があった。

男女の深い関係がわかる年頃……とさえ、まだいえない年齢の少年には、友達の両親のキスを目撃するなど、気まずいことこのうえないもののはずだ。

そして加奈自身も、息子の同級生に、そんなところを見られた、見せてしまった恥ずかしさに、反射的に頬をはっきりと赤くさせてしまう。

(ど、どうしよう⁉　私ったら、なんてところを健也君に⁉　と、年上の私がなにかフォローしなくちゃ……え、と、ええっとっ)

健也がもう少し大人の年齢であったなら……、もしくは悟のように明るく、どこかさっぱりとした性格であったなら、上手いフォローの言葉が浮かんだかもしれない。

しかし健也は、繊細な雰囲気を醸し出しており、不用意な行動は、幼く純粋な彼の心を強く傷つけてしまいかねない。

(い、いっそ気を失わせて、秘伝の薬で一時的に健也君の記憶を……っ。って、ああ、私ったら、なんてことを……っ。もう対魔忍は引退したっていうのに……。ああ、でもどう

したらいいの……っ⁉）

　健也を傷つけまいとする思考が、逆にとんでもないことを閃かせてしまう。

　見れば健也は、こちら以上に顔を赤らめ、所在なさげにモジモジとしながら、加奈から視線を外し、時折、チラチラと恥ずかしそうに目を向けてくる。

　その初心な反応が、愛情ある夫婦のお出かけのキスを、どこか背徳的なものに昇華させ、加奈の思考を、さらに惑わせてくる。

（ま、まずいわ…）

　互いに、もうどうしようもなくなった、そのとき。

「おしっ、ごちそうさまっ！　ママ、サラダ食べ終わったから、遊びに行ってくるね！　昼はみんなで食べて、夕方には帰ってくるからっ！　……って、健也、なにやってんだよ⁉　ん、顔が赤いけど……ママも⁉　なに、二人とも夏風邪かよぉ」

　文字通り、親子ほど年の離れた二人の気まずい沈黙を打ち破ってくれたのは、事情を知らない悟の無邪気で明るい声だった。

「えっ、ち……ちがうわよっ。ちょっと外が暑くて……。ね、健也君？」

「は、はいっ。そ、そうだよ。うんっ」

　偶然出された、悟からの助け舟。

　少し厳しい言い訳かとも思ったが、悟もまだ子供だ。しかも友達想いではあるが、そこまで他人の機微、特にこういったセンシティブな問題に敏感ではない。

わずかに訝しむような表情を見せたが、ものの数秒もたたないうちに、ニカッと笑い、玄関にかけてある、スポーティな帽子を二つ手に取って、朗らかに言う。

「ふ～～ん、天気予報でも言ってたし、やっぱ暑いのか……じゃ、帽子でもかぶっていこうかな。健也も僕の貸してやるよ。……それじゃ、ママ、行ってきま～～すっ！」

「い、行ってきます、オバさん……っ」

健也はまだ少しオドオドしていたが、彼も悟の助け舟がありがたかったようで、すぐに口ぶりを合わせると、何事もなかったかのように、悟とともに駆け出して行った。

「え、ええっ。いってらっしゃい二人ともっ。気を付けるのよ～～っ」

「は～～～いっ！　よっしゃ、健也、今日はまずみんなでゲームして、それから公園でサッカーしようぜっ」

「う、うん……っ。そうだね」

日よけ用の帽子をかぶり、元気よく話しかけてくる悟に頷きながら、健也が加奈に向けて、軽く会釈をする。

その顔は、まだほんのわずか羞恥の赤が残っており、健也に対する、ズキンッとした、わずかな背徳心を再び覚えさせた。

時間は流れて、正午すぎ。

加奈は、洗濯物の片付けや部屋の掃除などをテキパキとこなした後、息抜きにとリビングに据えられたソファに腰を下ろし、テレビのニュース番組を流しっぱなしにしながら、今朝のことを思い出していた。

「はぁ～～、失敗しちゃったなぁ。まさか慎吾さんとのキスに夢中で、健也君の視線に気づかないなんて……。昔はこんなことなかったけど……」

慎吾と結婚する前……まだ加奈が現役の対魔忍であったときは、周りのどんな些細な気配も見逃すことはなかったし、ほんのわずかな隙を作ることもなかった。

対魔忍の宿敵である、魔族、そして魔の力に染まった者たちは、常に様々な卑劣な手を講じて、対魔忍を貶めようとしているのだ。

しかし今は……。

（対魔忍だった頃は、いつも私の隣には血と戦いがあった、……けど今は、隣には慎吾さんがいて、悟がいて……。本当に幸せな時間が傍にある。そう、これが私の選んだ幸せ。でも私、幸せの中で、ちょっと気を抜いていた部分があったのかも……。ん～、体型の方は、維持してるつもりなんだけどなぁ）

対魔忍を引退したことに未練がないわけではない。

他人の、そして世界の平穏な日常のために、悪を倒す……。

代々受け継いできた忍びとしての宿命と責任には、強い誇りと、陰ながら人の役に立っているという確かな充実感があった。

けれど今、加奈が覚えている、家族を大事にしたいと心から思える幸せは、それとはまったく別の幸福感だ。

自分が選んだ道に、後悔などない。

妻として、母親としての幸せを与えてくれる慎吾や悟には、強い感謝と愛情を忘れたことはない。だからこそ――。

(対魔忍だったときほどってわけでなくても、もう少し気を張った方がいいのかもね。なにより、健也君に悪いことしちゃったし、慎吾さんや悟にだって、変な誤解は与えたくないし……)

対魔忍としてではなく、一人の主婦として――家族の、そして家族を慕ってくれる人の気分を害したくはない。

そのためには、自分や過去を卑下することなく、今ある幸せのために、もう一度心身ともに活を入れる必要がある。

「よしっ、それじゃ気合を入れて、まずは部屋の隅々まで掃除しますかっ。どうせ悟は泥だらけで帰ってくるんだし、それまでにきちんとしておかないとっ」

加奈がそう言って、気持ちを新たにしようとしたときのことだ。

『……この数日、関東一円で続いている、女性の失踪事件のニュースの続報です』

テレビから流れてくるのは、この一ヶ月あまりで立て続けに起きている、女性失踪事件についてだ。

ここ数日、芸能人や政治家のスキャンダルばかり流れていて、続報が伝わってこなかった事件だが、どうやらなにか進展があったらしい。

　モニターには、さらに新しい被害者が出ていることと、これまでの被害者の顔写真の一覧とともに、これらの女性に大きな関連性は見られない、という警察のコメントを伝えている。

「へぇ、この事件、まだ犯人が捕まっていないのね。被害者は女性ばかりだけど、悟にも注意するよう言っておかないと……えっっ、そ……そんな……っっ⁉」

　だが、ふとその女性たちの顔写真、そしてその欄外に記された名前を見た加奈は、まるで心臓が飛び出るほどの衝撃に見舞われた。

　モニターに映る女性たち数人の顔……、みな加奈と近い年で、美しく、凛々しさを秘めたものばかりだ。その顔、そして名前のすべてに、加奈は確かに見覚えがあった。

「香苗（かなえ）……静（しずか）、涼子（りょうこ）まで……っっ！　彼女たち、みんな引退した対魔忍じゃないのっ！」

　思わず声を荒らげ、ソファからバッと立ち上がってしまった加奈。

（間違いない。彼女たちは、みんな私が知っている対魔忍だわ。時期は違うけれど、みんなそれぞれの事情で対魔忍を引退したはず……。これは、何者かが元対魔忍を……。私たちを狙っているというの⁉）

　さっきまで過去のことだと思っていた〝対魔忍〟という事象が、数年ぶりに、とてつもない現実感をもって、加奈の心を黒い霧で包み込んでいく。

　テレビをじっと見つめていたが、それ以上の情報はなく、すぐ別のニュースに切り替わってしまった。

だが加奈は、そのあまりに突然のことに、茫然と立ちすくんでしまう。

(現役対魔忍への人質……!? いえ、それなら、こんなに複数を、こんな目立つ形でさらうはずがない。それに対魔忍は、今や政府の組織。毎年、毎回、毎日のようにセキュリティは変更、強化されていたし、私たちから得られる情報なんて、たかが知れているはず、なのになぜ……っ!?)

事件を分析していくうちに、加奈の想像を超えた魔の手が、引退した対魔忍たちに迫っているという、不吉な予感が冷たく背筋を流れた。

(でもニュースになるほどなんだし、現役の対魔忍たちが気づいていないはずはないわ。人に仇なす魔を誅するのが対魔忍の役目。引退した私がどうこうするより、本部に任せておいた方が安心……よね)

総隊長・井河アサギを筆頭とする、現在の対魔忍組織は、決して魔族たちやその一派に、後れを取るものではない。

だが、現に見知った元対魔忍の行方が知れないという情報を聞くと、つい心が急いてしまう。

加奈は、リビングを出て、二階にある慎吾との寝室へと入る。

そこに……慎吾や悟、そして忍びの技術を知らない一般人には、決して見つからない場所に隠した、対魔忍時代の武器である、短刀を取り出した。

（なにかのためにと、隠しておいたけど、まさかまた目にすることになるなんて……）

アサギたち、本部のことは信頼している。

だが同時に、今の加奈の命や人生は、加奈ひとりだけのものではないのだ。

（私が失踪してしまったら、慎吾さん、それに悟はどうなるの？　いいえ、それだけじゃない。引退した対魔忍がターゲットになっているということは、その周りの人々も襲われる危険があるということ……っ）

使わないのであれば、その方がいい。取り越し苦労であれば、それが一番だ。

しかし、加奈には守る者がいる。守りたい家族のためには、研鑽した力を行使する、妻、そして母親としての覚悟がある。

「慎吾さん、悟……。私のせいで、迷惑をかけるかもしれない……。ごめんなさい、けど……っ。……私が、みんなを絶対に守ってみせるわっ！」

加奈は湧き上がる強い想いを、忍ばせた愛刀に込める。

（でも、だからといって、変に気を張って、慎吾さんたちにストレスをかけてもいけないわ。いつも通り、いつも通り……。そう、これは潜入任務の延長よ。普通に……そして一瞬で切り替える。そうよね、加奈っ）

主婦であると同時に、忍びの技を使う手練れの戦士でもある。その気持ちを自在にコントロールする。

「って、あれ？　もうこんな時間!?　ああ、まだお風呂の掃除と……それにスーパーのタイムサービスが……っ」

忍びらしく――加奈は、さっきまで、ざわつき、そして昂っていた意識をスッと切り替え、対魔忍ではない……一人の主婦としての柔らかな表情に戻す。

その心の内に、強い家族への愛情と、決して譲れぬ対魔忍としてのプライドの炎を燃やしながら。


それから、数時間後――。

「……よし、必要なものは買ったし……って、もうこんな時間？　悟たち、まだ公園で遊んでいるのかしら？　例の件もあるし……、早く帰るように言わないと」

加奈が様々な主婦の仕事を片付け、買い物袋を携え、自宅を出てから一時間あまり。

時刻はすでに18時を回っており、夏の陽差しは、ここから一気に夜の帳を下ろす時間帯だ。

買い物を終えた加奈は、パンパンに詰まった買い物バッグを両手に提げながら、悟たちが遊んでいるだろう公園の前で、足を止めた。

歴戦の元対魔忍らしく、加奈の切り替えは早い。

すでに心は主婦モードだが、だからといって、不審な事件への警戒感を解いたわけではない。

「あ、いたいた。悟～～～っっ！　もうこんな時間よ～～っ。早く帰りなさ～～～いっ！」

「お、おばさんっ⁉　悟君、加奈オバさんが呼んでるよっ」

「なんだよ健也。今いいとこ……えっ、ママっ⁉　っと、うわ、しまった……っ」

公園の奥で、サッカーに興じている悟を見つけ、加奈は大きな声で呼びかける。

その声にいち早く気づいた健也の知らせに驚いたのか、悟はボールのコントロールを失敗し、蹴り損ねたボールが、ビュンッッ！　と加奈のもとへと一直線に向かってくる。

子供のキック力とはいえ、なかなかに強烈だ。普通の主婦では、避けることさえ難しい速度。しかし――。

「っと……」

それを加奈は主婦とは思えない軽やかな身のこなしで、買い物バッグで両手が塞がった状態のまま、胸トラップすると、完全に勢いを殺されて落ちてきたボールを小さく蹴り上げ、ポンッと両手でキャッチする。

サッカー経験者でも唸るほど、無駄のない美しい動きだったが、元対魔忍である加奈にとって、この程度どうということはない。

「うわぁぁ、オバさん、サッカー上手なんですねっ。まるでプロの選手みたいだっ！」

ボールを拾いに来た健也が、その無垢で愛らしい瞳をキラキラと輝かせながら、文字通り大人と子供ほどの身長差がある加奈を見上げた。

「ふふ、ありがとう、健也君。って、こら、悟～～～っっ、危ないじゃないのっ！　それに健也君に拾わせるんじゃなくて、自分が取りに来なさ～～～いっっ！　ごめんなさいね、健也君。また悟が勝手なことばかり言って……」

「い、いいえ、僕は気にしてないですから」

「健也君は、いつも優しいわね。まったく悟にも爪の垢を煎じて飲ませてあげたいくらいだわ」

「いや、僕はそんな……。悟君だって優しいですし、それにオバさんの方がもっと……」

夕陽の色か、彼の内に秘めた心の色か。健也の頬が、わずかな朱色に染まる。

「つとぉっ、ごめんママ。いきなり健也が、ママが呼んでるって言うから、つい足元がすべっちゃってさ」

「な~にが、つい、よ。健也君がおとなしいからって、人のせいにしないのっ。まぁ、いいわ。さぁ、もうすぐ暗くなるし、今日はこのあたりにして、ママと一緒に帰りなさい。……あ、そうだ。健也君も今晩一緒にどう？　ご両親にも伝えておくから、ね？」

「え、い……いいんですか？」

「遠慮しなくてもいいのよ。実は思ったよりお肉が安かったから、ちょ~っと買いすぎちゃって……。夏だから傷むのも早いし、健也君が食べてくれると助かるわ」

「おっ、いいじゃん健也っ。一緒に食べようぜ。あ、わりぃ、みんな。今日はここまでにして、明日また続きやろうぜっ」

悟の一声に、他の子供たちは、嫌がる素振りも見せず、公園の入り口に立つ加奈たちに別れの挨拶をしながら、各々の家へと帰っていく。

わが息子の、たいしたリーダーシップと慕われぶりに感心しながら、加奈は、ひとまず自分の目の届く場所に、悟を置けたことにホッとする。

「ねぇ、ママっ。今日の晩ご飯は⁉」

「ちょっと悟、出がけにちゃんと言ったでしょ。今日は悟からのリクエストのハンバーグだって」

「あっ、ごめんごめん。へへ、食べて驚けよ、健也。ママのハンバーグ、マジでおいしいからさ。結婚する前にパパのために、習ったたっていうママの必殺技なんだよ」

「ちょ、悟……っ。必殺技って……もうっ」

まだ恋愛のイロハも知らない悟は、伝え聞いたことを何の気なしに話したのかもしれないが、対魔忍を辞めてまで愛を貫いた夫との関係……もっといえば、対魔忍であった時から、愛を育んできた関係を、健也の前でひやかされているような気持ちになり、年甲斐もなく、初々しい恥ずかしさを覚えてしまう。

「お、オバさんのとっておき……。い、いいんですか、僕、本当に晩ご飯ご一緒して……」

「もちろん、いいのよ。それにご飯はやっぱり大勢で食べた方が楽しいでしょ？」

加奈が帰ろうとした、そのとき……っ。

「……っっ！」

ヒュンッ！

ふいに空気が裂ける音がしたかと思うと、子供たちが帰った公園に、忽然（こつぜん）と一人の男が現れた。

年のほどは40～50。

夕方とはいえ、気温はまだ30度近い。そんな猛暑日に、燕尾服に似た、全身黒ずくめの服装。目立つ猫背に、不健康そうな浅黒い肌と白髪……。

「マ、ママ、あの人やばいよ……」

「オバさん……」

一目でわかる、その異質な雰囲気に、さっきまで元気に遊びまわっていた悟たちが、ギュッと加奈の手を握る。

常識で考えれば、危険な不審者。しかし周りの空気すら一変させる、その禍々しい趣は、それがただの人間でないことを、加奈の本能に叩きつけてくる。

「………………魔族っ！　……まさかっ⁉」

「……え？　オバさん、なんて……」

普段の柔和な感じとは、まるで違う……怒りを押し殺すように、小さく呟いた加奈の言葉を問おうとした健也の声は、男の次なる行動によって閉ざされる。

「くくく、察しがいいな。さすがは元対魔忍。わかっているなら話は早い……っ！」

男が、そのヒョロリとした見た目からは想像もつかない、まるで野生の肉食動物のようなダッシュ力で、加奈、そしてその横の悟と健也に飛びかかってくる。

（こいつが引退した対魔忍失踪事件の犯人⁉　……っっっ！）

敵の武器は、右手から伸びる五本の爪。

だがブランクがあるとはいえ、戦士として鍛えられた加奈にとって、決して避けられない攻撃ではない。……ただし、それが十全の環境であったならの話だ。

「ひ、ぃぃっっっ、ママッッ。ママっっ！」

「オ、オバさんっっ！」

「え……あっっ、悟っ、健也君っ⁉」

反射的に、加奈の両腕に、ギュッと抱き着いてくる悟と健也。

闇の住人との戦いを知らない一般人、しかも子供であれば当然の行為だ。しかし、守るべき息子たちに身動きを封じられた加奈は、とっさに振り払うこともできず、窮地に陥ってしまう。

（くっ、しまった……っっ！　まさかこいつ、ずっと私の隙を窺って……⁉　だめ、このままじゃっっ！）

加奈は、とっさに自ら敵の攻撃を受けるかのように、身体を前に出し、幼い息子と、その友人を守ろうとする。

してやったりと言わんばかりに、眼鏡の奥の曇った眼を光らせた魔族が、伸びた爪を加奈の肉感的な身体に突き立てようとした、その瞬間……。

ガキンッッッ！

噴き出す鮮血音の代わりに響いたのは、金属と金属が激しくぶつかり合った鈍い音だ。

痛みの覚悟を決めていた加奈と魔族の前に、割り込むように現れた一つの影。

その人物が握っていた鎖が、男の爪に巻き付き、すんでのところで加奈を救ったのだ。

その人物が、ゆっくりと顔だけを振り向かせ、驚く加奈と視線を合わせる。

「……っっっ⁉　あ、あなたは……っ！」

加奈は目の前に立つ人物……その美しい女性の正体に、小さく声をあげた。

切れ長の瞳に、ふわりとたなびくロングヘア。

まさにクールビューティを体現したかのような、男性ならば放っておかない、とびきりの美人だ。

スッとしつつも、ボンッと突き出た二つの柔らかそうな巨乳に、ボリュームたっぷりのヒップ。そしてムチムチの媚肉がたっぷり乗った、同性から見ても悩ましげな太もも。

女としての性的魅力に溢れた身体でありながら、その女肉の内側には、力強さと美しささえ感じるほどの、鍛え上げられた筋肉を秘めた、匂い立つほどに官能的なボディ。

それらを包み込み、女体を締め付けるのは、露出度の高いＳＦチックなボディスーツだ。

一見、違和感を覚えそうな、口を覆うマスクも、彼女の美貌の前では、その美しさと妖艶さを際立たせる、至高のアイテムとなっている。

「あなたは……っ！　夏鈴(かりん)……っ！」

「……くっ、また貴様か、夏鈴っ！」

加奈、そして魔族の男が、片方はうれしそうに、そして片方は忌々しそうに、同時に彼女の名前を口に出した。

　夏鈴……そう呼ばれた女性は、マスクの下から、その美貌にぴったりの、わずかに低い、色っぽい声音を吐き出した。

「久しぶりですね、加奈。そして……ふっ、何度だろうとお前の前に現れる。お前が魔族で……私が対魔忍である限りなっ！」

　魔族に向けてそう啖呵を切った夏鈴は、再びこちらを見やると、わずかにコクリと頷いた。

「……っっ！　……ごめんなさい、悟、健也君……ハっ！」

　そのジェスチャーの意味に気づいた加奈は、高速で繰り出した手刀を、悟、そして健也の首元に打ち込み、二人を気絶させ、地面に優しく寝かせる。

　対魔忍の存在は、一般人にとっては知らなくてもよいこと。

　そしてなにより、これから起こる人と魔の戦いを、こんな幼い子供たちに見せるわけにはいかない。

　夏鈴が、再び小さく頷き、正面へ顔を向け直す。

　切れ長の鋭い戦士の目つきが、目の前の白髪の魔族に強い殺意と憎悪を向けた。

「……これ以上、元対魔忍に手を出させるわけにはいかない。失踪した人々の居場所も吐いてもらうぞ、今日、ここでなっ！　はぁぁっっ！」

　マスクの下から吐き出した裂帛（れっぱく）の気合とともに、夏鈴は鎖を持った左手に力を込め、同時に、隠し持っていたのだろう、一丁の拳銃を右手に握る。

「食らうがいいっっ！」

ダァアンッッ！

硝煙とともに、男の膝へ向けて放たれる一発の弾丸。

だが敵も異能の者。

人間では計り知れない膂力を発揮し、夏鈴の鎖の拘束から爪を外すと、人体では不可能なほど歪に足を捻じ曲げ、夏鈴の放った弾丸をすんでのところで回避する。

「ちっ、相変わらず、往生際の悪いヤツだ」

「くくく、戦闘力の低い淫魔だと思って舐めてもらっては困るな。私の目的を果たすまでは、死ぬわけにはいかんのだ。夏鈴、なんなら現役対魔忍である、お前も〝私の計画の贄〟にしてやろう！」

「っっ、ほざけっっっ！」

互いの戦意を、刃のように鋭い言霊に乗せて、対魔忍と魔族の二人が、公園で激突する。

穏やかな日常の象徴であったはずの公園が、一瞬にして非日常の世界の中心へと変貌していく。

ギンッッッ！　ダァアンッッッ！　ガキィイッッ！

土煙を巻き上げ、金属同士の激しい激突音を響かせながら、目にも留まらぬ高速戦闘が繰り広げられている。

「……さすが夏鈴ね。昔とまるで変わってない。……いいえ、さらに強くなっている。すごいわ……これが現役対魔忍の力……っ」

　加勢に現れた夏鈴……本名、杉田(すぎた)夏鈴とは、対魔忍を辞める前に、何度か面識があり、同じ任務についたことも、一度や二度ではない。

　その頃から夏鈴の実力は、魔族の間でも恐れられるほどのものであり、数年を経て、その技はさらに磨かれている。

　それを裏付けるように、戦いは終始、夏鈴の優位に進んでおり、このままいけば、彼女が魔族を打ち倒すのは、時間の問題だった。

（この事件、夏鈴が担当していたのね。彼女の腕前なら、もう安心だわ……）

　魔族に襲われたときは、自分の命に代えても悟たちを守らなければと覚悟を決めていたが、見知った対魔忍の登場で、加奈の中に強い安心感が広がっていく。

　一度引退し、実戦から離れている自分が出しゃばるよりも、夏鈴に任せた方が得策だろう。

　しかし同時に、その夏鈴をもってしても、いまだ、事件を収めるに至っていないという不安が加奈の心に、わずかな棘(とげ)となって残ってもいた。

「たかが淫魔ごときが、私に勝てると思うなっっ！　今日こそはっ！」

「ちっ、さすがにやるな夏鈴っっ！　だが……くくっ！　私とて、対魔忍相手に無策でどうこうできるとは思っていないのだよっ！」

男の眼鏡の奥の、死人のような瞳が赤く光ったかと思うと、公園を紅の瘴気が包み込んだ。

瘴気の広がりに連動するかのように、さっきまで明るかった景色は、ちょうど陽が落ちていく中で、ゆっくりとその色を消していく。

逢魔（おうま）が時と呼ばれる、光と闇が溶け合い、夜に巣くう魔の力が増してくる時間帯。

足手まといになる悟と健也の存在だけではない。

男は加奈を襲撃するにあたり、夏鈴が加勢に来ることを想定し、その対応策として、事前にさらなる罠を張っていたのだ。

「ぐへへっっ、お呼びですかい、旦那あっ？」

霧にも似た赤い瘴気の中から現れたのは、無数のオークたちの群れだった。

その中のリーダー格だろう一匹が、低俗なオークらしい下卑（げび）た喋りで、魔族の男に話しかける。

「本音を言えば、お前たちを呼びたくはなかったが、まぁこういう状況だ。せいぜい払った金の分は働いてもらうぞ？」

「ははは、そりゃあもうっ。狙いは引退した対魔忍の拉致。で、邪魔な現役対魔忍も倒せば、そいつは俺らでヤリまくってもいいって話でしたよねぇ？」

「まぁな。……そういうことだ、夏鈴。気づいているだろうが、すでにこの一帯は私の結界内。こいつらの能力はかなり底上げされているから、ただのオークと思わない方がいいぞ、くははっっ！」

「チッ、相変わらず姑息な……っっ！」

　夏鈴が舌打ちしながら、それでも衰えぬ闘志で銃、そして鎖を構える。

　そんな彼女に、三十を超えるオークたちが一斉に襲い掛かってくる。……が、それを呼び寄せた魔族の男は、仇敵たる夏鈴に見向きもせず、オークたちの群れを夏鈴からの壁にするようにして、一直線に加奈の方へと突進してくる。

「っっ、しまった……っ！　加奈、逃げてっっ！」

「夏鈴っっ⁉　…………っっ！」

　敵の狙いは、あくまで加奈。

　男は最初から、増援によって夏鈴の心に一瞬の隙を作りだし、その間に、加奈を拉致しようと企んでいたにちがいない。

「くく、逃げたいなら逃げるがいいっ！　お前の息子たちも連れていけるのならばなぁっ！　引退した対魔忍など、私ひとりで十分だっっ！」

　瘴気と夕刻という時の力か。男のスピードは、先ほどより格段に上がっている。加奈ひとりならともかく、悟たちを連れて逃げる時間など与えてくれそうにない。

　いや、この魔族は初めから悟たちが、加奈と一緒にいるところを狙ってきた。

　それはつまり悟たちを、男が言う〝計画〟のための駒としてしか見ていないということであり、加奈を手に入れるためならば、悟たちの身の危険などまったく考えていないということだ。

自分のために傷つく悟、そして健也を想像したとき、加奈の心に、熱いものが走る。

それはかつて日々抱いていた強い使命感。そして今まで感じたことのなかった、使命よりもさらに熱い、何物にも勝る母性の衝動──。

（──私はもう対魔忍を引退している……。けれど、そうっ、決めたはずよっ！　私は、家族を……周りにいる人々を守ってみせるってっ！　だから……っっ！）

男の振りかざした爪が、目の前まで迫る。

「どうした⁉　覚悟を決めたか？　ふふ、対魔忍といえど、やはり一度引退してしまえば、ただの女よ…………っっ！」

「……ええ、そう。お前の言う通りかもね。けれどそれはお前が私の……私の大切な人たちを傷つける前のこと……」

ゴウッッッ！

公園を覆う瘴気が、大きく揺れる。その圧力は、今まさに危機に陥っている加奈から発せられたものだ。

その気迫は、ただ戦いから退いた者のそれではない。

大切な人たちのために、自分のすべてをかけられる妻、そして母親になった、それを貫く覚悟を決めた者だけが放てる、唯一無二の輝きだ。

「……覚悟しなさいっ！　今だけ戻るわっ！　私は……対魔忍よっっ！」

ギィインンッッ！

甲高い金属音が響き、男の爪が根元から、きれいに切断され、力なく宙を舞う。

揺るぎない信念とともに、目にも留まらぬ速度で繰り出されたのは、隠し持った愛刀の閃きだ。

「な、なにっ!?　そ、その姿は……き、貴様ぁぁっっ！」

魔族が驚くのも無理はない。

まるで変わり身の術のように、加奈はさっきまで着ていた、若い一児の母らしいラフな上下を脱ぎ捨て、かつての……悪(あ)しき魔族を屠(ほふ)っていた頃の姿を、今一度晒したのだ。

対魔忍スーツ――それは、アメコミヒーローのピッチリボディスーツと、忍者の忍び装束をミックスしたかのような、サイバー感あふれるデザインの、戦闘用多機能スーツだ。

ボンッと突き出た爆乳や、股間部からお尻にかけての、柔らかく張りのある媚肉の形がはっきりと現れた姿は、加奈の熟れた女ならではの、たまらないエロティックさを醸し出す。

見る者の心を奪う官能とは裏腹に、各方面の最新技術が詰め込まれたそのスーツは、鍛え上げられている対魔忍の能力を、さらに引き上げるよう設計された、まさに対魔忍の象徴ともいえるものである。

「加奈……っ」

「迷惑をかけたわね、夏鈴っ！　悪いけれど、こいつは私に任せてもらうわっ！　家族を傷つけようとする魔族は、絶対に許さないっ！」

　数年ぶりとなる加奈の対魔忍姿、そしてその力強い覇気ある言葉に、クールな夏鈴の口元が、マスクの下でわずかに微笑んだようにも見える。

「ふっ、久しぶりだな、その姿。おい、淫魔。ひとつ忠告しておいてやる。降伏するなら今のうちだ。対魔忍の情け……命が大事なら従うことだな」

「くっ、ふはは！　なにを言っている夏鈴っ⁉　スーツを着たくらいで、ブランクが戻るものかっ。現役のお前ならともかく、こんな平和ボケの元対魔忍に私が……っ！」

「……へぇ、でも悪いけど、ぜんぜん隙だらけなのよねっっ！　でぇぇやあああっっっ！」

「なに……⁉　ぐぼげおあぁっっ、おぁああぐぁはあああっっ！」

　ババババババッッッ！　ドガッッ、バギィィッッ！　グボォオッッ！

　ビュッ！　と風が揺れ動いた後には、すでにすべてが終わっていた。

　加奈の猛烈な拳、そして蹴りのラッシュが、鈍く、そして重い音を立てながら、男を問答無用で殴り倒し、ドシャァアッという、痛々しい音とともに地面に沈めてしまう。

　目にも留まらぬ速さと、格闘技のヘビー級チャンピオンを上回る重さの攻撃を繰り出しながら、加奈の呼吸はまったく乱れていない。

「き、きしゃま……な、なんだその強さは……っ⁉　とっくに引退したはずでは……っ」

　鼻は曲がり、歯は折れ、足元をガクガクとふらつかせながら、男がどうにか立ち上がり、壊れた眼鏡の奥から、腫れ上がった瞳で、忌々しそうに加奈を見つめる。

「母は強し、ってやつよ。お前は私の家族を傷つけようとした。家族を守るためなら、ブランクなんて軽く越えてみせる。……それが母親となった対魔忍の力よっ！」

その穏やかそうな見た目とは裏腹に、現役時代から、加奈はパワー系の対魔忍として、広く知られ、闇の者たちから恐れられてきた。

シンプルがゆえに強烈な打撃の連続……。

今まで無数の強敵を打ち倒してきた加奈にとって……、そして守るべき者のために戦う母の顔を持つ対魔忍にとって、拳が届くこの至近距離で、目の前の淫魔に負ける要素は、一％も見つからない。

「くっ、おのれ……おい、オークどもっ！　夏鈴はいいっ！　この女を……っ!?　な、なにぃっ!?」

「――なんだ、金で雇ったチンピラオークどもか？　こんな連中が結界で多少強くなった程度で、この私に……いや、対魔忍に勝てるはずがないだろう？」

「く、くそ……い、痛てぇっ。なんだこの女っ！　くそ対魔忍がぁぁっっっ！」

夏鈴の周りにいた三十を数えたオークたちは、すでにその大半が絶命しており、リーダー格の額には、苦無（くない）で斬り裂かれた傷が、深々と残っている。

「さすがっ。やるわね、夏鈴っ」

「そちらもな、加奈。さぁ、これが対魔忍の力だ。覚悟しろ、淫魔っ！」

じりっと、前後から挟み込み、事の元凶である魔族を追い詰める麗しい二人の対魔忍。

「ちっっ、まさかこれほどとは……っ。くくく、だが気に入った。吉沢加奈。そして杉田夏鈴。その強さ、気高さ……そしてその内に秘めた……。くく、やはり対魔忍はいい。私の計画に相応しい牝豚どもよ……っ」

「っっ⁉　しま……っっ」

パパパパパパァンッッッ！

瞬間、歯の折れた男の唇がニヤリと微笑んだと思ったときには、オークたちの死体から発した、強烈な音と光が周囲に炸裂し、それが収まったときには、男がまんまと逃げおおせた後だった。

オークたちに事前に目くらましを仕込んでいたのだろう。オークの生き残りも逃げおおせており、後に残ったのは、平常に戻った夕刻の景色だけだった。

加奈は対魔忍スーツを、元のラフな服装に素早く戻し、悔しそうに唇を噛む。

「くっ、まさかまだ逃げる手を残していたなんて……っ」

「すまない、加奈。私の油断だ。この件は必ずこちらで……」

いつもクールビューティ然としている夏鈴のすまなそうな表情に、加奈は責めることなく、穏やかな笑みを返す。

「いいのよ、気にしないで夏鈴。ひとまずみんな無事だったのだし。それより、また会えてうれしいわ」

「ありがとう。私もだ、加奈。しかしまさか、また加奈の対魔忍姿を見られるとは思わなかった」

「ちょ～っと、現役時代よりパッパッになっちゃってたけどねぇ。……はぁ。けど、私たちのことは心配しないで。私自身はもちろん、家族は必ず守ってみせる。だから夏鈴は、あの魔族を捕らえることに集中してちょうだい。あなたが担当なら、私も安心できるわ」

「ふっ、そう言ってくれると助かる。この件に関しては、本部も憂慮している。あいつが狙っているのは、加奈も知っての通り、引退した元対魔忍だ。……目的も失踪者の居場所もまだわからないが、これ以上、奴の好きなようにはさせん」

「ふふ、それでこそ現役の対魔忍ね。懐かしいわ、その雰囲気」

「こちらは私たちに任せてくれ。加奈は、その子たちのために、優しい母親をやってくれればいい。……ただ奴はこちらの予想以上に狡猾だ。注意だけは怠らないでくれれば助かる。それでは……」

「ええ、事件が終わったら、またどこかで会いましょう。気を付けてね、夏鈴」

加奈の言葉に、夏鈴は何も言わず、目だけで頷くと、忍びの者らしく、シュッとその場から消え去ってしまう。

そのタイミングに合わせたかのように、加奈が気絶させた悟、健也が目を覚まし始めた。

「……う、う～んっっ。あれ？　どうしたの、ママ？　あれれ～っ？　ぼ、僕なんで寝てたんだっけ⁉」

「あ、オ、オバさん……っ？　ぼ、僕はいったい……っ」

「ふふ、何でもないわ。遊びに熱中しすぎて、暑さで二人とも倒れちゃったのよ。涼しいところで安静にすれば、治るはずよ。だから、さっ、早く家に帰って夕ご飯にしましょっ、ね、悟、健也君？」

「おお、ご飯っご飯んっ！　そうだ、ママ、その荷物、重いでしょ？　僕が持ってあげるよっ」

「あ、あの……っ。ぼ、僕も持ちますっ！　オバさんは手ぶらで……っ」

そう言って、悟と健也が、二人で分け合って、買い物の袋を持ってくれる。

先ほど守ったお礼……というわけでは、もちろんない。

二人とも、自発的に加奈を想ってくれているのだ。だからこそ、悟はもちろん、その良き友達でいてくれる健也にも、感謝の念は尽きない。

「へぇ、ありがとう二人ともっ。それじゃ、家まで手を繋いで帰りましょうか？」

「え、い、いいよ……っ。さすがにそれは恥ずかしいでしょ、ママっ」

「遠慮しないのっ、本当は甘えん坊のくせにっ。ほら、健也君も。ふふっ」

「あ、はい……オバさんと一緒に。へへ……」

そうやって、加奈を中心に三人で手を繋ぐ光景は、幸せな主婦の生活の一幕そのものだ。

先ほどまで……そして現在進行形で動いている魔族の陰謀など、微塵も感じられない。

（そう、今はこれでいいの。私がみんなを守らなくちゃ！）

気絶させたと同時に、特性の薬を嗅がせたことで、二人の気絶前の記憶は曖昧なはずだ。

対魔忍、そして魔族という単語も存在も覚えてはいないだろう。

知らない方がいい現実もある。

悟、そして健也は、普段から加奈を守る、と男の子らしく意気込んでみせたりすることがあるが、人外の者が相手では、あまりに危険すぎる。

「ママ、そういえば今日のご飯なんだっけ？」

「ん〜〜、今日はママの必殺ハンバーグよ。健也君、楽しみにしててね」

「オ、オバさんのひ、必殺……っ。は、はいっ！」

「おっ、健也、なに顔赤くしてんだよ？　はは〜ん、さては朝のも、ママとパパのお出かけのキスを見て……」

「ちょっ、悟っ！　なにいきなり……っ。ね、ねぇ、健也君!?　違うわよ、ねぇ？」

「は、はいっ。ち、違うよ。ぼ、僕、なにも見てないから……そんな。キス、あれがオバさんとオジさんの、なんて……っ」

「おいおい〜〜、嘘が下手だな、健也はぁ？　顔がめちゃくちゃ……あ、ママも真っ赤だ〜〜っ」

「こ、これは夕陽のせいよっ！　あ、暑いなぁっ！　……もうっ、こら、悟、健也君の前でなんてこと……」

ひとまずの危機を乗り越え、加奈は主婦としての穏やかな日常へと戻っていく。

しかし加奈は気づいてはいなかった。

一度、逃走したと思われた淫魔の気配が、すぐ近くに迫っているということを。

「ふぅ、家事って夏休みの方が、むしろ大変よね。お昼は毎日作らなきゃだし、洗濯物は増えるし……。さて、今日のお仕事も終わり、っと。……ふふ、慎吾さん、それに悟も健也君も、ぐっすり寝れてるみたいね」

時刻は、夜中の23時を回った頃。

仕事から帰ってきた夫の慎吾、そして息子の悟とその親友である健也との、楽しい夕食の後、遊び相手が欲しいという、悟のわがままから、今晩、健也は加奈の家に泊まることになった。

そして子供好きな慎吾、悟と健也がリビングでテレビゲームに熱中し、時折、負けたからとダダをこねる悟を加奈が叱ったりしていたのが、およそ一時間前までのこと。

仕事で、そして遊び疲れた男三人は、すでに二階に上がって、就寝中だ。

皆が寝静まった家の中、加奈は一人、一階のリビングで、乾燥が終わったばかりの洗濯物の仕分け作業を行っていた。

それが今、ちょうど一段落ついたばかりだ。

加奈が作ったハンバーグをおいしそうに食べ、今もよく眠っている悟と健也。

その様子を見る限り、戦いが終わった直後に、二人に使った対魔忍秘伝の薬が効果を発揮し、二人はあの公園での恐怖の出来事、魔族、そして対魔忍という単語を覚えてはいないようだ。

　慎吾の方は、最近仕事が忙しく、疲れが溜まっているようで、加奈との夜の営みも、ここ数週間、行われていない。

（まぁ、その……慎吾さんとのセックスのことは、うん、いいとして……っ。とにかく二人に何事もなくてよかったわ。けど、あの魔族……。夏鈴の言う通り、かなり狡猾ね。私を一度取り逃がしたからといって、諦めるようなタイプじゃない。あいつの脅威が去るまでは、気を抜くことはできないわ）

　加奈の腰には、いまだに短刀が隠されており、戦闘に特化した対魔忍スーツにも、いつでも着替えられる準備はできている。

　家の各所には、魔族の侵入を監視する仕掛けがいくつも施されており、加奈の心自体も、まるで現役の頃に戻ったかのように、常に周囲に気を張っている。

（絶対に、みんなを守るっ。それが対魔忍だった私の使命よっ！）

「……さて、と……時間も時間だし、いい加減お風呂に入ってこようかな。久しぶりにスーツを着て、ちょっと蒸れちゃったし……。うぅ、でもちょっと、いやかなりピチピチだったな……。戦いに備えるのもいいけど、少しダイエットしなきゃ……」

　数年ぶりに対魔忍スーツを着たとき、幸せな生活の中で、ふくよかになった媚肉が、今にもはちきれんばかりだったのを思い出し、加奈は立ち上がり、ちょっとお腹やお尻周りを触ってみる。

決して太っているという感じではない……逆に、年齢を重ねた女性らしい、若い時よりも色気の増した豊満な肉付きボディだが、身体のラインがはっきりと出る対魔忍スーツを着ることを思えば、少し気恥ずかしくもなってしまう。

「よし、明日からトレーニングするわよっ！　鍛えないとっ、みんなを守るために……っ！」

そう言って、加奈がお風呂場へ向かおうとしたときのこと……。

「あ、オ、オバさん……っ」

リビングの入り口に、健也が立っていた。

「あら、どうしたの、健也君？　喉かわいちゃったとか？　お水、ついであげようか？」

健也はいい子だが、奥手でナイーブなところがある。

公園での記憶は失っているとしても、そのストレスが身体や心に負荷をかけていないとは言い切れない。

加奈は、健也にニコリと微笑むと、優しく穏やかな声で問いかけた。

「い、いえ……ち、ちがうんですオバさん……っ。あ、あの僕……うぅ、僕のアソコが……うぅっっ！」

「ちょ、どうしたの健也君っ⁉　いったい何が……っ？　え、こ……これは……っ⁉」

ふいに健也の穏やかな顔が、苦悶の表情に変わる。

慌てて健也に近づき、腰を下ろして症状を確かめようとした加奈の目に飛び込んできたのは、半ズボンのファスナーを突き破らんばかりに、ギンギンに勃起した健也の、幼いというには凶悪すぎる、牡欲に膨れ上がった肉棒だった。

（え、これ……健也君のオ、オチンチン、なのっ⁉　な、なんて大きさ……っ。い、いえ。そうじゃなくて、この立ち上る淫気は……っ！）

可愛らしい顔の眉をひそめながら、苦しそうに、そして切なそうに呻く健也の勃起ペニスの先から、性欲の乱れ……淫気と呼ばれる悪しき気配が漂っている。

それは明らかに、普通の性的興奮反応ではなく、何者かによって、性欲を暴発させられている証だ。思い浮かぶ相手は一人しかいない。

（あの淫魔だわ……っ！　あいつ、いつの間にか、健也君にこんな仕掛けを……っ！　許せないっっ！　くっ、ごめんなさい、健也君っ）

息子の大切な親友を対魔忍と魔族の抗争に巻き込んだだけでなく、こんな卑劣な罠を仕込まれたことに気づけなかったことを詫びる。

「オ、オバさん……っ。ごめんなさいっ。ぼ、僕、寝てたら急にオ、オチンチンが熱くなって……っ。が、我慢しようと思ったんだけど、ぜ、全然治まらなくて……っ。は、ぅうっ！　ど、どうなってるんでしょう、ぼくの……あぁぅっ、僕のオチンチンんっっ！」

狂おしそうに言った健也が、その華奢な身体をブルッと震わせ、腰をグンッと前に突き出す。太ももはガクガクと震えており、女の加奈であっても、その暴走した性欲に翻弄されている様子が、はっきりとわかる。

（すさまじい淫気が健也君のオ、オチ……ペニスに充填されているわ。これは淫魔が使う性欲の呪い……っ。たしか対処方法は……っ）

対魔忍は相手が魔の力を使うものである以上、それに対処する知識も身につけている。

今日戦った相手は淫魔。そして健也のペニスにかけられた呪術は、淫魔が得意とする責めで、相手に性的興奮を高める呪いをかけ、それを発散させなければ、その相手を淫魔の下僕に貶めるという卑劣極まるものだ。

（その対処方法は、対象が男性の場合、精液を吐き出させ続け、その呪いの効力を弱めていくこと……。くっ、相手は悟の親友で、まだキスを見ただけで恥ずかしがるような、純粋な男の子なのに……っ！　なんて卑怯なことをっ！　けど……このままじゃ健也君が……っ）

強靭な精神力を持つ対魔忍であっても、淫魔の呪術には苦しめられることが多い。

それを一般人の……しかもまだ幼い子供の健也が耐えられるはずがない。下手をすれば、発狂して命を落としてしまいかねないだろう。

「はぁはぁ、オバさんっ！　おチンチンが爆発しそうですっ！　う、あぁっ！　ムズムズして、熱くて……っ！　ああ、こんなところ見せちゃって……ごめんなさい、オバさんっ！　うぅっ。僕、恥ずかしい……っ」

健也は、幼いながらも感じる恥ずかしさと申し訳なさで、今にも泣きだしそうに、顔をくしゃくしゃにしている。

そんな光景に、純粋無垢な子供の気持ちと身体を弄ぶ淫魔に対する怒り。そして、それを許した自分への叱責、なにより早く健也を楽にさせてあげなくてはという母性が、加奈の想いを突き動かす。

「……健也君が謝ることなんてないわ。それに恥ずかしがることもないの。健也君くらいの男の子なら、おチンチンがこうなるのは普通のことなのよ。さぁ、深呼吸して。オバさんが、すぐにラクにしてあげるわ」

「は、はい……っ。ふぁっ⁉　え、オ、オバさんっ⁉」

加奈は言うと、そっと健也をリビングの床に押し倒し、はちきれそうなズボンをパンツごとずり下ろす。

狭いズボンの中から解放された健也の逸物が、グンッッッ！　と勢いよく、加奈の目の前にそそり立つ。

（この手の呪術は、性的快感が高まった方が、早く呪いが解けるはず……。大人の私が子供にこんなこと……。健也君のためにもよくないけど、仕方ないわ……っ！）

先ほど使った記憶を操作する薬は、脳に直接影響を及ぼすため、乱用はできない。

助けるためとはいえ、こんな淫らな行為を健也に刻むことに、後ろめたさを覚えるが、それでも彼の命には代えられない。

「オ、オバさん……いったいなにを……⁉　はぅぅっ」

「大丈夫よ、健也君。怖がらないで……気をしっかり持って。心配しないで、すぐにおチンチンの痛みも治まるわ」

（ふ〜……。い、いくわよ加奈。これも元対魔忍の務め。私のせいでこんなことに。私しか健也君を救えないんだからっ！）

加奈もまたひとつ大きく深呼吸すると、着ていたシャツをブラジャーごと上げ、その年齢を重ねても、張りをまったく失わない爆乳を、息子の友達の前に晒す。

そのまま健也の下半身に覆いかぶさり、そのはちきれんばかりにパンパンに膨らんだ怒張を、柔らかく弾力の強い二つの乳脂肪で、根元からグニンンッッ、と思い切り挟み込んだ。

ブルンッッ！　むにむに……ッ。ぐにぐにぃッ。

「ふあっっっ、あ、んひぃぃっっ！　オ、オバさんっっ！　ああっっ!?　な、なにするのっ!?」

「今から、健也君のおチンチンに溜まった毒を、オバさんが搾り取ってあげるのよ。気にしないで、健也君。こうするしか、あなたを助けられないから……っ」

言った加奈は、覚悟を決めたかのように、自分の胸を左右から両手で押し込むと、そのまま挟んだペニスを擦り上げるように、胸を上下に揉み込んでいく。

グニンッッ、グニンッッ！　プニィィィッ！

「あっ、ふぅうっっ！　ひぃぃぃぃんっ！　あっ、ああっっ、な……なにこれっ!?　す、すごくおチンチンっっ！　ああっ、オバさんのおっぱい、すごく……あああっっ！」

おそらく生まれて初めて、しかも親友の母親からのパイズリに、健也の可愛らしい顔が、まるで処女をなくした生娘のような涙目に変わり、頬が赤く染まる。

「いいのよ、健也君っ。我慢しないで。どういう気持ちか、言ってみて？　あふっ、オバさんのおっぱい、おチンチン、どんな感じなの？」

「あああっっ、き……気持ちイイですぅ……っ！　ああっ、オバさん、ごめんなさいっ！　僕、気持ちいいっっ！　オバさんのおっぱい、柔らかくてあったかくて……オチンチン、気持ちよすぎるんですぅうっっ！」

床に寝転んだ健也が、今にも泣きだしそうな、恥ずかしさと幼い牡の興奮を全開にした声音で、快楽を訴える。

小柄な全身がガクガクと痙攣しっぱなしで、加奈の胸にギュッと挟まれた肉棒が、さらに硬さと熱さ、そして大きさまでをも増大させる。

それは加奈の爆乳をもってしても、勃起ペニスのすべてを包み込めないほど巨大なものだった。

（な、なんて大きいおチンチンなのっ!?　この呪いにペニスを増大する力はないはずだから、これが健也君の大きさってこと!?　さ、悟のより……し、慎吾さんのよりはるかに大きいなんて……。くぅ、淫魔めぇっ！）

並の大人が粗チンに見える健也の剛直の大きさ、太さに、加奈は自分の息子、そして夫のものと無意識に比べてしまい、強い羞恥心と背徳感に、ゾクリと背筋を震わせてしまう。

（わ、私がこうすることを見込んで、精神的に焦らしていこうというつもりなのねっ。本当に卑劣で下賤な魔族だわっ。けれどこれは人助けなのよ。私は家族を愛している。淫魔の手にはのらないわっ！）

加奈の対魔忍としてまったく衰えていない戦闘力から、正攻法では勝てないと知った淫魔のことだ。

性的にジワジワと人間関係を侵食していくことで、加奈の心の疲弊を狙っている……最悪、加奈に淫らな欲求が芽生えることを期待してのことだろう。

だが、対魔忍、そして母親という、二つの折れない鋼の心をもつ加奈に、そんな卑俗な罠は通用しない。

「健也君、もう少しよ。もう少しで終わるから、我慢してねっ……っ。ん、ふぅっ。んぐぅんっっ！」

加奈は胸の谷間から、己の存在を主張するかのようにそそり立つ健也の陰茎、子供らしくわずかに皮の剝けた雁首を、大きく開けた口で……まさにオナホールのように、パクリと頬の奥まで呑み込んだ。

「あっっ、あああぁっっっ！」

瞬間、口の中で健也の極太カリが、ビクンッッ！　と跳ね上がり、加奈の舌を熱く硬い突起が思い切り叩く。

男の肉棒の中で最も感じる部位である、雁首、そして裏筋を、加奈は夫である慎吾のモノにするときを思い出しながら、口をいやらしくすぼめ、舌をねっとり絡め、扱き抜いていく。

チュプ、ジュプンジュプンッッ！　じゅぶじゅぶっっ！　ぶじゅぅうっっ！

喉奥から染み出してくる唾液と、亀頭からあふれ出すカウパー粘液が、エロティックにすぼまった加奈の口の中で混ざり合い、男根を上下に扱く顔の動きに合わせて、卑猥な水音を家族団らんの象徴であるリビングに響かせる。

（あぁっ、慎吾さんにも滅多にしたことないのに……。息子の親友にこんなことっ。そ、それにやっぱり大きいわ、健也君のオチンチン……っ。し、慎吾さんのは、私のおっぱいから、ほとんど顔を出さないのに……。唇に触れる熱さがまったくちがう……っ。はぁ、んふぁ……っ。最近、ご無沙汰だったから……くぅ、余計に身体が……ぁっ）

加奈にとって、夫である慎吾が、初めてにして、唯一、身体を許し、愛した男性だ。

初めて触れる、慎吾以外の……それもまだ息子と同じ年でありながら、夫よりもたくましい逸物に、頭ではわかっていても、数週間セックスと無縁だった牝の身体と本能が、熱く貪欲に反応してしまう。

いつの間にか、乳首が硬く勃起してしまっており、身体の体温が上がって、ねっとりとした発情した女の汗を湧きたたせている。

いつも健也に見せる友人の母としての顔ではなく、眉尻はハの字にさがり、潤んだ瞳を湛えた、ただの女としての顔をも見せていることに、ゾクゾクとした官能パルスが、全身を走る。

（くっ、無心になるのよ、加奈っ。淫らな気持ちを芽生えさせるのが、淫魔の手口……っ。健也君を助けるのに集中するのっ。私たちの幸せを、あんな魔族に壊させはしないわっ！）

身体が熱くなってしまうのは、亀頭から立ち昇る淫気のせいだと言い聞かせ、加奈はただ自身の身体の赴くままに、目の前の少年ペニスへ快楽を与えることに集中する。

「んちゅぷっ、じゅじゅぅっ！　じゅぷっ、ぬぷっ、ちゅじゅるるぅっ！」

「ふぁっっ、あひぃぃいっっ！　オバさんっ、気持ちいいっ！　さっきよりもすごいよぉっっ！　あっ、ああっっ！　んくっ、ひぃぃいっっ！」

卑猥な水音をかき消すほどに、健也の幼い嬌声が、部屋に響く。

まるでローションのように、たっぷりと唾液で亀頭から雁首にいたるまでを湿らせ、そのままキュッと一気に口をすぼめて、ジュボッ、ジュボッッ！　と大きなストロークで扱き抜き、皮の剥けきっていない陰茎に、牝の圧力を加えていく。

快楽に無防備な健也の身体が、思い切り腰を跳ねさせて、加奈からもっと強い快感を得ようとする。

加奈もそれに合わせ、量感たっぷりのおっぱいで、ギュムゥンッ！　と強く肉茎を挟み込み、唇に合わせるように、乳首を尖らせた爆乳を上下に振りたくっていく。

「あぁぁっ、こんなにおチンチンが硬くなって……っ。もうすぐよ、健也君っ。オバさんが辛さから解放してあげる。気持ちよくして、なにもかも忘れさせてあげるわっ！　んじ

ゅぷぅっ！　じゅぶっ、じゅぶっっっ！」

加奈は、恥ずかしさを押し殺し、頬を赤く染め、発情している自分の淫らな顔で、快楽に怯える健也の顔を見る。

安心してほしい、という思いと、もっと興奮して、早く精液を出してほしいという感情を込め、息子の親友に、火照りきった牝の熟女の表情を見せつける。

「あっ、ひぎぃぃぃんんっっ！　ああっ、オバさんっ！　なにかクルッ！　あああっっ、僕のおチンチンの中から、なにかきちゃうよぉおっっっ！」

健也の表情が、ひときわ険しくなり、十本の指先に至るまで、全身に力が入っていく。加奈が覆いかぶさっている下半身がガクガクと震え、腰がビクンビクンッッ！　と小刻みに跳ねっぱなしになる。

「じゅぷぅっ！　いいのよ、健也君っ！　その衝動に身を任せてっ！　出していいの、思い切りだしなさいっ！　はむぅんっっ、オバひゃんの……ああんっ、じゅぶじゅぼうぅっ！　口の中に、吐きだひなひゃいぃっっ！　んっ、じゅぼっっ！　ぐちゅちゅっ！　んぼっんじゅぼぉっ！」

健也の牡欲の昂りに合わせ、加奈もまたパイズリフェラの勢いを加速させていく。

慎吾にやっているのと同様……、それ以上の激しい動きを加奈の身体が求め、それに突き動かされるように、ボリューム満点の牝乳と、エロティックにすぼまった唇をジュボジュボっ！　と上下させる。

「んじゅぶぶぅうっっ！　じゅぶりゅぶぅうっっ！」

チュブッッ！　ジュブブブブゥウゥッ！

トドメとばかりに、加奈はさらに口をすぼめ、パイズリから飛び出した陰茎の最も過敏な、赤くカチカチに膨れ上がった亀頭と裏筋だけを、短い高速ストロークで、一気に扱きたてていく。

これまでの緩急が効いた快感を超えた、ひたすらに気持ちいい感覚だけが、休まる暇を与えず続くのだ。

引退した人妻対魔忍が繰り出す猛烈な淫戯に、健也の巨根が、ついに初めての牡の限界を迎える。

「あっっ、あああああっっっ！　出るっっ！　出ちゃうっっ！　オバさんっっっ！　オバさんっっ！　あひぃいいいいっっっ！」

ドブゥウウウッッッ！　ドボボッッ！　ドッブァアアアアッッ！

健也の甲高い絶叫とともに、口の中の肉棒がブクンッ！　と膨らんだかと思うと、一瞬にして陰茎を駆けのぼり噴き出した、若く真っ白いマグマが、怒涛（どとう）の勢いで引退対魔忍の口内を満たす。

「んぶふぅううっっっ！　んぐっっ、んぐむうぅうっっ！」

（す、すごいっっ！　なんて量なの……ぉおっ!?　し、慎吾さんの射精の比じゃないわ……っ。ああっ、受け止めきれない……っ！　の、飲む……っ。おぉんっ、健也君のザーメン、流し込まれちゃうぅぅうっっ！）
巨大な逸物と同様、健也の肉棒から吐き出される精液の量もまた、加奈の知る射精をはるかに上回るものだった。

いったいこの小さな体にどれほどのザーメンが溜まっていたのかと思わせる――まるでダムが決壊したかのような勢いで、濃い白濁が加奈の口内に注ぎ込まれていく。

初めは、軽く口に含んで吐き出せる程度かと予想していたが、今やポンプで無理やり、ザーメンを食道に注ぎ込まれているかのような状況だ。

（こ、こんなの初めてで……っ。んぶぅうっっ！　で、でもここで吐き出しちゃ健也君が傷つくかも……っ。全部、あぁ……飲まない、とぉっっ！）

「ゴキュッッッ、んふぅうっっ！　ごくごくっっ！　あっ、んんっっ！　んっぷうぅうっ！　ゴクンッッ！　ゴクンッッ！」

いつの間にか、加奈のザーメンを嚥下する仕草が無意識に、艶やかで、ダイナミックなものへと変わっていく。

慎吾とのセックスでは、考えたこともなかった淫らな状況に、欲求不満だった牝欲と、対魔忍としての理性が混濁して、口内からビリビリという快感の振動が脳内へ響いてしまう。

「ああっ、オバさんっ！　ごめんなさいっ！　まだ出るっ！　気持ちいいの、もっと出るぅっ！」

ドビュドビュドブゥウウッ！

（あはぁっ！　くる……もっとドロドロしたの、んぐっ！　ごきゅごきゅっんん!!）

パイズリフェラの姿勢のまま、はしたなく喉を鳴らしながらザーメンを飲み続ける加奈の姿に、さらに興奮を増したのか、健也の射精は、その後、なんと一分にも及び、加奈は、背徳と確かな女の快感を覚えながら、ほとんどの子種汁を飲みほした。

「はぁ、んはぁ……。だ、大丈夫、健也君？　少しは楽になったかしら？」

「はぁはぁ……あ、は……はい……。で、でもオバさん、ぼ、僕、オバさんになんてことを……っ」

呼吸を整えながら、健也は、加奈に対して申し訳なさそうな表情を見せる。

いまだに上にずり上げた加奈のシャツとブラには、飲みほしきれなかった、まだドロドロのザーメンが、べっとりと滲（にじ）んでおり、きれいなリビングに、きつい牡の性臭が漂っている。

そして健也の肉棒は、初めほどではないとはいえ、平均と比べれば、いまだ十分な大きさと硬さ、そして熱量を維持しており、あともう二、三回は射精できそうな昂りだ。

「ああ、私のことは気にしないでいいのよ？　それにそのおチンチンのこともね。健也君ぐらいの年頃なら、あんなに大きくなって、いっぱい出しちゃうなんて当たり前なんだから。だから、今度大きくなったときは、自分で出せばいいの。……こうやって、手で擦るのよ？」

加奈は優しく言うと、ザーメンがついたままの格好で、今度は健也の勃起ペニスを、そっと両手で握ってみせる。

「ひぃあああぁっっ！」

射精したばかりで、ペニスが敏感になっているのだろう。健也がビクンッ！　と腰を上げる。

しかし肉棒から感じられる淫気は、かなり減衰しているようだ。

（よかった。まだそれほど呪いは効いてなかったみたい。これなら今晩中に解呪できる。

……あとは健也君に、オナニーの仕方を教えて、今日のことは秘密にするよう約束すれば
……）

おとなしい健也とは裏腹の、凶悪といっていい射精量には驚いたが、どうやらそれが解呪を早めることにも繋がったようだ。

健也は賢く、素直ないい子だ。

ちょっと早い性教育だったと思えば、互いになんのわだかまりを残すこともなく、悟との友人関係にも支障はきたさないだろう。

「さぁ、健也君。よく見ておいてね。オナニー……自分で気持ちよくなるには、こうするのよ……」

「——ああ、そうとも。気持ちよくなりたいときは、〝こうするんだぞ〟、小僧っ！」

「なっっ、……お、お前は……っっ!?」

加奈が魔性の気配に気づき、対魔忍スーツに着替えると同時に、短刀を握ったときには、もう遅かった。

ジュババァアアッッッ！

「オ、オバさんんっっっ！」

「くっっ、しま……っ⁉　こ、こいつ……いつの間に……っっ！」

驚く健也と、悔しそうに唇を噛む加奈の前には、夕刻に襲ってきた淫魔の姿があった。

そして魔族が仕掛けたものだろう、無数の赤黒い触手が、ピッチリとした対魔忍スーツに身を包んだ加奈の四肢を、完全に拘束していた。

しかもその格好は、対魔忍にとって、卑猥と屈辱が極まる、空中でのM字開脚というものだった。

憎き敵だけでなく、先ほど性に目覚めたばかりの健也の前に、加奈の熟しきった艶やかすぎる豊満なボディと、それを包むピチピチにはちきれんばかりな対魔忍スーツ。

大きく左右に開かれた、肉厚のムチムチな太ももの付け根には、ムンッと大人の色香漂う、人妻マンコの花弁が、色っぽいスーツの股間に、はっきりと写し出されているのだ。

想定外の恥辱スタイルに、加奈の頬が赤く染まる。

「くははっっ、無様(ぶざま)だな、加奈。やはり対魔忍は、引退しようと、そういう格好が一番似合う」

「黙りなさいっ！　くっ、このまま私を拉致しようというの⁉　けど甘いわよ、引退したとはいえ、対魔忍をこの程度の拘束で……っ」

　加奈の特性はパワー型だ。その気になれば、この程度の触手、容易に引きちぎることはできる。

「ふふ、そうだよ。対魔忍を侮ってはいけない。その強さこそ、私がお前たちを求める理由なのだからなぁ。力もあり、技もあり、そして心の隙もない……。おまけに最近は、アサギという女のせいで、組織立った行動もするようになった。まったく厄介な連中だ。しかし、一度引退した者なら、話は変わってくるぞ。そう、基本は単独行動。そのうえ、守るものが増えてくる……くく、お前のようにな、吉沢加奈っ！」

　魔族の瞳が赤く光る。

　また瘴気が⁉　と急いで触手を引きちぎろうとした加奈だったが……。

「ああああああっっっ！　オチンチンっ、あああっっ！　オバさんっ、オチンチンがまたぁあああっっっ！」

　突如、これまで以上の悲鳴を上げたのは、加奈の横で尻もちをついていた健也だった。

　その股間から生える肉棒は、射精する前よりも、はるかにきつく充血しており、まるで火鉢の中で炙ったかのような牡の昂りようだ。

「け、健也君っっ⁉　き、貴様ぁあああっっっ！」

「くははっ、お前の横にいるこの小僧が、なかなかイイ淫気の持ち主だったのでなぁ。罠を施すのも簡単だった。そして今や、小僧の肉棒は私の呪いの思うがままだ。くくく、この呪いは私を倒しても解けはせんぞ？　そして私のさじ加減ひとつで、今すぐ小僧のチンポを破裂させることもできる。逆を言えば、私の意志で解呪することもできる……。くく、さぁ、どうする元対魔忍？」

「オ、オバさんっっ！　あああっっ！　おチンチンが、焼けそうっっ！　うあああっっ！」

「くぅっ！」

男の狙いは、元対魔忍である自分だ。健也ではない。

しかし、淫魔に囚われた対魔忍がなにをされるか……。

それは加奈も十分理解している。だが、息子の大切な友達を……。巻き込んでしまった健也を見殺しにすることなどできるはずがない。

「わ、わかったわ……っ。お前の好きにしなさい……っ。けど、必ずお前を倒し、失踪した他のみんなも救ってみせる！　対魔忍を舐めないことねっ！」

「賢明な判断だ。そして、くくっ、その気丈さがやはりイイぞ、対魔忍っ！」

ジュルジュルゥウッッ！

魔族の目くばせに合わせ、加奈を捕らえていた触手たちが、一斉に淫靡に蠢きだす。

ビリィッッ！　ビリリィィイッッ！

特殊素材でできた対魔忍スーツを、ビリビリと引き裂き、加奈の爆乳、そして股間を魔族と健也の前に晒させる。

「ほう、子供がいる割には、アソコの毛の手入れもしっかりしているな。陰唇の色も悪くない。膣の締まりもよさそうだ。くふふ、さすがは対魔忍。よく鍛えているなぁ？」

「褒めてくれてありがとう。それで？　まさかこれで終わりじゃないんでしょう？」

「ふふふ、当然だ。我が淫戯。とくとその身体で思い知るがいいっ！」

平静を装ってみせるが、健也の前で見せる、裸よりも恥ずかしい姿に、加奈の胸と女唇が熱くなる。

そして淫魔が次に繰り出すだろう……女の対魔忍にとって最悪最低な責め苦について考えるだけで、身の毛もよだつ感覚が、身体中を駆け抜ける。

蛇のように鎌首をもたげた触手たちは、露わになった勃起したままの両乳首、日々、整えている陰毛に隠れた陰核に、次の狙いを定めた。

ビチュゥウッッッ！　ドチュッッ、ドチュッッ！

「んぐぅうっっ！　くぅうっっ、これ……はぁっっ⁉」

触手の先端から、まるでイソギンチャクのような細かい触手がさらに現れ、乳首と陰核に食らいついてくる。

ズブゥウッッッ！　ドクドクッッ！　ドキュゥウウッッ！　ドププゥウウウッッ！

しかもその中心には、小さい注射針のようなものが備わっており、突き刺さった三つの性感帯に、ドクドクッッ！　と熱くドロドロした薬液が、大量に注入される。その瞬間……っ。

「…………っっっ⁉　ふっぎぃぃいっっ！　お、あああっっっ！　ふぉぉおおおっっっっ！」

　空中で無様なM字開脚を取らされている熟女対魔忍の悩ましげな身体が、ビクンッッ！と大きく跳ねたと同時、こらえきれなかった加奈の牝の嬌声が、リビングはおろか、家中に響き渡ってしまう。

「オ、オバさんっっ⁉　い、いったいどうしたの……っ⁉」

「くははっ、よく最初の声をこらえたな⁉　安心しろ、この部屋に結界を張ったから、声は外には響かん。くくっ、どうだ加奈？　瞬時に感度を１０００倍まで跳ね上げる、私特製の魔界の媚薬は？」

「はぁ、あはぁ……っ。た、たいしたこと、んひぃっ⁉　ないわね……っ。おあいにくさま。対魔忍はこの程度じゃ、屈しないわっ！　お前の好きにさせてあげてるんだから……っ。は、早く健也君の呪いを解きなさい！」

（か、感度１０００倍っ⁉　そんなでたらめなこと……っ。おっふぅううんっ！　う、嘘じゃないわ。コレき、効く……ぅうっっっ！　これが淫魔の媚薬調教……なのぉっっっ⁉）

　加奈は口では気丈に振る舞いながらも、その熟れた身体の内側では、かつて感じたことのない劣情の炎が、業火となって、清廉な理性を焼き尽くそうとしていた。

　対魔忍はいつも死と隣り合わせであると同時に、一度敵に捕まれば、その美しい心身を汚（けが）し、屈服させるべく、凌辱の限りを尽くされることは稀ではない。

幸い現役時代にそういった目に遭うことはなかったが、噂でその淫辱の凄まじさは聞き及んでいた。

それが今まさに、現実となって、加奈の女体に襲い掛かっているのだ。

ビキビキィッッ！　と一瞬にして乳首と陰核が、自分の知る以上の大きさに完全勃起し、まるで赤ちゃんの指のようだ。

ジュルジュルと身体中を這い回る触手たちの感触が、剥き出しのクリトリスをブラシで激しく擦り上げられているように思える。

膣も瞬く間に発情し、健也の前だというのに、濃い愛液をジュワァァッッと滲ませてしまっている。

気を抜けば、触手の愛撫だけで、淫らな絶頂に達してしまいかねない、屈辱的な肉体に改造されてしまったのだ。

(け、けどこれくらいなら耐えられるわ。こんな快楽なんかに負けてなんかいられ……ないっ！)

今はもう現役の対魔忍ではないが、その志と訓練は加奈の中で生きている。

たとえ1000倍の快楽渦の中でも、耐え抜くだけの精神力を養ってきた自信がある。

「ふふっ、いいだろう。小僧の呪いを解いてやる。……ただしそれは、加奈。お前自身の身体を使ってのことだがなぁっ！　ふんっっ！」

「っっ!?　ひぎぃいいいっっっ！　あぁっっ、ああああぁぁあっっ！」

魔族の男が健也を一睨みすると、少年の勃起ペニスからさらに強烈な淫気がムワッと立ち上り、肉棒が今にもはじけ飛ばんばかりに、ブクンッッ！　と限界まで膨らんだ。

「なっ、約束がちがうわよっ！　健也君の呪いを早く……っ！」

「だから言ったろう？　加奈、お前が射精させてやるんだよ？　くくく、私の目的は、お前たち対魔忍を、我ら淫魔の苗床牝奴隷とすることなのだ。そのために捕らえた対魔忍を完璧な牝豚孕ませ奴隷へと調教する必要がある。それまでこのガキは人質であり、お前を調教する竿役になってもらうんだよ」

「な、なんですってっ⁉」

魔族の狙いは自分を捕らえること……。

今なお夏鈴に追われている以上、他のリスクを抱え込むことは避けると思っていた。

しかも孕ませ奴隷など……。

すでに愛する家族を持つ加奈にとって、絶対に受け入れられない結末だ。

「おい、小僧。お前は賢い子だ。一目見て気づいた。対魔忍、そして魔族。この関係はなんとなく理解しただろう？　さらにお前は私の人質だということがなぁ？」

つっ、と健也の背後に移動した魔族が、膨れ上がった肉棒の過敏さに、足を震わせている健也の耳元で囁く。

男の言う通り、健也は賢く、そして理性的な子供だ。普段なら、男の言葉に断固抵抗するくらいの強い心意気も持っている。

しかし今の健也は恐怖よりも、股間のたまらない疼き(うず)に発狂寸前なのだ。まともに思考できる状態ではない。

その不気味な声に、健也はただ、うんうんと、頷くことしかできない。

「ふくく、気づいているぞ、小僧。お前、この女に好意があるのだろう？　どうだ？　さっきパイズリしてもらって、チンポが気持ちよかったろう？　それはこの女も同じだ。対魔忍とは我ら魔族の間では大敵の名であると同時に、極上の牝豚の意味を持つ。根っからの淫売なんだよ、対魔忍は」

「淫、売……？　ほ、本当はエッチだってこと？　オバさんが⁉　あんなに優しくて、強いのに……。き、気持ちいいことが大好きな……うぅっ」

性欲を刺激する男の狡猾な言葉に、本能が反応してしまう。

ゾクリとした快感が彼を襲い、同時に健也のピュアで幼い恋心が、牡の淫らな肉欲へのトリガーに変わっていく。

「そうだ。信じられないなら試してみるがいい。どちらにしてもお前のチンポは、射精しないと破裂してしまうんだ。手で扱いてもいいが、間に合うかな？　アソコのBBA(ババア)マンコに、そのチンポを突っ込めば、命が助かるだけでなく、とてもいい気持ちになれるんだぞ？　お前だけじゃない、お前の好きな加奈オバさんもだ」

「オ、オバさんも……っ。さっきの僕みたいにき、気持ち……よく……っ」

「それに……くく、この機会を逃せば、もう二度とお前があの女とチンポの関わりを持つことはないだろうなぁ。なにせ人妻熟女とその息子の親友で、まだお前はガキの関係だ。どうする〝健也〟？　お前は加奈とセックスしたいのか？　したくないのかぁ？」

「やめろっ、それ以上、健也君に近づくなっ！　くっ、健也君、気をしっかりっっ！　よくも約束を破ったわね……っ！　だったら今度こそお前を……ふぉっ!?　そんな媚薬が……なんでそんなところまで……っ!?　んぉおおおおおおっっっっ！」

ジュブゥウウッッ！　ドクドク、ドクッッッ！

加奈は魔族が約束を守るつもりがないことを悟ると、感度１０００倍の身体にムチ打ち、全身に力を込め、魔族を倒そうとする。

その覚悟と自信があったからこそ、拘束と恥辱を受け入れたのだ。

本来は、たとえ淫らな調教を受けようとも、健也の安全が完全に確保されるまでは、耐えしのぐつもりだった。

しかし、その算段をあざ笑うかのように、加奈の左右の耳の中にも、触手が入ってきて、大量の媚薬を頭の中にまで注ぎ込んできた。

瞬間、身体全体が性感帯になったかのように燃え盛り、触手に囚われた加奈の女体が、ビクンビクンッッッ！　と狂ったように跳ねまわり、発情しきった牝の嬌声を、健也の前で響かせてしまう。

「くくく、淫魔を舐めてもらっては困るな。身体の細胞だけでなく、脳の器官そのものを快楽の伝導体へと強制変化させる媚毒だ。これでお前の感度は一気に３０００倍へと膨れ上がったぞ。さぁ、健也。これがあの女の本当の姿だ。チンポ狂いの牝マゾ対魔忍。それがお前なのだ、吉沢加奈っ！」

「か、感度３０００……っ⁉　ふざけ……おおおぅっ！　くほぉぅっ、この……あひっっっ！　んふぁあああっっっ！」

（か、身体が熱いっっ！　こんなの……１０００倍の比じゃない……わっ！　た、ただ息をしてるだけでか、軽くイキそう……っ。こんな触手も引きちぎれない……なんて……ひぐぅぅうっ！）

単純に感度が跳ね上がっただけではない。

加奈が女である以上、隠し通せない牝の性欲も、感度に引っ張られるように、格段に強くなっている。

無意識のうちに吐き出される、その肉欲に満ちた野太い声、そして股間から発する濃い牝の欲情ホルモンは、発情しきった少年の肉棒の枷を外すのに十分すぎる淫猥さだった。

「オ、オバさん……っ⁉　な、なんてエッチな声なんだ……っ。オ、オバさん、もっと気持ちよく……あぁっ、僕のチンポで、憧れのオバさんとマンコセックス……っ。う、ぁぁっ」

魔族の囁きは、軽い洗脳効果がある。

そして健也は今、ついさっき、牡と牝の交わりがもたらす快感を知ってしまったばかりなのだ。

さらに目の前には、感度を大幅に高められ、触手拘束M字開脚……。そのうえフェティッシュな対魔忍スーツに、そのグラマラスボディを包み込んだ、淫らすぎる熟女の発情マンコがある。

「オ、オバさん……っっ！　ぁぁぁああっ！　ぼ、僕っっ、もう、もうっっ！　加奈オバさんんっっ！」

「そん、やめ……っ。健也君……やめてぇえええっっっ！」

ズブゥウウウウッッ！

健也のその滾る牡の本能に突き動かされた極太の男根が、拘束された元対魔忍の熟々肉唇に、なんの躊躇もなく思い切り突き刺さる。

感度３０００倍にまで高められた牝穴。

——そしてここ数週間のセックスレスで、確実に欲求不満の数値を高めていた加奈の肉欲が、夫のモノをはるかに上回る硬さと大きさの少年チンポに激しく擦り上げられ、麗しの元対魔忍にかつてない快感の炸裂を叩き込む。

「ひ、ひぃいいっっっっ！　んっっぎぃいいいいいいっっっ！」

(おおおおっっ、す、すごいぃいいっっ!?　なにこれぇえっっ!?　そんな、こんな快感が世の中に……っ!?　オマンコ、おぉおんっ、私のオマンコっ！　健也君のチンポ、ありえないぃぃいいっっ！)

対魔忍としてのプライド、そして健也を救いたいという思いだけで、どうにか嬌声を堪えた加奈だが、その下半身は、若い巨根を挿入されただけで、すでにボコボコという、淫欲のマグマが沸きあがり、爆発してしまっていた。

「あああっっ、すごっっ！　オ、オバさんのココっ、ああっ、マ……マンコっ！　オバさんのマンコ、チンポにねっとり絡みついて……っ！　ふあぁっっ！　気持ちいいぃぃいいっっ！」

官能に震えたのは、初めての肉穴挿入を経験した健也も同じだった。

あのおとなしい健也が、はぁはぁと熱い吐息を漏らしながら、M字開脚状態の太ももを、痛いほどギュッときつく握ってくる。

彼の華奢な両足が、煮えたぎった肉壺に突き入れた男根の凄まじい快楽に、一層ブルブルと震えている。

「さぁ、ここからどうするかは、お前の本能に任せるんだ。男のチンポは女を牝に変えるもの。お前の憧れの女の、気丈を気取る対魔忍の本性をさらけ出し、一匹の牝豚だと認めさせてやれっ！」

パァァアンッッ！　と男が健也の小ぶりの尻を叩く。

「ああっ、僕は……僕はぁああっっっ！」

すると、まるで鞭を入れられた馬のように、健也は、彼が男であることの証明である牡の生殖本能に従い、力の限り、その腰と勃起特大肉棒を、加奈の膣に叩きつけてくる。

パンパンパンッッ！　グジュズジュッッッ！　ジュブオオオッッ！

「あおぉおぉおっっっ！　ああっ、健也君、やめて……っ！　そんな腰……んぉおおっっ！　あ、あなたは悟の親友でしょっ⁉　いけない……こんなこと、いけないわ……ふひぃぃんっっ！」

（や、やっぱり健也君のチンポふ、太い……ぃぃっ！　感度３０００倍の生セックスなんて、あ、頭が蕩けそう……よっ！　しかも健也君の突き込み……んぉおおっ！　彼にこんな体力があったなんて……っ。と、届くっ。おぉっ、オマンコの奥まで、チンポの先っぽ、ゴリュゴリュくるなんて……ぇぇっっ！　し、慎吾さん……んっっ）

健也の生肉棒を、発情しきったマン肉で咥えさせられて、改めて思い知らされる。

健也の勃起ペニスは、正直言って、慎吾のものとは別次元の牡棒だ。

テクニックこそまるでないが、健也の意外なほど力強いストロークは、それだけで加奈が感じたことのない女膣の、新しい性感帯を発掘し、覚え込ませてくる。

ジュブンジュブンッッ！　ズチュズッチュッッ！　ズボズチュゥウッ！

「はぁはぁっっ！　気持ちイイッッ！　チンチンっ、チンポ気持ちいいです、オバさんっっ！　ああ、これがセックスっ、ぼ……僕、オバさんとセックスしてるっっ！　ああっ、対魔忍のぉぉっ、正義の味方のオバさんとっっ！　チンポとオ、オマンコッ、突き合わせてますぅうっっ！」

健也の幼い理性は、すでに肉欲の虜となっており、加奈とのセックスの気持ちよさに、どっぷりとハマりきってしまっている。

おとなしい健也の様子は微塵もなく、一匹の野獣と化した少年に、歴戦の元対魔忍熟女が翻弄される。

「そ、そんな下品な言葉……っ。い、いけないのよ、健也君っ！　オバさんとこんな……おひぃいいいっっっ！」

「オ、オバさんはチンポ狂いっ！　対魔忍は、牝奴隷……っっ！　うぁああああっっ！」

すでに加奈の説得など届く余地はない。

健也は、加奈が親友の母親であるということも忘れ、本能の叫ぶがままに、さらに深く肉棒を牝穴に突き刺し、緊縛された元対魔忍を見下すように腰を激しく振りたくる。

（か、感度３０００倍すごっっ、んおおおっ！　でも……ま、負けてはダメよ、加奈っ！　私は元対魔忍っ！　魔族の企みなんかに……ッ。チンポなんかに屈したりは、絶対にしないのよっっ！　あっ、くふぅうっっ！　お、おぉぉおおぅぅっっ！）

だが、加奈の心意気とは裏腹に、欲求をため込んでいた肉体は、健也の童貞チンポに、女の浅ましさと気持ちよさを、徹底的に植え付けようと、いやらしく蠢いてしまう。

快楽を求める本能に従い、膣がギチュウウゥウッ！　と健也の勃起ペニスを根元から先端まで締め付け、少年に、性に本気になった牝熟女の深い快感を教え込む。

「あ、あああっっっ！　くぅっ、きつ……っ。ああっ、出る……また出ます、オバさんっ！　僕、射精するっ！　今度はオバさんのマンコの中にっっ！　出します、もう出ますっっ！　あああっ、オバさんんっっっっ！」

「ええっ⁉　ダ、ダメよっ、それだけは……中出しだけは絶対に……っ、ああっ、抜いてっっ！　健也君、お願いだから、チンポ抜いてぇええっっっ！」

「む、無理ですっ！　こんな気持ちいい……。対魔忍セックスぅうっ、止められませんっっ！　あ、ああ……で、出るっっ！　出しますっっ、オバさんっっ！　あああっっ、僕の精液、オバさんのマンコに出るぅうっっ！」

ドビュッッッ！　ドボォオオッッッ！　ドブブブドブブウッ、ドパアアアッッ！

「ふっっ、んおおおおおおおっっっ！　イ、イィイッッ！　んひぃいいいっっっ！」

（で、でたぁぁっっっ！　んおおおっっ！　中出しぃいっっ！　健也君の精子が……熱いのがぁあああっっっ！）

パイズリフェラのときに勝るとも劣らない、健也の大量射精が、加奈の快感神経を真っ白に埋め尽くす。

ピチピチの対魔忍スーツを着込み、触手に拘束された、淫猥な熟女体が、熱いザーメンをぶちまけられた子宮から迸（ほとばし）る牝の絶頂快感によって、タガが外れたかのように、ビクビクビクビクウウンッッ！　と踊り狂う。

「ひぃぎぃいいいいっっっ！　あおぉおおっっっっ、おほっっ、んおっっほぉおおおっっっ！　むふほぉおおおお、ほぉおおっっっっっ！」

（イっちゃう……私、イクッッ！　息子の友達の……健也君の中出しザーメンでぇえっっ！　感度３０００倍アクメ、キメさせられちゃぅううううっっっ！）

ビクゥウッッ！　ビンビンっっっ！　バチバチィイイッッ！

（イィィイ、イッグゥウウウウウッッッ！　イグッッ！　イグゥゥウッッ！　んほぉおおおっっっ！　健也君のザーメン、感度３０００倍アクメぇぇっっ、元対魔忍、イッグウウウウウウウウッッッンンンンンッッ！）

加奈は、理性が淫らな桃色の閃光に消えゆく中、対魔忍としての高いプライドを振り絞って、背徳のアクメ宣言を口にすることだけは、どうにか堪えてみせる。

しかし、凛としていた瞳はグルンッと白目を剥き、舌を情けなく垂らし、膣穴から溢れた、大量のショタザーメンまみれになっている、その姿は、魔族、そして健也の牡の優越感を十二分に満たす無様さだった。

だが、呪いで強化された健也の肉棒は、背徳の屈辱快楽に震える熟対魔忍に、さらなる濃厚白濁射精を注ぎ込み続ける。

「ああっ、すごいっ。とってもエッチですよ、オバさんっっ！　も、もっと出してもいいですよねっ！　もっと気持ちよくなってくださいっ！　オバさん、オバさんっ。僕の気持ちを受け取ってくださいっっ！」

ドビュドビュドビュゥウウウッッッ！

「ひぎぃいいっっっ！　ぉおおっっ、健也君……おほぉおっっ、これ以上は……っ。んおっほぉおおおっっっっ！」

年上の優しく美しい加奈と、それに憧れる健也。

日頃の関係が、今では完全に逆転し、加奈は触手に囚われたまま、何度も何度も吐き出される健也の中出し射精によって、かつて味わったことのない快楽地獄へと叩き落とされていった。

少年チンポに快楽敗北する、感度３０００倍の元対魔忍。

その様子に、魔族の男は満足そうな笑みを浮かべる。

「くく、ざまぁないな、元対魔忍。そしてあの健也という小僧、思った以上に淫らな才能がありそうだ。ふふ、これは拾い物かもしれんなぁ。……さて、次はチョロチョロとうるさい現役対魔忍の番か。ふくく、あのクールぶった女も、私の淫らな手駒として、対魔忍らしく完全屈服調教してやる……ふはははっっ」

「おっっ、おおおっっっ！　おほっっ！　あぉおおおんんっっ！」

男の不気味な高笑いに、もう何度目かの、加奈のアクメ嬌声が重なっていく。

第二話　囚われた二人の対魔忍　刻まれる背徳と被虐快楽

「……ああ、ぼ、僕はなんてことを……っ」

健也の自宅。

その自室で、健也は数時間前に自分がしでかしたことの重大さを思い出し、強烈な後悔の念に駆られていた。

「加奈オバさんは元対魔忍で……。僕は魔族に……っ。そ、それで僕はオバさんとセ、セックスをして……あ、あぁあぁっっっ」

時間はすでに正午を回っており、照明もつけず、カーテンも閉めっぱなしの中、健也は頭を抱える。

いったい、いつ、どうやって自宅に戻ったのかの記憶は曖昧だ。

対魔忍？　魔族？　そんなものがこの世に存在するなんて、自分でも訳がわからない。

それに憧れの人であった加奈との欲望に塗（まみ）れたセックスなど……。

ビキンッッ！　ビクビクゥッッ！

しかし下半身に刻まれた圧倒的な牡の快楽の名残が、昨晩の出来事が本物であったことを、なによりも確かに健也の理性に突きつけている。

目が覚めたのも、下半身に滾る、これまで感じたことのないような熱いペニスの猛りによるものだ。

それは今でも続いており、自分でもびっくりするくらい巨大に勃起している肉棒——そこから発せられるジンジンとした、痛く、そしてたまらなく甘い衝動が、夢だと思いたかった、加奈への暴力的なまでのセックスの快感を、健也の五感すべてに再現する。

「はぁ、はぁ……ああっ……オバさん……っ。加奈、オバさん……っ」

加奈とのセックスは、気持ちよくてたまらなかった。

生まれて初めての衝撃、そして快感だった。

普段おとなしく引っ込み思案だと自覚している自分の吐息が、明確な野性味を帯びてきているのは、決して夏の暑さのせいではない。

グッッッ！　シコシコッッ！　シコシコっっっっ！

健也は下半身から迸る牡の劣情本能に導かれるまま、勃起した肉棒を右手で握り、そして激しく上下に扱いた。

「うっ、う、ぁぁうっ……くぅうっっっ！」

シコシコッッッ！　ビクンッッ！　ドビュゥウウッッ！

わずか1分ほど、生まれて初めての自慰をしただけで、健也の頭上にまで届く大量の白濁が、ペニスの鈴口から吐き出される。

「はぁ……はぁ、だ、だめだ……。気持ちいいのに……ああっ、こんなんじゃ足りない……。あ、あのときはもっと……っ。オバさんとのセックスの時は、もっと気持ちよかったのに……っ」

　自慰すら知らなかった初心な健也にとって、加奈を思い浮かべてのオナニーは、たしかに気持ちいいものであった。

　けれど昨日の深夜から、悟たちが起きてくる朝方ギリギリまで犯し抜いていた、加奈の女膣への射精は、自慰とは比べものにならない、圧倒的な快感を健也の脳内に刻み込んでいたのだ。

　加奈の熟れた膣壁が、熱く膨れ上がった剛直の先端から根元まで、ありとあらゆる気持ちいいところを、押しつぶさんばかりにギチギチと締め付けてくる感触。

　それだけで、頭が痺れてしまいそうな快感だったが、加奈のマンコはそれにとどまらず、健也の射精とともに、さらにギュゥウウッッ！　と収縮し、まるでペニスから精液を残さず搾り取ろうとするかのような、貪欲な牝の本能を露わにしてきた。

「も、もう一回、オバさんとセックスしたい……。ああ、でもそんなこと……っ。オバさんは対魔忍だって……っ」

　対魔忍という聞き慣れない単語の意味はよくわからない。

　けれど、いつも凛々しさと正義感に満ち溢れる加奈がついていた仕事だ。魔族と呼ばれた男の会話からも、対魔忍が正義を守るために戦うのだということはわかる。

「………あ、ああ。でも正義の対魔忍が、あんなに感じて……。それになんてエッチな服だったんだろう……っ。はぁっ、はぁっ……。正義のヒロインを……。対魔忍が僕のチンポで……。僕が、僕が対魔忍のオバさんを気持ちよく……っ」

触手に囚われながらも、自分を助けようとしてくれた加奈の凛とした表情、そして自分のペニスで、狂ったように乱れた痴態を晒した牝の表情……そのたまらないまでのギャップ。

ビキビキ……ッッ！　ムクムク……ッ。

あまりに淫らな落差を思い浮かべると、射精したばかりのペニスが、再びその硬さと熱さを取り戻してくる。

「……そ、そうだ。それが対魔忍なんだ。あの魔族が言っていた。対魔忍は牝豚だって言葉は本当に……っ。ああ、でもそんないけないこと……っ。くぅっ、加奈オバさん……っ。対魔忍、加奈……ぁっ」

限界だと思っていたペニスが、カァッ！　とさらに熱くなり、内側からはじけ飛ばんばかりに苦しさと、牡の切なさを増していく。

そしてそれは、心優しかった少年の内に秘めていた、抗いきれない牡の支配欲を覚醒させていった。

「か、加奈オバさんのマンコで出したい……っ。た、対魔忍の加奈オバさんを……っ。はぁはぁ、対魔忍、犯す……っ。牝豚、あぁぁ、呪いのかかった僕のチンポでぇぇっっ！」

植え付けられた、気づいてしまった自慰では決して癒えない牡の欲求。

強く凛々しい女を牝に躾けることへの、何物にも勝る快感の爆発。

「も、もう一度見たいよ……っ。オバさんのエッチな顔、牝の声……っ。魔族を倒す、かっこよくて強い、正義の対魔忍が、僕のチンポで牝豚穴になるところ……ぉおっ！」

ふっっふぅっ、と健也の吐息が荒々しさを増していく。

もうオナニーで収まるような欲望ではなかった。

たとえ親友の母親だろうと、正義の味方であろうと……。いや、だからこそ犯したい。人妻である加奈、対魔忍である加奈を犯すことで、もっともっと気持ちよくなれる、絶対的な牡の確証が、健也の脳内を埋め尽くしている。

ゾワゾワァァッッ！

健也自身は気づいていないが、背筋にゾクリとした背徳の感触が走るたびに、健也がまとう気配が、黒く淫らなものに侵食され、ジワジワと増大していく。

「……くくく、どうやら自分の淫らな欲求、そして才能に気づいたようだな、小僧。いや、健也。それでは私がお前に力を授けてやろう。吉沢加奈を……元対魔忍を調教し、堕とす、淫らな力をなぁ……っ」

いつ現れたのか、いつからそこにいたのか……。

エアコンの効いていない部屋だというのに、暑苦しそうな燕尾服でありながら、汗ひとつかかない涼しげな表情を浮かべている淫魔が、眼鏡の奥で瞳をニヤつかせながら、健也に向けて手を差し伸べる。

「い、淫魔……っっ!?　ち、調教……。対魔忍を、オバさんを僕のチンポで……？　そう、調教してもいいんだ……。したいんだ……っ！　僕は……っ！　力が……欲しい……っ！」

　理性を振り切り、湧き上がる性欲が望むままに、男の冷たい掌を取って、立ち上がった健也。その股間には、かつてないほど雄大に勃起した肉棒が、ムワッとした牡の濃い淫気を放っていた。


「……ママ。ママってば……っっ！」

「え、あ……ああっ、ごめんなさい。どうしたの悟？」

「どうしたのって、それ僕のセリフだよ。朝からボ～っとしちゃってさ」

　時刻は朝の10時を回った頃。

　愛する夫である慎吾を会社に送り出し、洗濯、掃除……と、対魔忍を引退し、主婦となった加奈の朝の日課が、ちょうど終わったところだ。

　リビングのソファに座り、無意識のうちに眠りかけていたところで、息子の悟に声をかけられたのだ。

「僕、これから、また遊びにいってくるからさ。朝は友達ん家で、涼しくなったら公園でサッカー。帰ってくるのは7時くらいかな」

「あ、そ……そうだったわね。ごめんなさい、ママ、ちょっと寝不足で……。お小遣いは玄関に置いてあるから、お昼はそれで食べなさい」

　ソファに座ったままの加奈は、見た目は変わらないように見える。しかし昨日までのようなハツラツとした輝きは見られない。

ニコリと笑顔を作り、表には出さないようにしているが、どこか気だるそうで、心ここにあらずといった雰囲気だ。

「うん、わかったっ！　でさぁ、ママ。昨日の公園でしたトラップ、あれ本当すごかったよっ。ママって、めっっちゃくちゃサッカー上手かったんだね？　友達もみんな、すげぇすげぇって言っててさ。へへ、僕、めちゃくちゃ自慢しちゃったよっ！」

加奈の不調の、本当の理由など知るはずもない悟が、子供らしい純粋な笑みを浮かべて、はしゃぐように言ってきた。

それは、昨日。公園で悟のシュートミスのボールに、加奈が元対魔忍の超絶運動神経を生かし、プロ顔負けの華麗なトラップを決めたことだ。

悟はもちろん、夫の慎吾にすら、余計な危険が及んではまずいと、黙ってきた加奈の過去。

人知を超えた魔族を誅する対魔忍の力……。

本来の実力を発揮すれば、オリンピックの金メダルなど楽に取れる身体能力を持っているが、世に忍んでこその忍び。

それをひけらかしたことは一度もなく、あくまで一般の主婦として過ごしてきた。

昨日、思わず条件反射的に見せた（一般人からすれば）スーパーテクニックに、悟は鼻高々といった様子で、加奈の隠された実力を、まるで我がことのように胸を張る。

「パパがいつも言ってるけど、ママはやっぱりすごいやっ！　ぁ、今度みんなにサッカー教えてよっ！　きっとみんなすげぇ喜ぶからさっ、僕の運動神経がいいのも、ママのおかげかなぁ？　へへ、僕、ママとパパの子供でよかったよっ。じゃ、行ってきま〜すっ！」

言って、夏の日差しの中、元気に駆け出していく悟。

天真爛漫で裏表のない悟の性格から出た、加奈を誇りに思うといった内容の言葉は、母親として、本来なら恥ずかしくもあり、そしてうれしくもあるものだ。

だが、今はその言葉が、加奈の心に——そして心と繋がる、その熟れた身体にも、ジワリと突き刺さる。

「ええ、行ってらっしゃい悟……。…………う、く……あ、くふぅっっ！」

悟が完全に出かけたのを確認すると、加奈は玄関の壁に身体を預ける。

その艶めかしい女体をビクンッ！　と弾けさせ、母親と対魔忍……そして一人の女としての間で揺れ動く、切なげな、そしてたまらなく淫靡な表情を浮かべてしまう。

（あ、ご……ごめんなさい悟、慎吾さん……っ。はぁはぁ、き……きついぃっ。これが感度３０００倍の快感……っ。き、気を抜いたら一瞬で肉欲に溺れさせられてしまうわ……っ。身体が熱くて、ど……どうにかなってしまいそう……よっ）

加奈は、その凛とした美貌に、夏の暑さのためではない汗を浮かべ、はぁ、と甘く艶やかな吐息を漏らす。

薄いＴシャツのわずかな衣擦れだけで、剥き身の勃起クリトリスを愛撫されたかのような快感が、ビクゥウッ！　と脳天にまで突き抜けてしまう。

　常人ならとっくに正気を失っているほどの狂気の快楽。

　強靭な精神力を持つ元対魔忍の加奈であっても、絶えず精神を集中していなければ、人目をはばからず、絶頂してしまいかねない、淫欲に呪われた肉体へと改造されてしまっているのだ。

「くっっ、だからって快楽に屈するわけにはいかないわ……っ。失踪した元対魔忍のみんな。そして健也君……。悟や慎吾さんのためにも、私は……っ！」

　汗で身体のラインに、べったりとくっついたシャツに、さらに卑猥なアクセントを加えている発情勃起乳首が、ジンジンと疼く。

　ぴっちりとしたホットパンツの内側では、さらさらした下着の触感だけで、子宮がキュンキュンと淫らに悲鳴を上げるほどの快感が渦巻いている。

（くふぅっ、私は元対魔忍なのよ……っ。このくらいの快楽……っ。ああっ、私は対魔忍なのに、悟の母親なのに……私はなんてことを……っ）

　熟れた女体をコトコトと煮込むような肉欲の炎よりも熱く、加奈の心をジンジンと焦がすのは、悟の親友である健也のペニスで激しく悶え、慎吾にも見せたことのない派手なエクスタシーを、無垢な少年に見せつけてしまったことだ。

（いくら肉体を改造されたからって、初心な健也君にあんな姿を……っ。それに彼の初めてをあんな形でなんて……）

本来なら守るべき相手の肉棒で、いったい何度昇天したことだろう。健也のペニスから淫魔の呪いを解くのが目的なのに、感度３０００倍生セックスの想像を絶する快楽に抗いきれず、牝の悦びを露わにしてしまった。

たとえ忍びの術でも、数時間前の、しかもあれほど強烈な記憶を消すことはできない。……心優しく、思いやりがある健也に、親友の母親と交わり、あまつさえ女が快感に本気で悶え泣く、鮮烈で淫靡な体験を刻んでしまった。

加奈の心に残る強い後悔と背徳感。

それは健也に対してだけでなく、何も知らず、自分を慕ってくれる夫の慎吾や、息子の悟に対してもそうだ。

（次は必ず耐えてみせる……っ。健也君に、あんな歪な快感を教えてはいけないわ。対魔忍は決して牝豚なんかじゃない。悟、慎吾さん……っ。私は……ママは、絶対にみんなを守るから……っ！）

そう固く覚悟を決める加奈。

そんな加奈の心情を弄ぶように、リビングにフッと、昨日の淫魔、そして彼に連れられた健也が現れる。

「──ふふ、小僧の呪いを解くには、まだまだ射精が足らないぞ？　呪いを解くのが先か、お前が牝奴隷に堕ちるのが先か……。さて、どっちかな？　元対魔忍、加奈？」

「っっ、淫魔……っ。調子に乗るのも今のうちよ……っ。思い知らせてあげるわ。対魔忍の真の強さをね……っ！」

加奈が淫魔をキッと睨みつける。

「あ、あぁ。加奈オバさん……。対魔忍……はぁはぁ……っ」

そんな気丈な加奈の姿を、肉棒をすでにバキバキに勃起させて見つめる健也。

「健也君……っ。心配しないで。必ずオバさんが助けてあげるからね……っ」

そう優しく微笑みかけるが、純粋だった彼の瞳の内側に、すでに小さな荒ぶる牡の欲情の炎が灯っていることを、加奈はまだ気づけずにいた。そして——。

ジュクン……ッ。

「はぅ、んん……はぁ、はぁ……ぁん……っ」

加奈は気づいていなかった。

健也の半ズボンを力強く押し上げる、数時間前に自分の膣穴を貫いた極太ペニスを目にした瞬間に、感度３０００倍とは違う……加奈自身に眠っていた牝の被虐本能が子宮の奥底で、強く、たしかに妖しい胎動を始めていたことを。


「……ここか」

現役対魔忍、杉田夏鈴が立っているのは、加奈が住む街の外れにある、寂れた工業団地跡だった。

新たな都市開発計画の一環により、今ある工業団地を取り壊し、街の中心部に繋がる巨大ショッピングモールが、あと数年以内に開業される予定となっている。

今は無人の廃墟群。

そのうちのひとつの工場内に、夏鈴は地下への怪しい入り口を発見していた。

夏鈴は、その高い忍びとしての技量から、戦闘だけでなく、諜報活動なども単独でこなす対魔忍である。

ここは、その夏鈴がようやく見つけた、元対魔忍失踪事件への重要な手がかり。その最後のピース……すなわち、敵である淫魔のアジトへの入り口なのだ。

ギィィィッッ。古びた金属の扉を開き、地下へ、さらに地下へと進む夏鈴。

そこには数々のブービートラップが仕掛けられていたが、そのすべてを夏鈴は事もなげに、次々と突破。妖気漂う地下深部へと、ピチッとした対魔忍スーツに包まれた、艶やかな女体の歩を進めていく。

歩みを急ぐ夏鈴は、ふと先日再会した加奈のことを思い出す。

加奈が現役時代のとき、まだ今ほど実力のなかった夏鈴は、よく彼女に助けられていた。

戦闘技術だけでなく、闇の者と戦ううえでの、心構え、対魔忍としての誇りなど、彼女から教わったものは、現在、数多の魔族に恐れられる、凄腕対魔忍となった夏鈴の血と肉になっている。

今年で25歳。

瑞々しさと艶やかさが、絶妙に共存している美しい盛り……平穏な日常を得て、幸せな生活へ踏み出すには、ちょうどいい年頃だ。

しかし対魔忍に、強い誇りとやりがいを見出している夏鈴には、まだ対魔忍を引退するという選択肢は思いつかない。

だが、息子とその友達に囲まれ、彼らを守るために、強い力を発揮できる加奈の姿、その優しい笑顔を思い出すと、彼女が暮らす平和な日々を、守り抜きたいと、心から強く思う。

(引退した対魔忍たちの幸福を守る……。それが現役対魔忍である私の使命だ。だからこそ今回でヤツを倒す……っ！)

今回の事件の首謀者である淫魔と、加奈とともに公園で戦ったのが、一週間ほど前のこと。

これまで何度も男の尻尾を掴みかけてはいたが、ずる賢そうな淫魔は、その見た目通り、卑劣かつ周到なやり口で、夏鈴の追っ手から逃れ続けていた。

しかし、今度で確実に終わりにする――。

それが現役で対魔忍を務める夏鈴が、引退した対魔忍たちへできる、最善の生き様だと、強く胸に刻んでいる。

トラップや魔物を排除しながら、一時間あまり地下へと潜っただろうか。

そこには地上の廃墟とはまるで違う雰囲気の、異様な光景が広がっていた。

まるでマッドサイエンティストの実験室だ。

数か所ある部屋のどれもに、人がすっぽり収まるほどのカプセルや、無数のチューブが繋がったデジタル機器などが置かれている。

それらすべてに電源が入っており、このフロアがなにか非人道的なことのために、今も使われているのは明らかだ。

「どうやら、ここで間違いなさそうだな。あとは囚われた元対魔忍たちを救出しなくては……。それにしても、くっ……っ」

マスクに隠された夏鈴の口元が、嫌悪感で歪む。

床に散らばった無数の注射器や、べとついた溶液の水たまり。それは囚われた対魔忍たちが、ここで卑劣な調教を受けていたことを雄弁に物語っている。

「あの淫魔め……。絶対に許さんぞ……っ」

夏鈴自身は幸いなことに、対魔忍に付き物の、その手の凌辱を受けたことは一度もない。

いや、まだ若い頃、ミスをしてオークに処女を奪われたことがあったが、本格的に犯される前に、加奈に助けられ、凌辱を免れたのだ。

そのときの痛み、そして女としての屈辱は、今でもはっきりと覚えている。

それゆえに、女を欲望の捌け口にする淫らな調教の類に、猛烈な嫌悪感を抱いてしまう。

「対魔忍は、悪を誅する忍び……。ゲスな連中の快楽の道具などではない……っ」

その強い意志の言葉は、自分に対し、そして捕まった元対魔忍たちへ向けられたものだ。

対魔忍への強い自負が、夏鈴の歩を、フロアのさらに奥へと進ませようとした、その瞬間……。

「あ、本当だ。おじさんが、そろそろココを突き止めるだろうって言ってたけど……。へぇ、さすが現役の対魔忍のお姉さんだ。優秀だなぁ」

「なっ、キミは……っ⁉」

夏鈴の目の前にいきなり現れたのは、まったく予想していなかった人物だった。

（……っ。たしか健也君、だったな。加奈の子供の親友がなぜこんなところに……っ⁉）

わずか数メートルほど先に立っているのは、私服姿の健也だった。

護衛対象である加奈の身辺調査報告書。そして先日、公園で一度見知っている少年の突然の出現に、地下に潜入してからずっと保ってきた夏鈴の緊張が、ほんのわずかだけ途切れる。

だがそれは時間にして一秒あまりのこと。

現役の優秀な対魔忍である夏鈴は、すぐさま集中のレベルを引き上げると、目の前に立つ、少年を冷静に見つめる。

そしてすぐに気づく。

おとなしい風貌の少年には、まるで似つかわしくない濃い魔性の淫気が、健也の股間を中心として、身体から漏れ出ていることに。

「……健也君。なぜ一般人の、しかも子供のキミがここにいる⁉　事と次第によっては、たとえ加奈と知り合いだろうと……っ！」

数多の危機を乗り越えてきた対魔忍の勘に従い、表情を変えぬまま、ジャキッ、と健也の額に銃口を向ける夏鈴。

「ははっ、見た目通りクールだね、夏鈴さん？　優しい加奈オバさんとは大違いだ。……まっ、夏鈴さんも対魔忍なんだから、結局はチンポに負けちゃう牝豚なんだろうけど……ふふふっ」

無邪気に笑う健也の身体から、ブワッと噴き上がった魔の気配が、凄腕の対魔忍である夏鈴の背筋をゾワリッと震わせる。

「くっ、健也君っ……っ。キミは……、お前は何者だっ！　加奈をどうしたっ⁉」

今の健也の雰囲気は、夏鈴が調べた気弱な健也のモノではない。対魔忍である自分を見下し、牝豚と言ってのけるその態度は、まるで魔族そのものだ。

理由はわからないが、たとえ子供であろうと、魔性の者のニオイがすれば、容赦はしない。

夏鈴は、グッと引き金にかけた指に力を込める。

「怖い怖い……っ。けどね夏鈴さん。ちょっと見てもらいたい映像があるんだよねぇ」

夏鈴を嘲(あざけ)るように、健也の言葉に合わせ、夏鈴の右側の壁に、ブンっとモニターが浮かび上がる。

撮影用のカメラで撮ったものなのだろう。

その画面に記された日付は、夏鈴が淫魔と公園で戦った次の日の昼。

そしてその内容は、夏鈴が想像もしていない衝撃的なものだった。

「ふっ、ぐっっ！　はぅうっっ！　はぁはぁ……ふっ、ぎぃぃぃぃぃぃんっっ！」

「はぁ、はぁっっ！　ああっ、やっぱり加奈オバさんのマンコ気持ちいいっ！　僕のチンポをギチギチ締め付けて……っ。オバさんのマンコも、悦んでくれてる……ぅっ！　対魔忍はやっぱり、牝豚なんだねっ。そうなんですよね、加奈オバさんっ⁉」

場所は、加奈の家のリビング。

昨晩と同じように、対魔忍スーツ姿のまま、触手に拘束されている加奈は、床に両手両足をつけた、恥辱の後背位姿勢を強要されていた。

豊満な女体のラインを妖艶に強調するように、ピッチリとボディに張り付いた戦闘スーツは股間、そして胸の部分が切り取られた状態だ。

そして隠すもののなくなった、熟したメロンのような二つの乳房は、背後に立つ健也によって、ムニムニと揉み込まれている。

同時に、愛する夫に操（みさお）を誓った人妻の膣穴には、再び健也の怒張がズブゥウッッ！　と女芯の奥深くまで挿入されており、ピッチリスーツに身を包んだ熟女を、大人顔負けの巨根を持つ少年がバックで責める姿は、異様なまでの背徳感とエロティックさを醸し出している。

「牝豚なんて……っ。くふぅ、そんなこと言ってはダメよ、健也君っ。これは身体を改造されたから……。私とあなたがセックスしているのも、健也君のおチンチンが呪われているからなのよ……っ。わ、私は悦んでなんか……。淫魔の誘惑に乗せられてはいけないわ。呪いを解くために、ただ射精することだけを考えるの……んっふひぃぃいっっ！」

ゴチュンッッ！　ズボッズボッッ！　ズブチュンッッ！　パンパンッッ！

加奈が、その成熟した大人の女の身体をビクビクっと震えさせながらも、対魔忍としての信念の言葉を紡ぎきるより前に、健也の腰が思いきり尻に叩きつけられる。

肌と肌とが弾け合う音と同時に、思い切り突き入れられた肉棒が、加奈の牝子宮の入り口に激しくぶつかる。

（お、おほぉぉぉ、ぉぉぉおっっ！　ふ、深い……ぃいっ。健也君のチンポ、ああ……慎吾さんが届かないところを軽々と……っ。し、子宮をチンポで突かれるのが、こんなにクルなんて……っ。だ、ダメよ悦んじゃ……っ。私が快楽に溺れるわけには……いかな、いわぁっ）

魔族に連れられた健也と、再びセックスをすることになって、十数分……。

魔族の方は、捕らえた他の引退対魔忍たちの調教があるからと、挑発めいたセリフを残し、いずこかへ消えてしまった。

しかし残された健也の強い性欲の発露の前に、加奈は若い剛直の突き込みから迸る、痺れるような快感に、必死に牝の声を押し殺していた。

「だ、だってオバさんっ。そんなこと言っても、くぅっ。オバさんのマンコがすごいんだよ……っ！　マンコの中のツブツブが、ものすごい勢いでうねって……っ。チンポに絡みついてくるんだ……っ。マンコからチンポを抜き差しするたびにね、すっごい熱くてベタベタした蜜がくっついてくるんだっ。ほら、聞こえるでしょ、オバさんっ！」

　グチュングチュンッッ！　ギュプギュプッッ！

　健也が、その一見華奢に見える腰を、漲る牡の肉欲によって、大きく激しく前後させる。カーテンを閉じた真夏のリビングに、決して聞こえるはずのない、淫靡な水と肉の音が響き渡る。

（んひぃいいいいっっ！　あ、あぁ……なんていやらしい音を、私……ぃっ。くぅっ、でもこれは全部、肉体改造のせい……っ。私が快楽に屈しなければ、健也君の暴走を抑えられるはず。淫魔の思うようにはさせない……っ。早くみんなを助けないと！　健也君の呪いを解くまでは、耐えてみせ……んおっっ、ふぅぅぉおっっ！）

　健也を淫魔の眷属に貶めないためには、射精させると同時に、健也の暴走している牡欲を鎮め、女が……対魔忍が決して快楽などには屈服しないという、強い意志と結果を、少年に見せなければならない。だというのに――。

　ジュルジュルッッ！

「ふぅぅぉおっっ、んおおおっっ！　しょ、触手……ひぎっ、くぅ、んんっっっ！　はぁ、だ……ダメよ、健也君……っ。淫魔の力を使っては……あふっ、ひぃいっ……お、おぉぉぉぉぉおんんっっ！」

加奈を捕らえ、そして今まさにジュルジュルと女体を這いずり回り、身悶えるような快楽を突きつけてくる触手たちを操っているのは、魔族ではなく、健也自身だ。

昨日、淫魔は健也に淫らな才能があると言っていたが、まさかこんな年端もいかない少年に、己の力を分け与えるなど思いもしなかった。

だからこそ、淫魔は健也だけを残したのだ。

それ以上に驚いたのは、健也が、このセックスの間のうちに、淫魔の力を使いこなし始めていることだ。

ギチュギチュッッ、ジュボジュボッッ！　ジュズゥウッッッ！

太い触手の先端についた、イソギンチャクのような無数の触手による乳首、そして陰核への吸いつき責めは、夫の愛撫やキスよりも暴力的で、なのに甘い快感が止まらない。

「んんんっっ、くっ……ほ、おぉぉっつっ。あああ、くぅうぅっ！」

(ほ、本当に健也君に淫らな才能があったなんて……っ。なんなの、この触手の愛撫は⁉　私の感じる……じれったい強さで触ってくるなんて……っ。はぁはぁ、慎吾さんより全然……くふぅうっっ！)

加奈は思わず、慎吾との……思い返せば淡白なセックスを浮かべるが、すぐに首を振って、それをかき消す。これはすべて肉体改造のせいだ。息子の親友の愛撫で、夫以上に感じるわけがない……。

しかしそんな人妻の貞操を、性欲に目覚めた少年の無垢な感想が、叩き壊しにかかる。

「くぅっ、ぅぅ。昨日よりマンコが締まるよ、加奈オバさんっ！　淫魔のおじさんの教えてくれた通りだ。オバさんは人妻だから、家でこっそりセックスすると興奮するんだよね？　悟の親友の僕に犯されると、もっと気持ちよくなっちゃうんだ……っ。ああっ、変態なんだ、加奈オバさんはっ。そんなオバさんを、僕がもっと変態に……。ド変態の対魔忍にしてあげるからねっっ！」

（な、なんてことを健也君……っ。私のアソコが、昨日より気持ち……いいっっ⁉　そんな……わ、私、昼間からこんなところで、悟たちに内緒で、健也君に犯されているのに……っ。自分から感じるわけないわ……っ。そんなのあるわけない……くひぅううっっ！）

絶対に快楽に屈しないと、あれほど固く誓ったばかり。

それなのに、健也の言葉を証明したがっているかのように、腰が勝手に前に跳ね上がり、ムチムチとした太ももが、ビクビクッと悩ましく痙攣する。

熱せられたナイフで、徐々に溶かされるバターのように、対魔忍として、そして人妻であり母親としての理性が、少年の淫戯と言葉責めによって、トロトロと蕩けさせられていく。

その事実を、膣から迸る快感の電流で、否が応でも突きつけられる。

「はぁはぁ……っ。僕も興奮してるよ、オバさんっ！　加奈オバさんが元対魔忍だってこと、慎吾オジさんも、悟君も知らないんでしょっ⁉　ぼ、僕だけが知ってるんだ、オバさんの正体を……っ！　対魔忍は牝奴隷っ！　そんな加奈オバさんの本性を、僕のチンポだけが知ってるんだっっ！」

パンパンッッッ！　ズチュズチュッッ！

普段おとなしく、自分の内に秘めた感情を表に上手く出すことが苦手な健也の、暴発した感情のすべてが、重い突き込みとなって、加奈の熟した人妻膣道を擦り上げてくる。

しかも対魔忍スーツ姿の加奈にとって、犬のような後背位という、屈辱感が数倍にも高まる体位なうえに、夫とのセックスでもほとんど求められたことのない姿勢でだ。

（わ、私は慎吾さんにも見せたこともない姿を、健也君に見せているの……っ!?　はぁはぁ、だからって感じるなんてこと……っ。おふぅ、健也君のチンポがまた奥にぃぃひぃぃっ！　こ、これは媚薬のせいよ……っ。私は慎吾さんだけの女……あひぃぃっっ！）

健也の腰が激しくパンパンッと、加奈の尻にぶつけられるたびに、子宮から脳天を貫くかのような、とてつもない快楽パルスが駆け抜ける。

健也にかけられた呪いを解くための、仕方のないセックスという理性のベールを剥がされ、今はっきりと突きつけられた……健也との背徳セックスという事実が、加奈の意思とは無関係に、人妻対魔忍の肉体を、さらに熱く欲情させる。

ギチギチチィィッッ！　ドブゥウッッッ！

「んくぅうっっ！　また！　またマンコがきつくなったよ、加奈オバさんっ！　す、すごいぃっ、オバさんのマンコから、ヌメヌメした熱い汁が溢れてくるっっ！　オバさん、これ僕を助けようとしてるからじゃないよね？　僕のチンポでもっと気持ちよくなりたいから、こんなにエッチにマンコを濡らして締め付けるんだっ！」

「ふお、ぉおおっっ！　そ、そんなこと……っ。んひぃっ！　け、健也君、は……激し……っ。オバさんは気持ちよくなりたくなんかないのよ……っ？　お、落ち着いて、健也君っ。それ以上奥までチンポくると……っ。ひぐっっ、お、おぉぉっっ！　ふ、ぉおおおおっっ！　わ、私ったら、なんてエッチな臭いを……はぁ、あはぁぁっ！」

膣花弁から吐き出された愛蜜の濃厚な発情臭が、締めきった部屋に充満する、加奈と健也の汗と混ざり合って、鼻孔から加奈を欲情させる。

ゾクゾクゾクゥウッッ！　……ゴリュゥウッッ！

（ん、ほぉぉおっっっ！　し、子宮っっ！　健也君のチンポの先っぽが私の子宮突き上げてくる……っっっ！　だ、だめ……これすごいっっ！　感じちゃいけない……っ。なのに感じちゃうっっ！　こんな暴力的な激しいセックス、慎吾さんじゃ、ありえないひぃぃっっ！）

夫との交わりでは味わったことのないペニスの極悪ピストンが、引退した人妻対魔忍の女膣を、淫らに熱くさせる。

声を必死に押し殺そうとするが、牝の本音を吐き出させようと、粘液だらけの触手愛撫が、完全勃起したクリトリスをシコシコと弄り、被虐感を高めるかのように、ギチギチィイッッ！　とより強く身体を締め付け上げてくる。

「ああ、加奈オバさんっっ！　マ、マンコが震えてきたっ！　イクッ？　イクのオバさんっ⁉　また夜みたいに僕のチンポでイっちゃうのっ⁉　はは、あははっっ、やっぱりイクんだ？　慎吾オジさんに内緒で、悟君の親友の僕に犯されてイキそうなんでしょっ！」

密かな想いを抱いていた加奈が、自分の牡の力によって、牝の本性をさらけ出し始めている姿に、健也の眠っていた独占欲、支配欲が暴走する。

理性を本能でねじ伏せるように、健也の極太肉棒が、加奈の蜜壺に出し入れされる。

ズチュズチュッッッッ！　ズボズボズボォォオッッ！　ドチュウドチュンッッ！

「ち、ちが……っ！　ふぐぃいいいいっっっ！　ぃっっ、ひぃいぃぃんんっっっっ！」

（お、おおっっ！　んほぉぉっっっっ！　ダ、ダメェッッ！　私、健也君に射精させなきゃいけないのに、本気で感じてイ……イクッッ⁉　いけない、私は対魔忍……っ。快楽に負け……ほぉおぉおおおおんんっっ！　息子の親友のチンポに屈するなんてぇぇっっ！）

健也の言葉通り、膣がブルブルと震え、全身に官能の電流がビリビリと走る。めくるめく快感の昇天に、確実に突き上げられつつある。

だが今日は、昨晩のような、お互い媚薬と呪いに翻弄された凌辱セックスとは違う。

テレビや小物……視界に入ってくるものすべてが、慎吾と悟との思い出に溢れるリビングで……。つい数時間前まで、家族団らんを過ごしていたこの部屋で――。

対魔忍としての覚悟を、幼い少年のペニスがもたらす快楽に突き崩される、インモラルな事実が、狂おしいまでの快感を呼んでしまう。

それは対魔忍を引退し、幸せな時間に満ちていた加奈が、今はっきりと突きつけられた、恥辱と裏切りの背徳快楽だった。

「はぁっ、はぁっっ！　違わないよ、オバさんっ！　加奈オバさんは僕のチンポでイカされるんだっ！　オジさんや悟を捨てて、僕のチンポ快楽のモノになるんだよっっ！　それを今から証明してあげる。調教してあげるよ、対魔忍・加奈っっ！」

ドチュドチュッッ！　ジュリリリィイイッッ！　ギュブルゥウッッ！

「くほっっっ、おおぉおっっっ！　はぁはぁっっ、ひっっぃいいっっっ、ぎぃいいいいいいっっっ！」

これまでですら慎吾の突き込みより激しかったピストンが、さらにもう一段も、二段もギアが上がる。

まるで重機で膣を抉られ、擦られているかのように、健也の剛直のたくましさ、そのエラの張り具合までも、膣壁の性感帯からはっきりと教え込まれる感覚……。

対魔忍スーツのまま、さらにきつく加奈を締め上げる触手の感触は、自分が敗北した対魔忍であるという倒錯的な屈辱感を覚えさせられ、それが官能の炎を膨れ上がらせる、さらなる燃料になる。

（イク……っっっっ！　おほぉおっっっ、こ、今度こそ健也君にイカされる……っっ⁉　ああ、耐えるのっ、耐えるのよ加奈ぁぁっっ！　絶対にイカないわっっ！　ああっ、私は対魔忍で、家族がいるんだから……イっちゃだめぇぇぇっっっ！）

淫魔の策略によって、息子の親友に、家の中でイカされる。

家族だけは絶対に守ると決めた加奈にとって、それは最大限の屈辱だった。

と同時に、その恥辱がジュクンッっっ！　と子宮を熱く煮えたぎらせ、昨日の快楽をはるかに上回る官能を、加奈の肉体と精神に刻み込む。

「ああっっっ、出るっっ！　出しますっっ！　出すぞ、加奈っっ！　イカせてやるっっ！　イケ、加奈っっ！　対魔忍にぴったりの変態アヘ顔を見せてみろっっ！　おおおおおおっっっっ！」

パァアンッッッ！　ドブッッ！　ドバドバァアアアアッッッ！

健也がひと際強く腰を、加奈の巨尻に叩きつけた瞬間、ブクンッと一気に膨れた健也の肉竿の先端から、大量の白濁が洪水となって、加奈の子宮と肉壺を熱く淫らに満たしていく。

「くっひぃぃいいいいっっっっっっっ！　おおっっっ、くおっっっ、んんん〜〜〜〜〜〜〜〜っっっっ！」

（き、きたぁぁあっっっっ！　健也君の中出し精液、き……昨日より多くて濃くて、熱いいいいっっっ！　ああっっ、子宮がザーメンでいっぱいよぉぉっっ！　イク、イクッッッ！　イクイクイクイクゥゥウウッッッ！　んおぉおおおっっ、慎吾さん、悟ぅぅっっっ！

私、健也君とイグのっ、んほぉおおっっ！　耐える……耐えるから、ぁぁあっっっ！）

ビクッッッッ！　ビクビクンンッッッッ！　ビックゥウウウウッッッ！

加奈は、子宮を満たす弾けんばかりの快感に、グンッッ！　と反り返りそうになるのを、鍛え上げた対魔忍としての精神力と家族への想いで、グッッと耐え抜き、ドッグスタイルで下を向いたまま、野太い牝の咆哮(ほうこう)も押し殺してみせた。

だが、眉はハの字に垂れ下がり、全身をガクガクと震えさせる淫ら極まる姿は、加奈の牝としてのエクスタシーの大きさを示していた。

（おほぉぉぉっっ、イカされた……。き、気持ちいい〜〜〜っっっ。で、でも負けちゃダメェ。認めちゃいけないのよぉぉっ。私は健也君を助けるために、チンポセックスしてるだけ……っ。慎吾さんと悟を絶対に裏切るわけにはいかない……っ。イカない……ああっっ、快楽に溺れるなんて、あぁっ、あああっっ！　そんな……っ。で、出るっっ⁉　んほぉおっっっ、おしっこ出ちゃうのほぉぉおっっっ！　イ、イキションしちゃうぅぅうっっ！）

ジョボッッ、ジョバババァアアアッッッッ！

膣に入りきらなかった大量の少年ザーメンとともに、加奈の股間から淫らな牝の臭いたつ黄金水が勢いよく、リビングの床に放たれる。

それは慎吾とのセックスでは、いまだしたことがない法悦の極致。全身が快楽で弛緩していることを意味する、女としての完全敗北放尿だ。

「うわっ、あああっっ、僕がオバさんにおしっこ漏らさせちゃった……っ。はは、あははっっ。すごい臭いだよ、加奈オバさん？　その年でお漏らしなんて、恥ずかしくないの？　アヘ顔は我慢したけど、僕のチンポ射精で、思いっきりイっちゃったってことだよね？」

きれいな床に広がっていく、年上女性にあるまじき恥辱の染みに、健也が興奮気味にま

くしたてる。

「はぁ、はぁ……そんなわけ、ないわ。い……いい加減にしなさい、健也君。私は絶対に快楽に負けないわっ。あなたが自分を抑えきれないのだとしても、私は必ずあなたの呪いを解いてみせる。そして淫魔を倒すわ……っ！　だから、あまりオバさんを……対魔忍を舐めないことね……っ！」

（け、健也君の中出し……い、いぃぃぃっ。け、けれど今の私は対魔忍……んっ。このまま健也君の淫気を高めるわけにはいかない、わ！）

それはいつも優しい加奈が、健也に初めて見せる、厳しい大人の女性の表情だった。

たとえ息子の親友であっても、過ったことは許されない。

それが絶頂アヘ顔を耐え抜いた加奈が、健也に見せる覚悟の証だった。

「お、おばさん……っ⁉　ふ、ふふふ。へぇ、悟だけじゃなく、僕にもそんな怖い顔できるんだ？　そうだよ、オバさんは僕のモノになるんだから、悟に見せるような顔を見せてくれるのは当たり前だよね。……そしてそのうち、僕のチンポ調教で、僕だけにエッチな顔を見せてくれるようになるんだ。ふふふっ、あははっ！」

一瞬、怯えた……気弱な少年の顔を覗かせた健也だったが、それを魔性の淫気によって目覚めた、牡の表情が覆い隠してしまう。

いまだに衰えない巨根を勃起させたまま笑う姿は、まるで魔族そのものだ。

「け、健也君……っ。くっ……っ」

健也の純粋な心が、強い反動となって、魔の思想に感化されてしまったのだと思うと、淫魔を憎む思いがさらに強くなっていく。

と同時に、そんな健也とのセックスで放尿絶頂にまで達してしまった背徳快楽の気持ちよさが、加奈の理性の気づかぬところで、熟牝本能に刻み込まれていく。

「あなたを元の優しい子に戻してみせるわ……っ！　対魔忍の誇りにかけて……っ。ふおぅぅっっ、ま、まだチンポがこんなに大きく……っ。うぅっ」

「淫魔のおじさんが言ってたよ。僕への呪いは、一日中、一ヶ月ヤリ続けるくらいじゃないと解けないって。時間はたっぷりあるんだ。オバさんがそんな怖い顔で言うなら、アヘ顔になるまで……悟や慎吾オジさんが帰ってくるまで、何十回だって犯してあげるよっ！」

加奈の股間の女穴から、ドプドプとあふれ出る白濁の濃い牡の臭いの中、まったく衰えを知らない健也の巨大肉棒が、今再び加奈の膣穴に狙いを定める。

その立ち上る熱気と淫気に、加奈は我知らず、艶めかしく背筋をブルッと震わせた。


「なっ、まさか加奈が……っ。くっ、すべては淫魔の仕業……っ」

(健也君は、ヤツの淫術の虜に……っ。加奈は健也君を人質にとられたということか……っ。おのれっ、淫魔めっ！)

映像が途切れた後、夏鈴はショックを隠しきれなかったが、すぐに対魔忍としての冷静さを取り戻し、状況を整理する。

「……健也君、淫魔はどこだ……っ⁉　私の使命は、事件の元凶である淫魔を倒し、囚われた元対魔忍たちを救出すること。キミはヤツに利用されただけだ。今ここで素直にヤツの居場所を言うなら、加奈へのキミの行為は問わないと約束しよう。それに対魔忍も日々進歩している。キミの呪いも、こちらで解呪できないことはないんだ」

夏鈴がこのアジトを嗅ぎつけることを予想していたのなら、狡猾な淫魔のことだ。本人は、すでに別の場所へ移ったとみて間違いない。

高い戦闘力を持つ加奈が、おとなしく淫魔の言うことに従っているということは、健也への呪いが、淫魔を倒しても解くことができない、などと言われているからだろう。

しかし、加奈が引退したときから、対魔忍の技術進歩も著しい。

健也への呪いだけでなく、加奈の肉体改造も治療できる可能性は、おおいにあるのだ。

ならば倒すべきは、淫魔ただ一人。

これまで幾多の任務をこなしてきた夏鈴といえど、淫魔の策略の駒として扱われているだけの少年を手にかけようとは思わない。

「……ふふ、見た目によらず夏鈴さんも優しいね。でもそれは言えないよ。だって淫魔のおじさんは、加奈オバさんが好きなのに、ウジウジしてた僕へ、最高のプレゼントを贈ってくれたんだ。そう、対魔忍っていう牝豚と、それを屈服させる力をね……っ！」

ゾワゾワァァッッッ！

健也がまとった闇の気配が、彼の欲望の増大とともに、一気に膨れ上がる。

そこに立つのは、哀れにも魔族に利用されたか弱い少年ではない。夏鈴への明確な敵対意思を示す、闇に芽吹いた新たな魔だった。

「……そうか、それは残念だ。加奈の知り合いといえども、少し痛い目を見てもらうぞ。対魔忍を舐めないことだ、健也君……っっ！　ふっっっっ！」

健也との距離は、わずか数メートルあまり。

夏鈴は流れるような動きで、健也との間合いを一瞬で詰めると、右手に握った銃を、少年の頭上で振り上げる。

狙うのは無防備な首筋。

命までは取らないが、歪な牡の欲望に呑まれかかっている少年を、おとなしくさせるためには、それ相応の痛みは必要だ。

「はは、夏鈴さんってば怖いなぁ。……でも本気になるのがちょっとだけ遅かったねっ」

「調子に乗るのもいい加減にしろ……っ。対魔忍を舐めるなと言ったはずだぞ……っ！たかが淫魔の力を分けてもらった程度でっっ⁉　な、なに……っっ⁉」

バキィィンッ！　ギィィンッッッ！

健也に向けて振り下ろされた銃が、彼の首元に当たる直前、夏鈴の足元で突然、冷たい金属音が響いた。

その音が夏鈴の脳に届いたときには、踏み出そうとした夏鈴の足が、まるで冷凍庫から出した氷に触れたときのような、ひんやりとした感覚とともに、それ以上、前へ踏み出せなくなる。

「これは……っ⁉　いつの間に……っ！」

夏鈴が驚き、足元を見ると、夏鈴の細く美しい足首に、無機質な銀の足枷がはめられている。それは床から伸びる鎖に繋がっており、対魔忍の膂力をもってしても、その場から一歩も動けない。

いったいいつ仕掛けられたのか。そして、いつ発動させられたのか。

（まさか、健也君と出会った時……⁉　しかしあんな短時間で、私に気づかれず罠を……っ？　く、まさかこんな子供が……っ）

確かに、突然の健也の出現に、一瞬だけ緊張が緩んだのは確かだ。だがその隙を突けるのは、よほどの実力者のみである。

それを、つい先日まで普通の少年だった健也が行ったという事実に、夏鈴は唇を噛みしめる。

「ふふ、対魔忍を舐めるなだって？　あははっ、ざまあないね、現役対魔忍の夏鈴さん？」

言った健也が目くばせすると、周囲の機械がウィィィン！　と不気味な音を立てる。そしてその直後。

バチバチバチィィィイッッッッ！

「おあっっっっっ！　あぐっっ、ガ、ァアアアアアッッッッ！」

はめられた足枷から、高圧電流が迸り、まばゆいスパークとともに、夏鈴の全身を駆け巡る。

同時に夏鈴の魅惑的な女体を包む、ピッチリとした対魔忍スーツが、ビリビリィィッ！　とはじけ飛ぶ。

露わになった爆乳と、ボリューム満点の桃尻が、スーツを破り飛ばすほどの電流に、ビクビクッッ！　と悩ましく跳ね上がる。

「……気の強いお姉ちゃんには、自分の立場ってものをわからせてあげないとね。ふふふ、加奈オバさんは大切な人だから、ちょっとだけ優しくしてあげてたけど、夏鈴さんは、僕の〝オモチャ〟になる牝豚だからね。対魔忍らしく、きっちり調教してあげるよ。きれいな顔が、快楽でグチャグチャになるの、楽しみだなぁ、あはははっっっ！」

バリバリバリィィィィッッッ‼

「ひっっ、グアアアアアッッッ！　おひっっ、ンギヒァアアアアアッッ！　……くっ、健也……くん……っ。す、すまない……加、奈……っ」

まるで魔族のように笑う健也を見つめながら、夏鈴はその意識を失っていった。


「うっ、く……っ。うぅぅっ……っ」

「ふふ、無様だねぇ、夏鈴さん？」

「だ、黙れ……っ。んちゅっっ、あふっっ……ぶちゅるぅっっ！」

頭上から届く健也の声に、夏鈴は気丈に返すが、その低い声音には、夏鈴がこれまで見せたことのない、甘い響きが混じっていた。

そして、淫らな調教を受ける牝の対魔忍の声も。

（くっ、まさかこんな子供に私が……っ。くぅっ）

夏鈴の鍛えられた体内時計が、気絶させられてから、すでに丸一日以上経過していることを告げる。

それだけの時間で、自分の身に何が起きたのか……。夏鈴はその結果を、己自身の豊満な女体で思い知らされている。

ジャラ……ガチィッ！

金属の枷による拘束は、足首だけでなく両手、そして首にまで及んでいた。

しかも手枷は床に設置されているため、必然的に前傾姿勢……まるで犬のような四つん這いの屈辱姿勢を強要されてしまっている。

結果、足首の位置を固定された状態で、尻を高く掲げさせられているため、スラリとした両脚は、いやらしさ極まるガニ股(また)を取らざるを得なくさせられている。

はめられた首輪に繋がる鎖は、天井から吊るされており、マゾっけ極まる拘束姿だ。

しかも電撃によって破れた対魔忍スーツ。そこから溢れ出た、加奈に勝るとも劣らぬ爆乳、その先端の乳首には、部屋に備え付けられた怪しげな機器から伸びる、クリップ状の電極が取り付けられているのだ。

二穴にはバイブが挿入され、今もヴィィィィイッッ！　と卑猥な音とともに、夏鈴の女体を内側から、快楽に染め上げていた。

視界はアイマスクで塞がれ、自分では見ることはできないが、その姿は、まさに虜囚へと身を堕とした艶やかな対魔忍、そのものだ。

さらに、目覚めたときの変化は、屈辱の拘束姿だけではない。

「はぁ、はぁっっ。んじゅるっっ！　じゅぼっっ。おふっっ、ぉぉぉっ、こんな……くふっ、身体が熱い……っ。なぜ私が少年のペニス、などを……じゅぶっっ、んぶじゅるるぅぅうっ！」

夏鈴は、淫ら極まるガニ股拘束のまま、眼前に突き出された健也の極太ペニスに、まるで飢えた野獣のような浅ましさで、ジュルジュルとむしゃぶりついてしまっている。

「ペニスじゃないよ、夏鈴さん？　チンポだよ、チ・ン・ポ。どう、ここの肉体改造装置ってすごいよねぇ？　ふふ、夏鈴さんが気絶している間に、色々と身体を改造させてもらったんだ。加奈オバさんと同じ、感度3000倍だけじゃなく、五感や脳の性欲、それにエッチな条件付けまで覚えさせて、チンポを出されたら、どんな嫌な相手のモノでも、反射的にしゃぶらずにはいられないって風にさ？　ふふふ、我慢できないでしょ、夏鈴さん？　僕のチンポおいしくてたまらないよねぇ？　たとえば、こんなことをされてもっっ！」

ゴブゥウッッ！

「んぶふぅうっっっ！　おえっっ、おごっっ！　の、喉の奥までチ、チンポがぁぁっっ！　おぶじゅるぅっ……お、おぐぉっっっっ！　あ、くそ……っ。じゅるぶぅうっ！　こんなことをされているのに……しゃ、しゃぶって……んぶじゅずりゅりゅぅうっっ！」

健也の腰が、グンッッ！　と思い切り前に突き出される。喉の奥を突かんばかりの暴力的な行為。

しかし夏鈴の全身に走ったのは、生まれてから感じたこともない牝の快感と、自分を辱めている少年の勃起肉棒を、口の中から追い出したくない、浅ましくしゃぶらなくてはいけないという、昂りきった牝欲の衝動だった。

（はぁ、はぁぁんんっっ。な、なにをしているんだ、私は……っ⁉　対魔忍なのに、チンポが……んぶじゅるぅうっ！　チンポをしゃぶりたいという欲求から、の……逃れられない……っ⁉　そ、それになんだこの感覚は……っ⁉　身体が痺れて、と……蕩けそうだ……っ）

そのクールな性格通り、一途（いちず）に忍びの任務を遂行する人生を送ってきた夏鈴にとって、女の快楽というものを、直に感じたことは、ほとんどない。

せいぜい月に数回、どうしようもない性欲を発散させるためのオナニーを行うくらい。

オークに犯された時も、強い痛みと屈辱を感じただけで、快感などは覚えたことはなかった。

（ああっ、に……臭いが……っ。健也君のチンポの臭いが、たまらないものに感じられる……っ。あ、味も……舌を通した感触も……っ。はぁぅ、このいやらしい音さえも、気持ちよく感じてしまうなんて……ぇっっ。こ、これが女の快感……っっ⁉）

感度だけでなく、五感、そして脳すらも改造されてしまったというのは本当なのだろう。

本来なら、嫌悪感しかないはずの、魔に下った少年の肉棒のすべてが、任務を忘れてのめり込んでしまうほど、怖いくらいに愛おしいモノに思えてたまらないのだ。

五感の残りひとつ、視覚をアイマスクで封じられていることが、逆に目の前の男根への欲求を高めさせる、卑劣なスパイスとして機能している。

口の中で感じる肉棒のイメージが、卑猥に改造された脳の中で、いやらしく増幅され、まるで麻薬にも似た恍惚感で、夏鈴のクールな理性を覆い尽くしてくる。

「あははっっ、現役の対魔忍もやっぱり牝なんだね？　ここまで来るときに見せてた、かっこいい姿が台無しだよ、夏鈴さん？　ああ、そこいいよぉっ。おじさんの話じゃ、セックスに興味ない人だって聞いてたけど、うくっ、このフェラ。加奈オバさんより上手いかも……っ！　一皮剥けば、対魔忍もエロコス着たビッチだったたってことかなぁ？」

「だ、だみゃれ……っ。じゅぶっっ、んべっっ！　はぁ、はぁっ。健也君……いや、健也……っ！　対魔忍は決して快楽になど負けない……っ。ふぅぅうっ。覚悟しておくんだな。淫魔を倒す前に、お前の性根を叩き直してやる……っ！」

改造された快楽欲求をはね除け、肉棒を吐き出した夏鈴が、アイマスク越しにでもはっきりわかる怒気を、健也にぶつける。

今までは、加奈の知り合いということもあり、どこかでかわいそうな子供だと思っていたが、ここまで増長した少年に気を遣う必要はまったくない。

淫魔にただ利用されていることに気づかずにいる健也に、悪しき魔と人が交わる世界の本当の厳しさと、それを誅する対魔忍の誇りを叩き込んでやらなければならない。

しかし、その強気な態度が、健也の表情を一変させる。

「……へぇ、僕のオモチャになる人が、〝ご主人様〟にそんな偉そうなこと言うんだ？　ちょっと強くて美人だからって許さないよ……この牝豚がぁっっ！　そんなに言うならやってもらおうかな？　できるもんならね、対魔忍・夏鈴……っっ！」

アイマスク越しの気配から、健也が左手になにかを握ったのがわかった。なにかＴＶのリモコンのようなもの……。そして健也の指が、そのリモコンのスイッチを、きつくギュッと押し込んだ。

(!?　な、なんだ……っ!?　か、身体になにか不思議なものが……っ!?)

ウィィインッッという不気味な機械音が部屋に響くと、視界を覆われた夏鈴のガニ股姿勢を強いられたお尻や足に、なにか……例えようのないゾクリとした感触が走った。その瞬間……。

ビリビリビリィィイッッッッ！　バギリリリィィィイッッ！

「ひぃいいっっっっ、ひゃぎぃいいいいいっっっ！　んおおおおおおっっっ！　おほぉおおおおおっっっっっ！」

刹那、夏鈴の身体に、気絶させられたときとは比べものにならない、苛烈な電流が迸った。そして四つん這いの女体がビクビクゥウッッ！　と大きく無様に跳ね上がる。

（な、なんだこれはぁぁあっっっ⁉　で、電撃ぃぃっ⁉　い、痛いのに……おぉぉっっ、それなのにき、気持ちぃぃいいっっっ⁉　か、身体中が気持ちよすぎて……あ、頭がおかしくなるぅうっっっ！）

真っ白なスパークが弾ける地下室で、夏鈴は我知らず、エロティックなポーズで高く掲げた腰を、グイングインと上下に振りたくっていた。

膣とアナルに極太バイブを二本差しにしたまま、大きなお尻と丸出しの股間を上下させる様は、美麗な対魔忍とは思えない無様極まる、変態アクションだ。

「あははははっっ、最っっ高だね、夏鈴っっ！　なにをされたか、見えないだろうから教えてあげるよ。夏鈴の身体には、皮膚や肉を透過する特殊な電極棒が刺さっていてね。身体の中に直接、電気を流し込んでいるのさっ。そしてそれが改造された肉体に反応して、痛みが快感に変わってるんだ。でもさすが対魔忍。普通の人なら即死の電圧なんだけど、あははっっ、なのにめちゃくちゃ悦んでるみたいだねぇ⁉」

バリバリバリィィイッッッ！　ビキビギィィイイッッ！

「ひぃぃいいっっ、おおおおおっっっ……っっ！　い、痛みを快感に、だとぉぉっっっ⁉　そんなことあるはず……あぎぎああああっっっ！　んおおおっっっ！　そんな……くっほぉぉおおおっっっ！」

（気持ちいい気持ちいいっっ、痛くて気を失いそうなのに、気持ちイィイイイッッッ！　ああっ、腰が勝手に淫らに動くぅうっっ！　おっ、んほっっ、ぉぉおおんっっ！　イクッッ、イクッッッ!?　う、嘘だぁぁっっ！　電撃でイグゥウウウウウウッッッ！）

ブシャァアアッッッッ！

淫らに上下していた夏鈴の下半身が、まばゆい電撃の閃きとともにビクゥウッッ！　と痙攣し、バイブが突き込まれた牝穴から、ねっとりとした大量のラブジュースを部屋中に撒き散らす。

それはまだ、オナニーでの絶頂しか経験したことのない夏鈴にとって、あまりに衝撃が強すぎる快感のビッグバンだった。

「お、おぉぉおっっ……こんな、馬鹿な……っ。あひ、ぉぉおおぉっっ」

鎖で拘束された、四つん這い状態の女体が、ビクンビクンッ！　と快感に打ち震える。強気な声を発していた口元は、気づかないうちに舌がだらんと垂れてしまっていた。

「あれあれぇ？　さっきまでの強気はどうしたの？　もしかして電撃食らってイっちゃったぁ？　お姉さんは対魔忍なんでしょ？　快楽に負けないってさぁ、言ったよねぇっっ！」

ビリビリィィッッ！　ジュボォウウッッ！

「んじゅぶぅうっっ！　お、おごぉおっっ、またチ……チンポだと……ぉっ!?　お、おふ、んじゅるぅうっっ！　このくらい、もう一度吐き出して……っ!?　ああっ、しょんな……おおっ、な、なんだこの味はぁぁっっ!?　じゅぶじゅるっっ！　ちゅぶっっ、じゅりゅりゅぅううっっ！」

まるで想像もしていなかった電撃での被虐アクメに、夏鈴の意識が快楽の天頂へと突き上げられた直後、野太い嬌声を吐き出した口の中に、再び健也の剛直が荒々しく突き込まれる。

だが電撃を浴びせられながらの強制フェラは、先ほどとはまるで別次元の快楽だった。

ビリビリビリィィイイッッ！　バリバリィィイッ！

（ふぅぅんんっっ！　じゅぶじゅりゅうぅうっっ！　け、健也のチンポしゃぶるのが、おぉおっ、し、死ぬほど気持ちイ、イィッッ!?　電撃が……あぁっ、電撃が流れると、チンポの味で、頭が狂いそうになる……っ！　チンポ、吐き出せないっ!?　……じゅぼじゅぼっっ！　ジュジュリュズジュゥウッッ！　んふぅうっっ！　チンポ、お……おいしいぃなんてぇ……っ！）

まさに至極の、としか言いようのない快感だった。

憎むべき健也の肉棒へ、無意識のうちに自らむしゃぶりついてしまう。いくら理性が、対魔忍にあるまじき破廉恥行為だと言い続けても、電撃快楽によって狂わされた牝の衝動が、知識にすらない、ひょっとこフェラまで披露してしまう。

（た、たまらない……っ！　ああっ、こんなこと、している場合ではないのに……っ。な、なぜだぁっ!?　チンポしゃぶるの止められないぃっ！　わ、私の本能が、健也のチンポに、電撃アクメに屈服したがっているというのか……ぁっ!?）

任務こそ絶対の生きがい、そして誇り――。

牡を求める牝の本能など、25年間考えたこともなかった夏鈴が味わわされる、強制的な女の欲情に、クールな対魔忍の美貌が官能の赤に染まる。

「ふぅうんんおぉおっっ！　ジュパっっ！　ジュパッッ！　ふじゅるぅううっ！」

「あははっっ、唇をそんなに間抜けに突き出してさっ！　美人が台無し、ああっっ、チンポ気持ちいいっっ！　ムッツリ対魔忍のひょっとこフェラ、最っ高だよっ！　ほぉら、次はこっちだっっ！」

再びグッッと、健也がリモコンのスイッチを押した気配がした。次の瞬間——。

バリバリィィイッッ！

「ひぃぎゃぁあああああああっっっ！　こ、今度は胸……乳首だとぉぉおおっっっ!?　おっ、あひっっ。くぉぉおっっっ、し……痺れるぅうっっ！　乳首灼けるぅっっっ！　なのに……ぉおっっ！　じゅぶっっ、じゅぶぅうんんっっっ！　んおっ、ほぉおおおっっっっ！」

（イクイクイクッッ！　あ、あああっっ！　バカな……乳首、電撃でまたイ、イグゥウウウッッッ！）

乳首に付けられていた電極の意味を、夏鈴が知ったときには、その量感たっぷりの爆乳は、バイブを突き込まれた膣にも勝る、圧倒的な快感の震源地となって、夏鈴に味わったことのない、被虐快感を教え込む。

ビクンビクンッッ！　ブシッ、ブシィィッッ！　ガクガクゥウッッ！

（は、はひっっっ。ま、マズい……っ。い、痛いのがぁ、電撃がき……効きすぎる……っっ。イクのが抑えられない……っ。いたぶられるのが、いいなんて……そんなことが……

っ!?）

股間から、まるで間欠泉のようにビチュビチュッと、被虐潮吹きが噴き上げているのが、部屋に充満していく、自分の発情牝の臭いでわかってしまう。

一対一の戦いなら、いかなる魔族にも後れをとることはないと思っていたのに、子供一人にいいように感じさせられている事実が、いつも表情を崩さない夏鈴に、ゾクゾクした背徳的な被虐快感を覚え込ませていく。

「くふぅうっ、またフェラの勢いが強くなった……っ！　やっぱり僕の思った通りだ。夏鈴はクールぶってるけど、実は根っからのマゾなんだよっ！　電撃食らいながら、チンポしゃぶってイキまくるなんて……っ。ははっ、いくら改造されたからって、浅ましすぎるよねぇ、真性マゾの対魔忍さん？」

「マ、マゾ……ぉ!?　私が……んじゅるぅうっ、しょんな……っ！　おぉぉ、おふぅうっっ、じゅぶりゅぅうっ！　そんにゃ、変態なわけある……ものかぁっ！　あひぃ……っ」

マゾ……健也のその言葉に、夏鈴の背筋にゾワリとした快感が走る。

この異常快楽と性欲は、すべて気絶している間に行われた肉体改造のせいだと思い込もうとしていた理性に、マゾという単語が深々と突き刺さり、淫らな毒を流す。

そして夏鈴の対魔忍としての誇りの奥にある、自分も知らなかった、めくるめく敗北の恥辱快感の扉を押し広げていく。

「あははっ、いいねぇ。やっぱり対魔忍は最高だよっ！　ああ、チンポ熱くなってきたぁ！

ふふ、それじゃぁ夏鈴。僕がお前に、最高のマゾ快楽を教え込んであげるよっ！」

言った健也は、夏鈴のアイマスクを剥ぎ取る。

そして健也が再びリモコンのボタンを押すと、部屋の床から、まるで浸水した舟底のように、大量の薄いオレンジ色の液体がボコボコと湧き上がり、見る間に部屋が水浸しになっていく。

「な、なんだこれは……っ⁉　今度は水責めにでもしようというの…………っ⁉　ひぉぅっっ⁉　んおっっ、か、身体が熱いぃいいっっ！　こ、これはまさか……まさかぁっ⁉」

「気づいたみたいだね。そう、これは媚薬さ。夏鈴が眠っていた間に、肉体を感度3000倍まで改造した、その原液だよ。捕らえた元対魔忍の中には、一滴マンコに触れただけで、堕ちちゃった人もいるらしいけど、生意気な現役対魔忍には、ちょうどいいよねぇ？」

「そ、そんな……。ふ、ふざける……くぉおぅうっっ！　ひぃっ、んひぃっっ！　おひぃいいいいっっっ！　あひぃっ、……んおぉおおおおおおっっっ！」

とめどなく湧いて出る媚薬原液は、わずか一分ほどで、四つん這いになっている夏鈴の手足を、その強力極まる官能の沼地に漬け込んでいく。

そして勃起した乳首、バイブのはめられた女体の性感帯局部に、媚薬がわずかに触れると、それだけで夏鈴の全身に、これまで以上の破壊的な快楽パルスが迸る。

（な、なんという効力だ……っ。触れただけでイ……イクッッ！　健也はこの媚薬に触れても平気だとは……。くぅっ、心だけでなく、淫魔の力をも自分のものにし始めているの

か⁉︎）

強靭な精神力を持つ夏鈴ですら、理性を保つので精一杯の媚薬原液の中で、健也は何事もなく立っている。

そのことを本人がまるで普通のことのようにしていることが、歴戦の対魔忍である夏鈴を戦慄させる。

「ははっ、いい牝の声っ。まぁでもこのままじゃ窒息しちゃうからね。それもおもしろそうだけど、僕もチンポが限界だからさ。こうしてあげるねっ♪」

ジャラッッ……。

健也が目くばせすると、夏鈴の両手首を拘束していた鎖のジョイントが、器用に回転し、夏鈴の腕を後ろ手に拘束させる。

そして首輪についていた鎖が、まるでモノを吊り上げるかのように、夏鈴の上体を引き起こし、夏鈴を膝立ちのまま、媚薬の湖に浮いた格好に固定する。

「なっ、こんな格好……っっ⁉︎　ふぉっっ、んぉおおおっっっっ！」

（こ、この体勢マズい……っ！　マ、マンコが媚薬の原液に浸かっているぅうっ⁉︎　熱い、熱い熱いいいぃいいっっっ！　マンコ、マンコッッ！　おっっほぉおっ、マンコ疼くぅううっっ！）

窒息こそ避けられたが、膝を折った姿勢のために、夏鈴の股間部が、媚薬に思い切りさらされる高さとなってしまう。

決して満たされない軽い絶頂がひたすら続き、まるで猛烈な焦らし責めに遭わされているようで、夏鈴の情欲が強制的に突き上げられていく。

固定された足首と背筋に力を込め、無様な背伸びをするようにして、なんとか完全に陰部が浸かりきることを避けようと、首の鎖をガチャガチャといわせるが、スタイリッシュな対魔忍スーツ姿と相まって、逆に健也のたまらない加虐快感を掻き立てる。

「夏鈴は加奈オバさんと一緒で背が高いからさぁ。この高さがちょうどいいんだよねぇ？」

言った健也は服を脱ぎ捨て、裸になり、そのいきりたった肉棒を露わにする。

夏鈴の秘膣に突き刺さっていたバイブを引き抜き、その穴の入り口に、硬く広がった亀頭をグリグリといじらしく押し付ける。

「ふぉぅっっ!?　な、なにをするつもり、だぁ？」

「わかってるくせに。夏鈴が今欲しがってることをしてあげるんだよ？　媚薬の原液で爆発しそうな、生意気対魔忍マンコに、僕のチンポを突っ込んであげるんだっ！　こんな風にねっっっ！」

ドチュゥウウッッッ！　ゴリッ、ゴチュッッ！　ズンッズニュチュウッッ！

媚薬原液をたっぷりその肉竿につけた、とても少年のモノとは思えない逸物が、夏鈴の膣内に、思い切り下から突き込まれる。

「や、やめっ…………くぉおっっ、んぉおおおっっっ！　くひっっ、ひぐっっ……ひぐぅうううううっっっ！」

瞬間、吊るされた夏鈴の身体が、ビクビクウウウゥッッ！　と大きくわななき、湧き上がった臭い立つ牝の発情汁を、周囲に散らす。

（い、入れられた……生チンポをマンコにぃいっ⁉　こんな子供に私は……あ、ぉおぅうっ。太いっ、おおっっ、健也のチンポぉっ、バイブよりも、オークのよりも太くて熱くて、硬くて！　……気持ち、イィィイイイッッッ！）

それは夏鈴が生まれて初めて感じた、牡棒による牝の快感だった。

これまでの電撃責めと媚薬原液によって、すでに臨界状態だった夏鈴の蜜壺が、彼女の意思を離れて、健也の男根をギチギチときつく激しく締め付ける。

「うあっはっ！　夏鈴のマンコ、キツイなぁっっ！　加奈オバさんの熟れた人妻マンコとは全然違うね。くぅっ……チンポが押しつぶされそうだよっ！」

「はぁぁうううっ、い、言うなぁっっ！　人のマンコをそんな、加奈のと比べ……おほぅうっっ！　対魔忍にセックスなど不要……ひんぎぃいっっ！　あっ、ああっっ。チ、チンポが奥にっっ！　私のマンコが、子供チンポに広げられている……ぅうっっ！」

感情を表に出さないクールビューティの夏鈴の美貌が、健也に自分の秘穴の感じを評されると、恥ずかしさに赤くなる。

夏鈴にとって、初めての人同士のセックス。

感じてはいけないと、意識を無にしようとしても、夏鈴の年相応の乙女心が、健也のいやらしい年下マンコレビューを、どうやっても気にかけてしまう。

「さすが加奈オバさんよりも、若くて現役の対魔忍のマンコだ。身体が鍛えられてるから、あくっっ、膣壁の反応が早いや。オバさんのは、向こうからグイグイ締め付けてくる貪欲って感じのマンコだったけど、夏鈴のは犯されるのを待ってる感じだ。へぇ、かわいいね夏鈴のマンコは？　それそれっっ、そぉれっっ！」

グチュ！　ズチュッ！　ドチュンズジュンッ！

「あはぁぁっっ。かわいいなんて……っ。くぅ、馬鹿にするなっっ！　私は対魔忍だっ。快楽などに篭絡(ろうらく)されたりはしないっ！　こんなチンポなどで感じる……おほっっ、くひぃいいっっっ！　気持ちよくなったりなど……のっ、ほぉぉぉぉおっっ！　突くなっ！　おおっっ、奥に、当たる……子宮に、チンポの先ぃっ、当たってるぅうっっ！」

必死に凛と振る舞おうとするが、少年に拘束されて犯されるという、倒錯的な状態が、夏鈴の鍛えた理性を淫らに惑わせ、膣奥(ちつおく)からの快楽を倍増させる。

なにより、夏鈴には高い戦闘能力はあっても、性的な経験は皆無に等しいのだ。牡の性欲に目覚め、淫魔の力を扱う健也のピストンテクニックに、頭がまるでついていかない。

（あ、ああっっ。チンポで膣を突かれるのが気持ちよすぎるっっ！　子供相手なのに、私は……ひぎぃいいっっ！　気持ちいい気持ちイイッッッ！　媚薬原液付けたチンポぉ、発情マンコ抉られるの、た……たまらないぃぃっっ！）

これまで、どんな苦痛や苦難にも耐えてきた対魔忍としての自負が、年の離れた弟ほどの年齢の健也、その猛りきった肉棒によって、文字通り突き崩されていく。

無意識に膝を曲げ、自分から媚薬の中に、股間を漬けにいってしまう。

なんとか嬌声を押しとどめるだけの理性は、かろうじて残っているが、意識は完全に膣とペニスに集中しており、年の差セックスの快感で、脳内が埋め尽くされてしまっている。

「ふふ、口では強気だけど……だいぶほぐれてきたよ、夏鈴のマンコっ！　それじゃ、まずは一回、中出しされる快感を覚えさせてあげようかな？　マゾ夏鈴にぴったりのやり方で……ねっっ！」

ビキィイッッッッ！　ビリビリィィイイイッッ！

「ひぎゅあぁあああああっっっっ！　ま、また電撃ぃぃいっっっ⁉　ち、乳首……おっぱいっっ！　おほぉおっっ！　おっぱい潰れるっっ！　電撃、痛いのに、気持ちいぃぃいいいっっっっっ！」

健也がリモコンを操作し、首輪から強烈な電撃を発生させる。それに合わせ、夏鈴のボンッと突き出た爆乳を鷲掴みにし、一切の手加減なしに、思い切り握り込む。

ギュムウウゥッッッ！　ギチュウウゥッッ！　ビリリィイイイッッ！

「はっぎぃいいっっっ！　おっぱいっっ、おっぱいがぁぁあっっ！　なんで握りつぶされてるのに気持ちイイんだぁあっっ⁉　ひぃっっ、んひぃいいいいっっ！　すごいっっ、電撃っ、おっぱいっっ、マンコぉおっっ！　気持ちよくて……す、すごすぎるぅううううっっっ！」

「あははっ、とうとう〝気持ちいい〟って言ったね、夏鈴っ！　やっぱり対魔忍は牝豚の才能を持ったビッチの集まりなんだっ！　こんな変態なことで感じるなんて……おもしろくてたまらないよっっ！　ほら、イケっっ！　中出ししてやるから、イクって言えよっっ、ドM対魔忍！　〝ご主人様〟に聞こえるようにねっ！」

ドチュドチュドチュッ！　ズッッッチュゥウウウウンッッ！

とても子供とは思えない力強い腰振りチンポが、下から夏鈴の股間目掛けて、突き上げられる。

たっぷりの発情媚薬をまとった極太肉棒が、初心な肉壺ヒダのすべてを、ゴリュゴリュゥウッッ！　と激しく擦り上げ、かつてない圧倒的な快楽が、夏鈴の理性を官能の炎で焼き尽くす。

「あ、あぁあっっ！　だれがそんな言葉言うものか……ぁっ。くおっほぉおおっっっ！ぉうんんっっ、チンポっっ、奥っっ！　ああっっ、私の子宮突かれっっ。おほぉぅうっっ、んおぉおっ！　やめろっ、やめろやめろやめろぉおおおっっっ！　これ以上気持ちよくされたら……っ。あひぃいっっ、子宮にぃいっ、出すなぁあああっっっ！」

対魔忍として、年上の女性として――。強気な態度を崩すことのなかった夏鈴が、切羽詰まった声で、健也に言う。

それは夏鈴が対魔忍として初めて感じた、先の見えないものへの恐れの感情だった。

しかし、そんな夏鈴の理性を裏切り、さらなる快楽への肉欲は膨れ上がっていく。

自ら絶頂を誘うように、健也の肉棒をギチュギチュゥウウっっ！　と、子宮の奥で、思い切り食い締めてしまう。

「なにがやめろだって⁉　自分から締め付けてるじゃないかっ！　イケ、マゾ夏鈴っっ！　僕のザーメンでイっちゃえよっっ！」

健也の猛り声とともに、赤く膨れ上がった亀頭が、女の中心である子宮へ、淫欲にまみれた牡白濁をぶちまける。

ドビュドビュドビュゥウウウウウッッッ！　ドッパアアアアアッッッ！

「んおっほぉおおっっっ！　き、きだあああっっっっ！　な、中出しっっ⁉　おほぉおぅううっっ！　熱いっ、熱い熱いっっ！　くぉほぉおおおっっ！　すごいっっ、すごいすごすぎるぅうううううっっ！　ひぃ、おひぃぃいいっ！　ぬほぉおおおおっっ！」

鎖で吊られた夏鈴の身体が、グンッッ！　と背筋が折れんばかりにのけ反って、ビクビクッッ！　と淫靡に痙攣する。

（ひぃひぃいっっ、んおおおおっっっ！　クルゥウッッ、グルゥウウウウッッ！　子宮からクルッッ！　んほおおっ、対魔忍が、そんな……子供の中出しなどで……あ、あああっっっ！　も、もう耐えられないぃいいいいっっ！）

「くあぁっ、夏鈴のマンコに中出し、めちゃくちゃ締まって、気持ちいいっ！　もっとイケッ！　マゾと中出し快楽を覚えながら、イっちゃえ、対魔忍・夏鈴っっ！」

ドビュゥウウウッッ！　バリバリィィイッッ！

夏鈴の心の限界を見透かしたように、健也の肉棒がさらに子宮の奥を突き上げ、さらなる白濁を注ぎ込む。

同時に首輪から、猛烈な電撃の一撃が、夏鈴を完全なる敗北絶頂へと飛翔させる。

「あぎひぃぃいいいいいっっ！　こんなことされたら、言うっっ！　言わされるっっ！

……ッックッッ！　イクッッ！　あ、あああっっ！　イクイクイクゥウウウウッッッ！　イッグゥウウウウウウウウッッッッ！　中出しよすぎて、イってるぅううううっっ！」

瞬間、夏鈴の高潔な理性がはじけ飛び、決して言うまいと誓った、恥辱の牝言語が、可憐な口から勢いよく吐き出された。

切れ長のクールな瞳がグルンッと、淫らな白目を剥き、中出しマゾ快感に屈服したことを証明するように、舌がダランと垂れ下がる。

ジュバアアアアアッッ！　という、股間からの猛烈な絶頂潮吹きが、まるでプールでお漏らしをしたかのように、媚薬原液の中に広がっていき、地下の凌辱部屋に、たまらない牝の濃い臭いを充満させる。

「あははっっ、イイ声だね、夏鈴っ。僕の牝奴隷にお似合いの無様アクメだよ。あぁ、これで加奈オバさんと一緒に思う存分、対魔忍を調教できるんだっ。考えただけでチンポが熱くなるよっ！　そぉら、もう一発だっ！」

ドビュドビュゥウウウッッ！

「くぉ、おほ……ぉぉつつ。ま、まだ出すのかぁぁっっ⁉　イクッッ！　イクッッ、ザーメン出されるたびに、イグウゥウッッ！　ぬほぉおおおっっ、中出し電撃アグメぇぇっ、ギモヂよしゅぎるぅううううっっ！　あああっっ、セックスすごぃいいいいっっ！」

電撃での被虐快感により、マゾ快楽を刺激されるだけでなく、無尽蔵の精力を思わせる健也の爆発的な連発中出しザーメンに子宮を満たされ、生まれて初めて、牡とのセックス快楽の幸福感を覚えてしまう夏鈴。

自分を犯している少年への、女として……牝としての屈服感が、子宮からほとばしる快感とともに、有能な美麗対魔忍の心を甘く痺れさせる。

（おほぉぉぉんんっっ。セックスぅぅっっ♡　こんなに気持ちイイ……ああ、負けるか……。対魔忍は快楽になど絶対に……ぉおっ、またザーメンんんっっ！　イクイクッッ！　あぉおおおっっ！　イグゥウウウウッッ！）

敵とすら考えていなかった少年の絶倫中出しに、白目を剥いて連続絶頂にハマる夏鈴。

対魔忍としての誇りを、マゾアクメの快感に打ち崩された彼女の表情は、文字通り、牝の被虐快楽に蕩けきっていた。

第三話　止まらない人妻対魔忍調教　抗えない牝の肉欲

カクカクカクッ！　ジュドンジュドンッッ！　ジュブゥウウッ！

「加奈オバさんのマンコ、初めの頃より、めちゃくちゃエッチになってるよ？　すっかり僕のチンポの形覚えちゃったみたいだね……っ。気持ちいい？　僕とのセックス、そんなに気持ちいいの、加奈オバさん……っ？」

「そ、そんなこと……っ。いつも言ってるでしょ？　これはあなたの呪いを解くため……。健也君。私を好きになってくれるのはうれしいけど、私には慎吾さんと悟が……。おぉっ、ふぅうっ！　そ、そこ……っ、マンコ奥突いちゃダメ……っ。子宮……っ、健也君のチンポぉっ、私の子宮に当たってるぅうっ！　ひぃっ、あひぃいっ！　射精クル……っ！　あ、おぉおおっ、ひぐぅうううううっっ！」

（イ、イクッッ!?　健也君の中出し射精……私、もう耐えられな……っ。イクゥウウウウウウウウウウッッ！）

ドチュンッッッ！　ドビュゥウウッッ！　ビクビクゥウウッッ！

加奈の強気な抗議の言葉が、背面から突き上げられた健也の極太ペニスからの、白濁洪水射精の一撃によって、甘い官能の牝声へと堕ちる。

時刻は深夜——。

淫魔に授けられた力を使いこなし、強いサドの性癖が解放されていく健也の要望で、加奈は、慎吾との愛の巣であるダブルベッドの上で、背面側位の格好で、健也と激しいセックスを行っていた。

「ほぉぉっっ、んほぉぉおおっっ！　まら、しぎゅぅ……アクメ……っ！　んじゅるぅうっっ、じゅぶじゅぶぅっ！　ひぎぃいぃいんんっっ！」

背筋がビクンッ！　とエロティックにわななき、我知らず上半身を大きくひねらせ、健也の唇に自身の唇を強く、熱く重ね合わせてしまう加奈。

「うああ、気持ちイイっ！　加奈オバさんのマンコよすぎて、また出しちゃったっ。……ふふ、キスでごまかそうしても無駄だよ、加奈オバさん。マンコがめちゃくちゃビクビク震えて、僕のガチガチのチンポ食い締めてる……っ！　ほら、もう一回イカせてあげるよ。オバさんの大好きな子宮でね……っ！」

ドチュドチュッッ！　コンコンコンンッッ！

発情して膣側に降りてきた子宮を、背後から健也が小刻みに腰を揺らしながら、亀頭で何度も責め立てる。

「ふぶぅぉっっ!?　あ、んんんっ！　ぉ、おおおっ、子宮……連続ダメよっ！　んくぅっ、ポルチオイキ、またくる……っ！　じゅるぶぅうっ！　むふぅうっっ！　ひぃいっぐぅうううっ！」

まだ絶頂の余韻の真っただ中だというのに、加奈は連続絶頂に突き上げられる。

年上として、人妻としてのプライドで、なんとか絶頂嬌声だけは聞かせまいと、キスをするが、膣の激しい快楽絶頂振動は止められない。

（ひぃぃ～～、おほぉぉぉっっっ！　子宮絶頂すごすぎるわ……っ。こんなの慎吾さん、教えてくれなかった……のにぃぃっ）

夫の慎吾の肉棒サイズと淡白なテクニックでは味わったことがない、女が最も感じる部位と言われるポルチオ性感帯。

しかし健也の極太ペニスは、いとも簡単に子宮の入り口をノックしてくるのだ。しかもその突きこ込みの勢いは、慎吾のものとは比べものにならない力強さを誇っていた。

健也との初めてのセックスから、すでに三週間目……。

熟れた加奈の人妻肉欲は、もはや健也のポルチオアクメでなければ、満足できないほど、快楽に慣れさせられていた。

「あぁ、オバさんのガチイキマンコ最高……っ。オバさんと毎日セックスできるなんて、幸せすぎるよ。でも……まったく、オジさんも悟もいないっていうのに、ベッドの上でビクビクイっちゃって。人妻として最低だね、加奈オバさん♪」

「そ、そんなことぉ、言ってはダメよ……。これは健也君がここでなきゃダメだって言うから。絶対に私は……対魔忍は快楽になんか堕ちたりしないのよ。はぁはぁ……あひ、ひぃぃぃぃっ」

気丈なセリフとは裏腹に、いまだ続くポルチオエクスタシーに、熟れた女体をビクつかせる加奈。

(慎吾さんと悟が、慎吾さんの実家に帰省中だからって……。くっ、あはぁ……っ。け、健也君のセックス、こ……拒めなくなってる……っ。慎吾さんといつもするベッドでぇ、慎吾さん以上のセックス……あぁ、違うわ。これはセックスじゃない。これは対魔忍としての任務、そうでしょ、加奈……ぁ?)

淫魔に改造された感度3000倍の肉欲。

かつて対魔忍であった加奈であっても、それを日々、抑え込むだけでも精神を削られているのに、健也との肉の交わりは、加速度的に加奈の眠っていた牝の欲望を的確に掘り起こして、身体だけでなく、心の奥にまで刻み込んできていた。

射精し終わり、慎吾のものよりはるかに巨大な勃起ペニスがズルリと抜けた陰唇は淫らにヒクつき、ドブドブと溢れ出る若い白濁の熱さに、密壺の甘美な痺れが一層強くなる。

(き、気持ちイィ……っ。健也君の巨大チンポ……。あ、あぁぁ……っ。し、慎吾さんと悟に秘密で、健也君とセックスしてるって考えただけで、マ……マンコが怖いくらい熱くなるなんて……っ)

加奈は、薄暗い部屋の明かりの中、いつも慎吾とともに寝ているベッドの上での……いわば年下との不倫セックスに、得も言われぬゾクゾクとした快感を覚えずにはいられなかった。

決して理性で望んだことではない。

　自分が健也とセックスをしているのは、彼のペニスに刻まれた淫魔の呪いを解くため……。その決意は、どれだけ犯されようと、何度絶頂に達しようと変わることはない。しかし……。

「ふふ、見て加奈オバさん。オバさんの顔、すっごいエッチな顔してるよ。これが元対魔忍の顔だなんて。いつも魔族から守られてた僕たちは幻滅するしかないよねぇ？」

「はぁはぁ……、こ、これは……っ⁉　やめて、こんなこと……っ。くぅ、んふぅぅぅっっ」

　健也のスマホの自撮りモードで見せつけさせられた自身の、アクメの天頂から降りてきたばかりの蕩け顔に、加奈は声を詰まらせる。

　口は淫らに半開きになり、大きく熱い牝の吐息を漏らしながら、力なく垂れた舌から、淫靡な涎(よだれ)がベッドのシーツに零れ落ちている。

　明らかに紅潮した頬に、汗で湿ったショートヘア。

　そこにいつも明るい母の顔と、常に凛々しい対魔忍としての顔はない。

　なにより、見知ったベッドの上で、裸のままビクビクと小刻みに震える加奈の背後には、優しい慎吾の顔ではなく、健也のどこかニヤついた表情があるのだ。

　そんな異常なシチュエーションで、牝の顔を晒す自分を見せつけられて、さらなる背徳の快楽が、絶頂したばかりの子宮を、キュンッッ！　と熱く震わせる。

（わ、私……健也君に変えられてる……。慎吾さんと悟を裏切る快感を覚えさせられている……っ。くっ、私は絶対に堕ちたりはしないわ……っ。健也君を救い、悟や慎吾さんを守ってみせる……っ。だ、だから夏鈴……っ。お願い、早く……あぁ、早く淫魔を倒して……っ）

加奈は、まだ幼い少年に植え付けられていく背徳快楽に、ビクビクと身を震わせながら、この事件を担当している現役対魔忍・杉田夏鈴のことを思い浮かべる。

健也の強烈な性欲で増強された呪いは、いつ解けるともわからない。

自分の身体は徐々に快楽を受け入れ始めてしまっている。

そんな状況にあって、確かな望みの綱は、夏鈴が早急に事件の首謀者である淫魔を打倒してくれることだ。

卑劣な淫魔が、健也を人質にとっていることを夏鈴に暴露し、脅してくるかもしれないが、加奈から見ても、夏鈴は優秀な対魔忍だ。

彼女の実力ならば、淫魔が健也に危害を加える前に、魔族を打倒することは、決して難しいことではない。しかし――。

「ん？　まだ堕ちてないって顔だねオバさん？　……あ、もしかして、もう一人の対魔忍の〝夏鈴〟がなんとかしてくれるって考えてる？　ねぇ、そうでしょ⁉　あはは、そうそう、〝夏鈴〟ってめちゃくちゃ強いもんね、期待しちゃうよねぇ⁉」

「え……っ⁉　な、ど……どうして健也君が夏鈴のことを……⁉　なんでそんな知った風に言って……っ⁉　ま、まさか……っ⁉」

加奈は青ざめた表情で、上半身を起こすと、ケラケラと笑う健也を見つめた。

少年から立ち上がる淫気……すでに明確に邪悪とさえ呼べる不可視のオーラが、その圧力を増しているのを、痛いほどに感じる。

「さすが元対魔忍。勘がいいね、加奈オバさん。……そのまさかが本当かどうか、確かめてみようか？　ちょうど今の時間、おもしろいところだろうからさぁ？」

言った裸の健也が、部屋の壁に掛けられた52インチの大型スマートモニターの電源を入れると、慣れた手つきで自身のスマホとリンクさせ、その画面に、ある映像を映し出す。

「あ、あぁ……そんな……っ。う、嘘よ……っ。そんなことって……っ」

加奈は裸のまま、ぺたんと両脚を広げて、ベッドに座り込んだまま、両手と唇をわなわなと震えさせながら、その映像を見つめる。

画面右上に、互いの部屋がライブ通信でつながっていることを示すアイコンが表示され、向こう側の音声が、振り下ろされたギロチン刃のように、加奈と健也がいる部屋に問答無用で突きつけられた。

「こ、この豚どもが……っ！　殺してやる……っ。絶対に殺して……ひぉっっ、んおひいいっっ！　あひぃいいいいいいいっっ！　や、やめ……おっほぉおおっっ！　チンポぉっ、チンポ動かすなぁあああああっっ！」

ジュボジュボッッ、ズコズコ、ドチュウンンッッ！　ビクンビクッッ！　ビクゥウウッ！

「はぁ⁉　てめぇが豚なんだよっ、対魔忍様よぉおっ！　この額の傷の恨み、たっぷり晴らさせてもらうからなっ。おら、どうした⁉　もっとなんか言ってみろよっ！　ええ、夏鈴んん⁉」

バシィィンンッッ！　ビタァアアンッッ！

「ひぃぃいいっっ！　し、尻っ、汚い手で叩く、なぁあっっ！　んぎぃいいいおほぉおおおっっ！　豚め、豚どもめぇぇっっ！　ぬおほぉおおおんっっ！　はひっっ、おひっっ！おぉおおおおっっっ！　マンコが……んほぉっ、燃える……っ、イク……っ、んほぉおおおっっ！　くそっ、イクイクイクゥウウウッッ！　オーク豚チンポで、まらイグゥウウウウウウウッッッッ！」

ビクビクビクゥウウッッ！　ブッシャァアアアアッッ！

画面の中の夏鈴が、瞳を無様に白目にさせながら、本能的に下半身をグンッと前に突き出して、栓を開放された噴水のような勢いで、熱くヌメっとした本気アクメ汁を、オークたちに見られながらぶちまける。

「あ、あへ……おひ……っ。ふんぉおおおおっっ」

だらしなく舌を垂らしたアヘ顔状態の夏鈴が処せられているのは、冷たい鉄壁への、まんぐり返し拘束だ。

背中を壁に付けたまま、両手を頭上に伸ばし、壁に備えられた金属の拘束具で留められている。

まさにまんぐり返しのように、尻をグンッと前方に突き出す形のまま、両脚を左右に大きく広げられ、頭の高さで足首が固定されている。

お尻には、無数のビンタの痕と、正の字がいくつも書かれており、それはつまり、夏鈴がオークたちに本気絶頂をさせられた屈辱の数字でもあるのだろう。

「ぐへへっっ、とんでもねぇ上物の牝マンコだぜ、こいつはっ！　やっぱ対魔忍は最高の牝豚だなぁっ！」

「そうですねぇ、お頭ぁ。まさか本当に対魔忍を犯すことができるなんて。俺たち、オークで本当によかったですぜ……っ」

加奈の瞳に映るのは、かつて公園で夏鈴に敗れたオークたち。

その中でも、ひときわ大きい背丈の首領オークが、夏鈴の女穴に、健也に勝るとも劣らない大きさの極太ペニスを、激しく突き入れ、夏鈴をはしたないメス豚アクメへと昇り詰めさせたリアルタイム映像だった。

「ふふ、ここは淫魔のおじさんの地下研究所でね。一週間くらい前かな。ここに乗り込んできた夏鈴を、僕が捕まえて、改造、調教してあげたんだ。悟や慎吾オジさんが、この家にいる間は、加奈オバさんとエッチできないから、その暇つぶしにね。今日はここで加奈オバさんとセックスできるから、夏鈴に恨みがあるっていうオークたちに、夏鈴を犯させてるってわけ。それにしても、くく……エッチだねぇ、威張り散らしてた対魔忍が、雑魚オークに犯されるってさぁ。あはははっっ」

「お、おほぉ……そんな、まだチンポくる!?　イ、イク……イクゥウウウウッッ！　んほぉおおおっっ！」

「あ、あぁっっ。夏鈴……夏鈴んんんっっっ！」

健也の無邪気な高笑い、そして連続の恥辱アクメを受け、白目を剥いたまま、ビクビクっと全身を艶やかに震わせる囚われの敗北対魔忍の姿に、思わず加奈が夏鈴の名を叫ぶ。

「んん？　お、これはこれは健也坊ちゃんじゃあないですか！　へへ、今回は俺たちのためにこんなメス豚をご用意してくださって、ありがとうございます！」

「坊ちゃん？　健也〝様〟って呼べって言ったよね？　夏鈴なんかにボロボロに負けたオークがさぁ。僕に舐めた口聞いていいと思ってるのかなぁ？」

「は、ははっっ。健也様……っ。し、失礼しましたっ！　もう二度と間違えませんっ！」

加奈の声に気づき、こちらに映像を送信するカメラに向き直ったオーク首領、そしてその配下のオークたちが、健也に跪いて、その絶対的な上下関係の立場を示す。

つい数週間前まで、悟の後ろに隠れていた健也の、驚くべき変貌ぶりだ。

「あ、あひ……か、加奈……？　そこにいるのか……？　す、すまない。あなたたち引退対魔忍を助けるはずが……こんなことに……。しかし、もう少しだけ耐えてくれ。対魔忍の誇りにかけて、絶対に快楽などには屈しない。淫魔を倒し、あなたも、健也君も救ってみせるっ。だから……!?　ひぎぃいいいいいっっっ！　んおっほぉおおおっっ！　乳首ぃいっっっ！　勃起乳首、電撃ギダアァアアアアッッ！　イクイクイクイクゥゥウウッッ！　ああっっ、やめろ〝健也〟あああああっっっ！　おっひぃいいいいいいっっ！」

バリバリバリィイイイッッッ！　ビリビギィイイイイッッ！

加奈の存在に気づき、囚われの身であってもなお、任務を完遂しようと諦めない夏鈴の爆乳――。

淫らに破られた対魔忍スーツ、そこからたぷんっと溢れ出た胸の両勃起乳首には、二つのピアスがはめられており、バチバチチィィッッと、モニター越しにもまぶしい鮮烈な電撃が、夏鈴の豊乳に、激烈なマゾ快感を迸らせる。

「か、夏鈴……っっ⁉　な、なにをやっているの健也君っ！　あなた、自分がなにをしているのかわかっているのっ⁉」

加奈の声にも健也は動じず、まるでゲームをするかのように、スマホの画面をタップしながら、夏鈴への電撃の強度を上下させる。

「ふふふ、当たり前だよ。僕の大好きな加奈オバさんと違って、夏鈴は僕の〝オモチャ〟なんだ。対魔忍だからって、僕に偉そうに説教したあげく、手をあげそうになったからね。ふくく、でもざまぁないよねぇ？　普段は澄まして、クールぶってるのにさぁ。実は痛くされると感じまくっちゃうドMの変態美人だったんだから……っ！　ほら、オークたちももっと激しく犯しなよ！　その方が夏鈴も悦ぶんだ、あはははははっっ！」

「うへへへ、了解です、健也様……っ。おい野郎ども、このクソビッチ対魔忍を、オークのザーメンまみれにしてやるんだ！　くははっっ」

健也の指示に従い、首領オークがそのデカマラを、夏鈴の膣……その奥深くにまでドチュンンッッ！　と強く突き入れて、その膂力たっぷりの下半身を、グンッッ、グンッッ！と怒涛の勢いで前後させる。

周りのオークたちは、人間よりはるかに大きい勃起肉棒を、拘束された夏鈴に向け突き出し、電撃と首領ペニスに悶え啼く、現役美貌対魔忍のアヘ顔をオカズに、一斉に自身の肉棒を擦り上げ始める。

ジュボォオッッ！　ドチュドチュッッ！　シコシコシコォオッ！

「くぉ、ほおおんんっっ！　やめ、ろぉぉおっっっ！　チンポ抜けええっっっ！　私に汚いモノを向けるなぁあっっっ！　おんぉおおおっっ！　ら、乱暴にマンコ突くなぁっっ、子宮ぅうっ、当たってるぅうっ！　潰れるっ、子宮っ。オークチンポが出たり入ったりぃいっっ！　ひぃぃんっ、おほぉおおっっ！　くひっ、あひぃいいっっ！　ひぃぃいぎぃいいいいいいっっっ‼」

公園で夏鈴が軽くあしらった時とは真逆の立場。

完全に上から目線で夏鈴を見下すオークが、その屈強な肉体を大きく揺らしながら、エラだけで、女の拳ほどはありそうな凶悪肉太ペニスで、夏鈴の牝穴……その内側にびっちりと生えた性感帯の塊である肉ビラを、暴力的にジュゴジュゴッッとこすり上げる。

夏鈴はそのクールな切れ長の瞳を、ギラリと輝かせ、目の前のオークを睨みつけるが、一秒もたたぬうちに、膣穴から全身に迸る、感度３０００倍の被虐快感に、凛とした瞳が色っぽく蕩けてしまう。

グポグポッッッ！　ドチュゥドチュンンっっっ！

「ぐはははっっ、対魔忍子宮は気持ちよすぎるなぁっ！　普通の女なら、とっくにぶっ壊れるようなプレイでも、対魔忍マンコなら耐えてくれやがる。俺たちに犯されるために、マンコまで鍛えてくれてるとはなぁ。最高級のオナホールだぜ。……夏鈴っ！　お前も気持ちいいんだろう？　子宮と膣のダブルで、俺様のチンポピストンの抜き差しを感じられるんだからよぉっ！」

「だ、だれがぁ、あがっっ、おほぉおおっっ！　くそっ、くそぉおおっっっ！　許さ、ないぃいいっ！　殺すぅぅっっ！　この卑怯者どもめ……あっひぃいいいっっ！　乳首まら電撃ぃいんんっっっ！　おおおっっ、チンポ子宮に電撃響くううううっっ！　あああっっ、あぎゃあひぃいいいっっ、ぬおぉおおおおおおほぉおおおおおっっっ！　イグゥウウウウウウッッ！　んおっへぇえええええっっ！」

バリバリィィッッ、ドチュドチュドチュゥウウウッッ！

対魔忍の膂力であろうと脱出不可能な、屈辱のまんぐり返し拘束姿勢の中、オーク首領の膣をも突き破らん勢いのピストンに加え、乳首ピアスからの高圧電流淫撃に、夏鈴の美しい顔が痛みと快感に堕ちていく。

親しい後輩が無防備に受けている、痛撃拷問と快楽拷問が融合した、痛ましいまでの異種間レイプは、モニター越しの加奈の心をきつく震わせる。

「か、夏鈴……っっ！　ひ、ひどすぎるわ健也君っっ！　夏鈴はあなたのオモチャじゃないのよっっ！　いい加減にしないと、オバさん、本気で怒るわよっ！」

　自分がされてきた、まだギリギリ人並みのセックスではなく、夏鈴の女が壊れてしまうような苛烈な快楽ファックに、加奈は眉を吊り上げ、健也に迫る。

「ふふ、そう怒らないでよ、加奈オバさん。僕になにかあったら、本当に夏鈴は壊れるまで犯されちゃうよ？　やめてほしかったら、早く僕のチンポの呪いを解いて、淫魔のおじさんを倒すことだね。そうすれば夏鈴は助かるんだから。あと二週間くらい射精すれば解けるんじゃないかな？　ま、それまで夏鈴が狂わなきゃいいけど。――オバさん？　僕最近知ったんだけど、高慢な対魔忍を苛めるのってさぁ……」

　これまで軽口を叩くようだった健也の声音に、狂気じみた色が付加される。

　モニターからの反射光に照らされる健也のあどけない表情が、ニヤァッ！　と妖しく微笑んだ。

「……めっちゃくちゃ楽しいんだよねぇっ！　おい、お前たち。夏鈴はもっと痛いのでも悦ぶM豚なんだからさぁ、思いっきりやっちゃいなよ、あはははっっ！」

「げははっっ、わかりました、健也様っ！　だとよ、夏鈴っ。悪かったなぁ、お前もチンポと電撃だけじゃ物足りなかったろう？　お前みたいなクソ生意気対魔忍には、こういう責めをくわえてやらなきゃあなぁっっ！」

　言って首領オークが取り出したのは、夏鈴がいつも武器として扱っている鎖だった。対魔忍にとっての魂でもある、愛用の武器を、あろうことか拘束された夏鈴の首に巻き付け、丸太のような太さの左腕で、思いきりギチィィっ！　と手前に引きつける。

ジャリリリィィッ！　ギチィイイイッッ！

「なっ、貴様ら……おぉおっ、んほぉごおぉおおっっ！　……か、あは……っ。あひ、ひんぎ……おぉっ、あひっ、ひふぎぃいいっっ！」

モニター越しにも、鎖のジャラッッというが加奈の耳に届き、夏鈴の声が掠(かす)れたものになっていく。

大量の酸素を求め、鎖の締め付けをほどこうと、必死にジタバタと身体を動かそうとする夏鈴だったが、淫らなまんぐり返し拘束されている四肢は、健也やオークたちのサドっ気(け)を高めるだけの、ガチャガチャという金属音を響かせることしかできない。

ギチュッッ！　ジュリジュブゥウッ！　グニグニィィイッ！

「おほほっっ、健也様の見立て通りだなぁ。この女、首絞められて、マンコがさらにきつくなりやがった……っ。苛められて感じてんのかぁ？　対魔忍も一皮剥けば最低の変態性癖持ちだなぁ。おらぁ、次はこいつだぜ、夏鈴っ！」

「はひぃいっ、ほぉっ……こ、今度はなにを……っ⁉　ほぉおおっっ⁉　んっ、おっっ！　おっひぃいいいいいいいいいっっっ！　こ、こりぇぇっっ⁉　こひぇえええええええっっっ！」

上手く言葉を発せない夏鈴が、目を大きく見開いて、鎖で締め付けられた喉の奥から、絶叫を響かせる。

ドチュゥウゥッッ！　ズブゥゥウズブズブッッ！　ドッボォォオオオオッ！

破られた対魔忍スーツから覗く、もうひとつの女の穴……丸出しになっているアナルには、成人男性の腕ほどの太さのチューブが、ズブゥウゥッッ！　と思い切り突き込まれ、皺の寄った肛門とチューブの継ぎ目から、妖しい色の液体が、ビチュビチュッと、周りに飛び散っている。

「あ、あれは⁉　まさか健也君……っ！」

「想像通りだよ、加奈オバさん♪　夏鈴が大好きな淫魔御用達媚薬の原液さ。一晩中媚薬漬けにしたことはあったけど、出してあげたら、アヘ顔になりながらでも、僕を罵倒したからさ。今度は直腸から直接吸収させようかなって。お酒でもお尻からはヤバイっていうし。あははっ、媚薬浣腸したらどうなるのかなぁ、夏鈴⁉」

「な……っ。くぅ、夏鈴……っ」

想像しただけで恐ろしいことを平気で実行する健也の姿に、加奈は戦慄する。

ここで今すぐ健也を止めたいところだが、そうすれば少年の言葉通り、夏鈴はオークと淫魔によって、徹底的に凌辱され、心までも壊されてしまうだろう。

今はただ、事態を見つめることしかできないのが、悔しくてたまらない。

ドクドクドクゥウゥッッ！　ドプゥウウウウゥッッ！

「ひぃいいぎぃんほぉおおおおっっっ！　ほっっ、おおおっっっ！　ほぎぃぃいいいいんんっっっ！　あっ、あああぁっっ、ギモヂィイィイイイッッ！　お腹から全身がマンコになりゅぅうっっ、おほぉおおっっ！　媚薬浣腸やめ……っ、アナルから抜けぇっっ！　イグイグゥウッッ！　ぐび絞められてりゅのにぃいっ、イィイッグゥンンンンンッッッ!!」

ビクビクビクゥウッッ！　ブチョァアアアアッッッ！

媚薬原液浣腸の効力は恐ろしく、夏鈴は、壁に深くめり込んだ金属の拘束具を引きちぎらんばかりの勢いで、その牡好みなプロポーションを誇るダイナマイトボディを、ビクンビックックゥウウウッッ！　と何度も何度ものけ反らせる。

「うぉおおっっ、なんていう膣の締まりだ……っ！　しかもヒダが全部ウネウネ動いて、チンポに吸い付いてきやがる……っ！　媚薬まみれの対魔忍ガチイキマンコ、気持ちよすぎて、やべぇなこりゃああっ！」

ドチュドチュドチュゥウウウッッ！

自分を傷つけた憎き夏鈴の無様すぎるアヘ姿に、首領オークは、さらに肉棒をガチガチに硬化させる。

獣の欲情そのままに、力任せに腰と剛直を夏鈴の下腹部に叩きつけると、そのたびに夏鈴が絶頂の昇天へと強制的に突き上げられる。

「イ……イグゥウウッッ！　お、はひ……ほぉぉおっ。対魔忍をぉぉ、舐めるなよ、この豚めぇぇっっ！　ひぐぅうんっっ！　ま、負けない……ぃいっ。加奈をぉぉ、みんなを助けるのが私の任務……っ。こ、このくらいの責め……んおっほぉおおっ！　耐えきってみせるぅぅっっ！」

夏鈴は、その凛とした美貌で唇をきつく噛みしめながら、濃密媚薬浣腸を受けてなお、オークと健也を睨みつける。

体内では快楽のマグマが、もうどうにも止められないくらいに大噴火を繰り返し、牝本能を強制的に滾らせられている快楽責めを、対魔忍のプライドだけで抑え込む。

「おっと、まだ生意気な口を叩けるんだ。けどそこが対魔忍のいいところだよねぇ。それじゃ、せっかくだから加奈オバさんに、僕のとっておきをお披露目しちゃおうかなぁ♪」

言った健也は、手元のスマホを操ると、それにリモートされた妖しい器具が、夏鈴に迫る。

それはまるで手術時に使うロボットアームそのものだった。

絶頂し続ける夏鈴の腹部に向け、左右から伸びたアームが、ウィィィンと不気味な機械音を響かせる。

「こ、今度はなに……!?　夏鈴に、まだなにをしようっていうの、健也君っ!?」

「ふふ、これは淫魔のおじさんにも秘密の、僕特製の機械なんだけどね。これで夏鈴に〝淫紋〟を彫ってあげるんだよ。くくく、僕のオリジナル淫紋をね」

「い、淫紋ですって……っっ!?」

加奈は健也の言葉に絶句する。

淫紋は、魔族が対象者に刻む快楽刻印だ。

主な効果は感度３０００倍をさらに凌駕するほどの強制発情、そして対象の女が妊娠したことを、外部に知らしめる屈辱の証だが、それはごく一部の有力魔族か、それに連なる者の得意とする技術のはずだ。

それをたった数週間で、オリジナルの淫紋を作ってしまうほどに力を開花させた健也に、加奈は、元凶である淫魔以上の恐怖を、改めて覚えてしまう。

「効果はばっちりだろうけど、僕の場合、身体の表面だけじゃなく、神経にも直接レーザーで彫り込むから、普通の人ならショック死するほど痛いと思うんだよね。まぁでもドＭの夏鈴なら平気かな♪」

ピッ！　と健也がスマホの画面をタップする。

するとアームがグィィンッと音を立てて動き始め、まんぐり返し拘束中の夏鈴……その下腹部に、アーム先端のレーザー照射装置の照準を、無慈悲にピタリと合わせる。

「な……や、やめろ……っ！　淫紋など……っ。あぁっっ、私にそんなものを刻むなぁああっっ！」

自分の身に起きるさらなる肉体改造に、夏鈴が声を荒らげて反抗する。

いくら強靭な理性を誇る対魔忍でも、淫紋の快感に抗える者は、そうはいない。

そんなものを刻まれるということは、魔族の快楽所有物になるに等しい、対魔忍にとって最大級の屈辱だ。

それに今ですら気が狂うほどの快楽を受けているというのに、これ以上、快感をブーストされたら、本当に夏鈴が廃人になってしまいかねない。痛い以上に気持ちいいから、気が触れたりしないでね、僕の大切なオモチャの夏鈴♪」

「対魔忍だから刻むんでしょ？　まっ、痛い以上に気持ちいいから、気が触れたりしないでね、僕の大切なオモチャの夏鈴♪」

「や、やめて健也君……っ。夏鈴っっ、逃げてぇええええっっっ！」

加奈の悲痛の言葉が響く中、健也はニタリと頬を吊り上げながら、スマホの画面をタップした。刹那……。

ビィイイッッ！　ジュォオオオッッ！　ジャッッ、ジュアアアッッ！

「おっっひぎゃほぉぉおおおおんんんっっっ！　ふぉぉおおんぎぃいいいいっっっ！　い、いぎゃあああああっっっ！　んほぉおおおおっっっ！　おっ、おっほぉおおおおおっっっ！　ひぃ、おひぃいっっ！　あぎひぁほごぉおおおおおおっっっ！」

瞬間、ジュッ！　と夏鈴の皮膚が……そして神経の表面が焼けたような音がわずかに鳴った。……しかしその音は夏鈴の悲鳴にも似た嬌声に、一瞬にしてかき消されてしまう。

「おおぉおおっっ、おほぉおおおっっ！　あ、あああっっっ！　ギモヂィイイイイッッッ！　子宮が気持ちよくて溶けりゅぅううっっっ！　い、淫紋っっ⁉　これが淫紋んんっっっ！　し、死ぬぅううううっっ！　頭とぶぅうううっっ！　おおおおっっっ！　淫紋彫られるの、ギモヂよしゅぎるんほぉおおおおっっ！」

直腸への直接媚薬吸収にすら耐えてきた夏鈴が、対魔忍とは思えない屈辱の敗北言語を絶叫しながら、これまでとは比べものにならない勢いで、ビクンッッッ！　ビックゥウウッッ！　と身体を激しく痙攣させる。

「あはっ、あはははっっ！　見てよ、加奈オバさんっ！　僕の淫紋大成功だね。夏鈴、めちゃくちゃ気持ちよくなってるよっ！　あんなに生意気だったのにさぁ。今感度1000倍くらいあるんじゃないかな!?　どうだい、オークども。マンコの具合は……っ!?」

「うへへへっっ、最高なんてもんじゃありませんよ、健也様っ！　処女よりきついですぜ、こいつはぁっ！　しかも中のマンヒダは娼婦並みときてるっ。おおおっっ、雁首めちゃくちゃ気持ちいいぜっ！　腰が止まらねぇっっ！　がははははっ！　おい、どうした夏鈴!?　いつもみたいに耐えてみせろよ！」

ギチュギチュゥウッッ！　ジュブジュボッッッ！　ジュボンジュボンンッ！

文字通り処女の締め付けと、淫婦の絡みつきを合わせたような、至極の夏鈴マンコに、オーク首領は、我を忘れて腰を振りたくっている。

夏鈴の肉壺から、グボッッ！　ジュブゥウッ！　と淫らすぎる牝と牡の摩擦音が鳴り、加奈の耳に叩きつけられる。

「ギィィイッツ、モォオッ、ジィイ、ギヒィイイイッッッ！　こんなの我慢できるかぁああっっっ！　ゆるしゃないぃいいっっ！　んおおおほおおぉおっっ！　オークチンポ、何百倍も気持ちイイッッ！　マンコっ、チンポで一ミリ擦られるだけでイグゥウウッ！　淫紋すごっっ、淫紋快感ブースト、癖にさせらりぇるぅほっぉおおっっ！　イクイクイクゥウウッッ！　加奈ぁあぁぁっっ、こんな私を、見ないでくりぇえええっっ！　……

ドM対魔忍んんっ、イィングウウウウウッッ！」

これまで頑(かたく)なに気丈さを保ってきた夏鈴が、命に係わるのではないかというほどに、狂ったように身体をビクつかせ、理性の制御を失い、自ら敗北を認めるかのような淫語絶頂を、数秒とおかず繰り返す。

向こうを映しているカメラに、夏鈴が淫穴から飛ばす、ねっとりとした本気ラブジュースがビチュッッ！　ビチィイッッ！　と飛び散り、加奈の部屋にも、夏鈴の強制発情臭が充満しているような錯覚に陥ってしまう。

「へへっ、無様だな対魔忍様よぉっ！　おお、やべぇな、このマンコっ！　くっ、オークチンポがもう限界だぜっ！　げははっっ、淫紋開通記念に、オークの中出しザーメンアクメを送ってやるぜっ！　ありがたくイキなぁっ、夏鈴っっ！」

言ったオーク首領、そして夏鈴の淫紋アクメに興奮しきっている周りのオークたちが、一斉にその極太ペニスをブクンッ！　とさらに大きく膨らませる。

ドチュンドチュンッッッ！　シコシコシコォォオオッッ！

「ひぃぃぎぃいいいいっっっ！　やめろぉおっ、今っ。あああっっ、今ザーメンきたらマズイぃいいいっっ！　淫紋と媚薬のせいで、全身が発情マンコなんだぞぉおっっ⁉　イ、イクゥウッッ！　絶対に理性飛ぶぅううっっ！　加奈に見られてるのに、変態アクメしてしまうぅううっっ！」

ただ悪党に嬲(なぶ)られているだけではない。

尊敬し、守ると誓った加奈の前で、無様すぎる敗北を喫してしまう状況に、夏鈴は屈辱と、無意識でゾクゾクとした背徳快楽を覚えながら、身体を淫らにビクつかせる。

「あははっ、ねぇ、加奈オバさん？　あのクールビューティの夏鈴が狂ったように、もっとイキまくるところ、一緒に見ようよ。気取ってた対魔忍が、堕ちていくところをさ」

「け、健也君……っ。か、夏鈴……っ！」

どうすることもできない状況の中、加奈はただモニターの向こうの夏鈴を見つめることしかできなかった。

悪の手によって、快楽に堕ちる対魔忍――。

その認めたくなかった未来に、自分を慕ってくれていた後輩が、突き落とされようとしている光景に、胸がきつく締め付けられる。

「おらぁっっ、出すぜ夏鈴っっ！　対魔忍のビッチマンコに中出しだぁあああっっっ！　おおおおおおっっっ！」

ドビュドビュゥウウウゥッッッ！　ドボォォァアアアッ！

首領オークが、夏鈴の膣に、ホースでぶちまけたような大量の豚ザーメンを中出ししたと同時、四方八方から一斉に子分オークの自慰牡汁が、麗しき現役対魔忍に容赦なくぶっかけられる。

「ひぃぃっぎぃいいいいっっっ！　ザーメン、中出しぃいいっっ！？！？　…………イ、イグッッ！　イグゥウウウウウゥッッッ！　イグイグイグイグイグイグイグゥウウゥッッッ！　のっほぉおおおおおおおおんっっ！　マンコ爆発しゅるおほぉおおおっっっ！　対魔忍敗北アクメぇぇええっっ、キィィィモォォオオオヂィィイッッッ、イィイイイイイイッッッ！」

　それは加奈が知る、冷静沈着でどこか取っつきにくいが、根は優しい誇り高き対魔忍・夏鈴が、至高の牝豚アクメへと強制昇天させられた瞬間だった。

　ブシュォオオオッッッ！　ガクガクゥウッッ！　ビックゥゥウンンンッッ！

「イィィ、イグゥウウウッッ！　止まりゃなひぃぃいいいっっ！　あらま真っ白がじゅっと続いてりゅほぉおっっっ！　死ぬっ、本気で死ぬぅううっっっ！　淫紋アグメェエエッッ！　ギモヂよしゅぎて、こんらのぉおっっ、もうもどりぇないだりょぉおおおっっ！　イグゥウウウウウウウウウウゥッッッ！」

　まるで壊れた噴水のように、本気絶頂汁が、所かまわずぶちまけられ、壁にはめられた拘束具がはじけ飛ぶのではないかという勢いで、夏鈴の豊満ボディが跳ねる。

　破れた対魔忍スーツは、ネットリとした大量の白濁と、ムワッと湧き立つ敗北対魔忍の発情汗で淫らに湿っている。

「ははっ、淫紋は完璧だね。これでもう夏鈴は、死ぬまで僕のオモチャ確定♪　しかもこんなドMアクメ知ったら、もう普通のセックスじゃ満足できないよね。あはっ」

「…………だ、だまりぇぇええっっっ！　イギィイイイッッ！　わらひは……ま、負けなひぃぃいっっ！　イ、イック……ッッッッ！　対魔忍は堕ちな……ほっげぁあああああっっ

っ！　イグゥウウウウッッ！　淫紋発情、収まりゃなひぃぃいいっっっ！　イグゥウウッッ！　加奈……ぁぁっつ、イックゥウウウウウウウッッ！」

　瞬間感度1万倍を超える、脳が快楽で焼き切れんばかりの淫紋エクスタシーの嵐の中、夏鈴はそれでも気丈な言葉を振り絞る。

　しかしその美ボディは、すぐさま新たなマゾ絶頂に震え上がり、モニター越しに、たまらなく妖艶なハスキー絶頂ボイスを響かせるのだった。

「あ、ああ……夏鈴……っ！」

「やっぱり対魔忍はすごいね、あれだけの快楽を叩き込まれて、まだ反抗的な意識を保ってられるなんてさぁ……」

　モニターが消され、再び薄暗い部屋に二人だけとなった時間。

　健也は、夏鈴のあれだけの恥辱を見た後でも、むしろより楽しそうにケラケラと笑っている。

　それはもう、加奈の知る心優しい少年ではなく、淫魔そのものに見えた。

「さて、じゃあ次は僕たちの番だね。安心していいよ。加奈オバさんには、あんな汚いオークチンポ入れさせたりしないから。加奈オバさんは、僕の……僕だけのチンポで僕の虜にさせるんだ。慎吾オジさんのセックスじゃ、満足できないようにしてあげるんだ……っ」

「……っっ」

　唐突に突きつけられた鋭い言葉に、加奈は思わず言葉を詰まらせた。

先ほどの健也とのセックスで見せてしまった、快楽に蕩けた牝の顔。それは結婚してすでに数年。その間、慎吾に一度も見せたことがないものだった。なにより——。

（た、たしかに慎吾さんの淡白なセックスじゃ……。短くて早漏のチンポじゃ子宮アクメなんて絶対に……っ）

加奈は自らの子宮がキュンッ！　と甘く高鳴るのを感じながら、長年にわたって慎吾と二人で愛を確かめてきた、このベッドの上での夜の生活を思い出す。

愛がある……たしかな安らぎと幸せを感じられる日々だった。けれどその穏やかな記憶の中に、先ほど見せつけられた、蕩けるような牝の表情……狂わんばかりの女の快楽はまったくない。

「夏鈴が白目を剥くほどアクメしているときにも思ったはずだよ？　自分ももっと気持ちよくなりたいって……、大丈夫だよ、加奈オバさん。僕がオバさんに、最高の快楽を与えてあげる。オバさんは元対魔忍。対魔忍は牝豚に堕ちることを抗えない……」

健也が、早くもビンビンに復活した絶倫勃起ペニスを加奈に見せつける。

慎吾は多くても一晩に二回。年齢を重ね、慎吾の仕事も忙しくなってきた今となっては、半ばセックスレスの状態だ。

それに引き換え、加奈の肉欲は、一晩中セックスをしても飽き足らないほどに、健也に調教され、引き出されてしまっている。

（健也君のチンポを、私の身体が求めてしまっているのは事実……。けれど……。私は対

魔忍なのよっ）

「うくっ、年上を馬鹿にするものじゃないわよ。たとえ身体は屈しても、心は絶対に膝をつかない……っ。それが妻としての貞操。対魔忍の誇りなのよ、健也君っ！」

目の前のペニスを求め、膣がウネウネと蠢き、乳首が痛いくらいに勃起し疼いている中、加奈は鍛え上げた理性を振り絞って、健也にきっぱりとノーを突きつける。

「……まったく。夏鈴といい、対魔忍ってさぁ……。いいよ、オバさん。今はまだ否定してくれていても。……けど、そうだなぁ。じゃあ、僕と簡単な賭けをしてみようか？」

「か、賭け……ですって⁉」

あどけなく、にこりと笑った健也の突然の申し出に、驚く加奈。

そんな加奈に向けられた健也の視線は、まるで、罠にかかった獲物を見るような妖しいものだった。


「はぁっつ、はぁっつ！　……ふっつっつっ！」

ピピィィイイイッッ！

加奈の吐息が途切れた瞬間鳴り響く、甲高いホイッスルの音。

その音が響き終わったと同時に、加奈に向け、ワッという声援が巻き起こる。

「う、うぉおおっつ！　悟のママ、速(はえ)ぇえええっつっ！」

「インカレ並みのタイムじゃん……っ。うわぁあっつ、この間のトラップもすごかったけど、悟君のママって、運動神経すごかったんだなぁっ」

「悟が運動できるのも、お母さんのおかげってことかっ。くぅ、うらやましいぜっ！」

「へへへっ、どうよ、うちのママの隠れた実力っ！　自慢のママだぜっっ！」

言ってはしゃぐのは、悟とその友人たちだ。

ここは、市内の温水プール。

今日はここで、悟が通うスイミングスクールの保護者参加授業が行われていた。

水泳の学生大会が行われるほどの本格的な広さと設備をもつプール。

その長さ50メートルの競泳レーンを、今しがた泳ぎきって、プールサイドに上がった加奈に、スクールの生徒たちから喝采が浴びせられる。

「吉沢さんの奥さん、すごいですねっ。なにか昔やってられたんですか？」

「いいえ、加奈の……妻の昔のことは僕もあまり……。ちょっとした運動はやっていたとは聞いていますが……」

「へぇ。しかし私の妻と変わらない年齢だというのに、その……すごいプロポーションですね。あんなに美人な奥さんが、いつもそばにいて、吉沢さんが羨ましい」

親子教室の一環での、親による競泳チャレンジ。

そこで見せた加奈の圧巻の泳ぎに反応したのは、子供たちだけでなく、他の親たちも同様で、同伴している慎吾のもとに、男親たちからの、好奇心に満ちた質問が相次いでいる。

加奈が注目を集めるのは、その叩きだしたタイムのみならず、圧倒的に目を引くそのスタイルであることは間違いない。

黒のビキニスタイルの競泳水着は、飾り気こそ少ないものの、加奈の豊満なグラマラスボディを、さらに艶っぽく引き立てている。

しかも水に塗れた髪や、その引き締まりながらも、圧倒的な量感を誇るバストとヒップの膨らみを、スッと水滴が撫で落ちる様は、子供から大人まで、男の視線をくぎ付けにして離さない。

「ふぅ、久しぶりだから、最後ちょっと息切れしちゃった。悟、どうママの実力、思い知ったかしら？」

「うんっっ、ママやばいよぉっ！　僕もママみたいな、すごい人になりたいなっ。それでママみたいな人と結婚したい……っ」

「ふふ、それはいいかもな、悟。けどママみたいに素敵な人はそうは見つからないぞ。なんていっても、パパ自慢の奥さんだからなぁ」

「ちょ、悟に慎吾さんも……っ。みんなが見てる前でなに言ってるのよ。は、恥ずかしいじゃない……っ。もうっ」

自分の母親、そして妻がみんなから注目を集めているのに気分をよくしたのか、プールサイドで待っていた悟と慎吾が、甘々な家族の雰囲気をナチュラルに醸し出す。

「ママ、後で僕のフォームチェックしてよっ。そんですげぇ速くなって、みんなに自慢……」

「……加～奈オバさんっ。すごかったねぇ、さすがだよっ」

「け、健也君……っ。くぅ、ふぅうっ」

悟が加奈に一生懸命話しかけている横から割り込んできたのは、慎吾たちと同じ、トランクス姿の健也だ。

加奈と二人きりのときの不敵な笑顔ではないものの、彼が力を手に入れる前の気弱なものとは明らかに違う、どこかあか抜けた声音で、加奈に話しかける。

その声を聞いた加奈の身体が、ブルッと淫靡に震え、わずかに甘い息が吐き出される。

「ちょ、健也。いきなり話に割り込むなよ……ま、いいか。あ、パパ。ちょっと喉渇いたからさ。もうひと泳ぎする前に、水分補給したいんだけど……っ」

ふいに現れ、どこか親し気に加奈に声をかける健也に、悟はわずかにムッとしつつも、ガキ大将ゆえの余裕なのだろう。すぐに笑顔を取り戻し、慎吾に話しかける。

「ん？　ああそうだな。ちょっとラウンジまで行ってくるか。……健也君もどうだい？」

「あ、はい。行きます。ありがとうございます、慎吾オジさん、悟君♪　……あっ、加奈オバさんも……ふふ、どうですか？」

悟たちの誘いを、爽やかに受ける健也。しかし彼が加奈に向けた言葉には、悟たちは気づかない、明確に不穏な空気が乗せられていた。

「……っ。ご、ごめんなさい、健也君。……慎吾さん、悟、私疲れちゃったみたいだから、ちょっと休ませてもらってもいい？」

「ん？　そういえばちょっと息が荒いな。……わかったよ。気をつけてな、加奈」

「ちゃんと休んでよ、ママ。……よし、健也いこうぜっ。お前、まだ端から端まで泳げないだろう？　休憩終わったら、僕が泳ぎを教えてやるからな。へへ、なんていったって、あのママの息子だから、才能あると思うんだよなっ」

「……ふふ、そうだね。悟君のママは、〝すごい才能〟があるからね……」

健也はそう意味深に言うと、ほんのわずか、加奈に視線を送り、何も知らない……にこやかな笑顔で歩いていく慎吾と悟の後を追いかけていった。

残されたのは、加奈一人だけだ。

「……はぁはぁっ。くっ、悟や慎吾さんに……き、気づかれなかったわ……。健也君、あの目、絶対に楽しんでた……っ。はぁうっ、あんな勝負……負けてたまる……ん、くふぅうっ！　もんですか……っ」

加奈は、悟たちが完全に視界から消えたのを確認すると、甘い吐息を漏らしながら、プールサイドに座り込む。

ウジュルッ……ジュルゥウッッ！　ズリズリィィッ！

「ふぉうぅっ！　ま、た激しく……っ!?　この、触手ぅっっ、ひ……んふぅうっっ！」

ペタンと尻もちをつくように座り込んでいた加奈の背筋が、ビクンッ！　と悩ましげに跳ね上がり、プールで人が泳ぐ音とは違う、粘ついた水音が、加奈の水着の下から漏れ響く。

ジュジュズゥウッッ！　ジュブッッ！

それは、文字通りの触手水着といえる状態だった。

まるで寄生しているかのように、健也が操る触手が、スポーティな水着の内側にびっしりと生え揃い、ウネウネと妖しく蠢きながら、加奈の胸、そして股間を刺激し続けているのだ。

しかも加奈の膣道に潜り込んでいる触手は、いくつもの触手が束となり、まさに肉棒そのものといえる形となって、ジュコジュコッ！　と加奈の肉ヒダを擦り上げている。

熱く充血した雁首が、ジュリジュリッ！　と牝の勘所を刺激する。

（んぉぉうっっっ！　また突き込みがきつく……っ！　あ、ああっ、イクッッ！　こんなところでイカされる……っ！　イクッ、あ……あああっっ！）

ジュルズブゥウッッ！　ドプゥウッッ！　ビクビクゥウウウッッ！

疑似亀頭の先端から、本物のように白濁粘液が噴き出し、加奈に中出し絶頂を味わわせる。

加奈の背中がブルッッ！　とわななき、整った眉が眉間にエロティックな皺を作る。喉が小さく上にクンッ、と反り上がる。

だがその身体の反応は、ベッドの上で健也に見せたものとは、比べものにならないくらい、おとなしいものだった。

「はぁ、はぁ……っ。き、気持ち……あぁっ。こ、このくらいしか感じないの……？　ぜ、ぜんぜんいつものところに届かない……んんっ、これが……〝慎吾さんのチンポ〟……ぉおっ」

加奈は、人が大勢いるプール内で、触手による恥辱絶頂を味わったにもかかわらず、その顔は悔しさや快感よりも、どこか物足りなさそうな色を濃くしており、まるで水を求める飢えた獣のように、舌がハァハァと悩ましく上下する。

（ああっ、何を考えているのよ、加奈っ。これが健也君との約束……っ。今日我慢すれば、健也君を元に戻せる、んだから……あはぁっ）

加奈が色っぽい吐息を漏らしながら、一週間前にした健也との賭けを思い出す。

それは、今日までの一週間、健也は加奈にセックスはしない。

そして一週間がたったとき、加奈が健也のペニスを求めなければ、健也は金輪際、加奈にセックスを要求することはなく、淫魔の力も捨て、オナニー射精によって呪いを解く、というものだった。

だが、ただ淫欲を我慢すればよいというものでは、もちろんない。

セックスをしない代わりに、四六時中、服の中に触手を這いずりまわされ、胸や陰部を犯される。そしてその触手が加奈の膣内で形作るのは、加奈の夫……慎吾と同じ大きさ、精力のペニスである、という条件付きだ。

元対魔忍である加奈の鍛え抜かれた精神力からすれば、これまで通り、健也の絶倫巨大ペニスに所かまわず何時間も犯されるより、はるかにハードルは低い。

そして勝利の条件も、加奈がただ健也の男根を拒否すればよいだけという、はじめ健也からその賭けの内容を聞かされたときは、賭けにすらならない、簡単すぎる内容だと感じた。

だが、それは大きな間違いだということに、加奈はこの一週間で気づかされてしまっていた。

「は……あぁっ。う、嘘……っ？　たった一回私をイカせただけで、もう萎えてしまうの⁉　はぁはぁ……しかも、くぅ……子宮に……ポルチオに全然届かないなん……てぇ……っ」

加奈は、三週間前の彼女からは信じられないような、欲情に焦がれる牝の声を出して、切なげに呻いた。

さっきまで膣の中を激しくこすり上げていた触手ペニスは、まるで慎吾が射精し終えたばかりのように、急速に男根の張りや硬さ、そして太さを失い、ヘナヘナと萎れていった。

残るのは男根触手と胸の周囲をウネウネと蠢く、細かい触手たちばかりだが、その愛撫もまた、加奈の鮮やかなピンク色に充血した淫猥な陰唇や、きつく勃起した乳首の周りを、淡白にまさぐるばかりで、一向に解放されない肉欲のじれったさばかりが募っている。

（い、一週間前からずっとこんな調子で……っ。こ、これじゃ自分でした方が、まだマシだわ……っ。でもこれが慎吾さんとのいつものセックス……。はぁはぁ、こ、こんなのがセックスだったなんて……ぇっ）

言った加奈は、周りに人がいないことを確認すると、半ば無意識にガバッと立ち上がり、蹲踞（そんきょ）の姿勢……いわゆるガニ股座りを迷わずとった。

そして左手で、水着を押し上げる勃起乳首の先端を、むんずっと摘まむと、内側から迸る牝の本能に任せ、シコシコ、ムニムニィィッ！　と乳首と爆乳を、きつく揉みしだき始めたのだ。

（はぁ、はぁっ。気持ちイイっっ！　ね、ねぇわかってるの、あなたぁ？　私、今感度3000倍なのよ……ぉ？　こ、これくらい激しく乳首弄ってくれても……ぜんぜんいいんだからぁ。あなたのぉ、優しい……あぁんっ、意気地のない愛撫じゃ、話に……ならないのよぉっ！）

触手責めに切り替わってから一週間……。たしかに肉体改造のせいもあり、日に二桁は絶頂に達している。

しかしそれは、はっきり言って、健也とのセックスとは、次元が……格そのものが違うほどの低レベルのアクメ快楽にすぎず、逆に強い焦らし責めとなって、加奈の強靭な理性を、ゆっくりと確実に快楽を求める肉欲妻へと調教していった。

（こ、こうしてほしいのぉっ、あなた……慎吾さんんっ！　私、もっと深くチンポで突いてほしいのっ。マンコの入り口だけじゃ昇れないのっ。子宮の入り口突いてぇっっ！　強くぅ、ポルチオをコンコン突けばイケるんだからぁっ。子宮アクメぇぇっ。健也君に教え込まれた……一番気持ちいいおマンコ絶頂ぉぉんっっ！）

ジュブジュブッッ！　コリコリコリィィッ！

加奈はいつの間にか、右手の人差し指と中指とを、水着のクロッチ部分に押し当て、本格的なオナニーを始めてしまっていた。

触手に一度イカされたばかりの加奈の淫膣だったが、しかしその絶頂が前戯にすら及んでいないとばかりに、膣内からねっとりとした触手粘液と人妻ラブジュースのミックス蜜を、ドプドプと溢れさせ、プールサイドに欲求不満の水たまりを作ってしまっている。

（ふぅ、ふぅぅんんっ……っ。はぁ、はぁ～～っっ。だ、だめぇ……。指なんかじゃ全然子宮に届かないわ……っ。もっと気持ちよくなりたいだけなのに……っ。どうして……どうして、慎吾さんのチンポじゃダメなのよぉぉぉっっ！）

息子の親友に教え込まれてしまった、本物の牝イキ快楽が、加奈の人妻としての貞操を狂わせる。

頭では慎吾を愛している。健也のペニスを求めてはいけないこともわかっている。なのに、堕ちた身体が心までズブズブと、快楽の沼地に引きずり込もうとして離さない。

ジュブッッ、ズチュンッッ！　ジュボジュボッッ！　シコシコォッ！

（イキたい……っ。もう一回だけでいいから、子宮イキしたい……っ。お願い、慎吾さんチンポぉっ。私をイカせてぇ……っ。慎吾さんとでも、気持ちよくなれるって証明してちょうだい……っ！）

加奈は、とうとう水着のクロッチごと、濡れそぼった膣穴に指を二本突き入れ、人妻にあるまじきガニ股姿勢のまま、激しく膣道……そして萎えてしまった触手ペニスを扱きあげる。

だが、慎吾の性欲をも再現している触手疑似ペニスは、どれだけ膣できつく食い締めようと、どれだけ加奈が願おうと、硬く充血することはなかった。

「……キたい。イキたい……っ。はぁ、はぁ……。チンポぉ、子宮アクメぇ……っ」

(私……元対魔忍なのに……。こんなにも健也君に調教されて……っ。悔しい……っ。情けない……っ。で、でも……こんなチンポじゃ、もう満足なんかできないわよぉ……っっ！)

毎日のように犯されていたときは気づかなかった、健也のペニスが、自分にもたらした快感の大きさ……。女としての充足感を思い知らされる。

はたして健也のペニスの喪失感を、家族への愛情と対魔忍としての誇りで埋めることができるだろうか？

加奈は我知らず、膣に挿入している右手の指を、三本に増やそうとした。いっそ拳ごと突っ込んで、無理やりポルチオ絶頂を味わおうとした……。そのとき、

「……お〜い、ママぁっっ！　なにしてるの〜〜〜っっ!?」

「…………っっっ!?」

ふいに背後から響いた悟の無邪気な声に、加奈は心臓が止まらんばかりに驚き、指の挿入を反射的にピタリと止め、声の方へ振り返った。

「…………さ、悟っっ!?　し、慎吾さんに……健也君も……っ。え、ええ、なんでもない

……なんでもないのよ？　ちょっと、その……っ、次の泳ぎに備えてストレッチをね？

いっちにぃ、さんし～。あはははっ」

見れば、悟たちが向こう側のプールサイドで、こちらに笑顔で手を振っていた。

加奈はガニ股姿勢のまま、それらしい屈伸運動をしてみせて、快楽に溶け落ちていそうな表情のまま、作り笑いを浮かべて応える。

（あ、あの距離じゃ、悟たちには気づかれていないわね……。～～～っっ、健也君……っ）

悟と慎吾の背後に立つ健也。しかしその表情は、うっすらとした笑みを浮かべており、加奈がなにをしていたか、どんな心境であったかを、完全に見透かしているように見える。

（くっ、なにもかもわかったような眼をして……っ。で、でも我慢した……。あなたのチンポを求めるわけにはいかないわ。私は慎吾さんの妻で、悟のママなんだから……っ）

加奈は一瞬ハマりかけた肉欲の暴発を、慎吾たちを想うことで、無理やり抑え込む。

ビクビクと淫らに痙攣していた女体に活を入れ、にっこりとした、いつもの柔和な微笑みを悟たちに向けた。

「よっし、ママもやる気みたいだし、僕たちも泳ごうぜ、健也っ。約束通り教えてやるから、ほら、まずできるところまで泳いでみろよ？」

「う、うん。わかったよ、悟君。よし……。それじゃ……。えいっ」

健也は一番端のレーンで、飛び込むのではなく、水に一回浸かってから、そのやせ型の身体をプールに躍らせる。泳法は一般的なクロールだが、そのフォームはどこかぎこちなく、推進力も弱い。

健也がレーンの半ばまで、どうにか到達したとき、ザブッ！　という水音を残し、ふいに健也の姿が水の中に消えた。

「えっ⁉　な……健也……っ⁉」

「お、おい、健也君……っっ！」

「そんな……っ⁉　うそでしょ……っ！　健也君……っっ！」

突然、水中に没した健也に驚く悟と慎吾。

競技用だけあって、プールの水は深い。加奈はこれまで健也に調教されていたことも忘れ、その身体を水中へと躍らせる。

（……っ、健也君、どこ……っ⁉　どこなの……っ⁉）

加奈は水中で両目を開けたまま、首を左右、上下に振って、溺れているはずの健也を探す。だが、いくら水深があるといっても、透き通ったプールの水の中だというのに、健也の姿は影も形も見当たらない。

（これだけ捜しても見つからないなんて。い、いったいどういうこと……⁉　とにかく悟や慎吾さんにも、上からよく捜してもらわないと）

加奈が、どこか不自然な状況を訝しく思いながらも、プールサイドの悟たちから情報を得ると同時に息継ぎをしようと、水上へと上がろうとした……その瞬間。

「……ふふ、賭けの本番はこれからだよ、加奈オバさん♪」

「え……⁉　健也君……っ⁉　どこにいるのっ⁉　……きゃぁあああっっっ！」

ザバァアアアッッッ！

水の中で、健也の声が聞こえたと同時……。

いったいどこに潜んでいたのか。突然、健也が加奈の腰に抱き着いてくると、まるで下から何かに押し上げられるかのように、健也に抱き着かれた加奈の身体が、グゥゥンッッ！と水上へと突き上げられた。

「ぷ、はぁ……っ！　な、健也君……っ⁉　あ、あなたいったい今までどこにっ⁉　そ、それにこの……触手は……っ⁉」

加奈が驚くのも無理はない。

いきなり抱き着いてきた健也の足元には、無数の触手が絡まり合って、まるで大木の幹のように太い触手を形成しているのだ。

それが水面に上半身を出している健也の台座となり、加奈はそんな健也に腰に抱き着かれ、まるで駅弁スタイルのように、健也の下半身に両脚を絡める姿勢となっている。

「大丈夫。淫魔のおじさんのを真似した結界を張ったからね。周りからは、僕たちは見えないよ。……いやぁ、加奈オバさんが、悟や慎吾オジさんに隠れてオナニーしてたからね。どうかなぁ、そろそろ僕のチンポほしくなってきたんじゃないかなぁって？　どう、加奈オバさん？　僕のチ・ン・ポ、入れてあげようか♪」

「な、そんな……。大人を馬鹿にして……。ひぐっっ⁉　おっ、あああ……っ。くふぅぅぅんんっっ！」

　ズリリィィィッッ！

　溺れるフリをしてまで自分を挑発してきた健也に、加奈は強く言い返そうとするが、突然、水の中で肉唇を激しく擦り上げてきた硬い牡棒の刺激に、反射的に甘い声が漏れてしまう。

（はぁぅぅう……っ！　あ、あぁぁっっ。この感じぃぃっっ⁉　この熱さ、硬さ……っ。エ、エラの張り具合もぉぉっっ。ま、まずい……っ。だめよこれ……っ。一週間我慢したのに……。こんなの、思い出させないでぇぇっっ！）

　健也に対する怒りの感情も、対魔忍としての使命も、水着の上からの極太ペニス素股によって、熱せられたバターのように、一瞬で蕩けていく。

　小柄な少年の身体をがっちりと挟み込んだ魅惑の肉厚生足に、自然と力が入り、水に塗れた美貌に、妖しい熱っぽさが宿っていく。

「自分でマンコに指なんか突っ込んじゃってさ。だいぶ溜まってるみたいだね。僕はこの一週間、夏鈴でたっぷり楽しんでこれたけど、加奈オバさんは、慎吾オジさんの触手チンポじゃ満足できなかったのかなぁ？」

「わ、私の代わりに夏鈴が……っ⁉　くふぅっ、け、健也君だけ気持ちよくなんて……っ。あぅぅ、違う、違うわ……っ。私は慎吾さんの妻。元々、健也君とセックスなんかしちゃいけない関係……あふぅうぅっ！」

自分がこれほどまでに焦らされていた間に、健也は夏鈴で好き放題射精していたかと思うと、夏鈴が犯されていたことよりも、健也が自分を放っておいたことに腹が立ってしまう。

そんな加奈の徐々に快楽に依存していく心を見抜かれたのか。

健也は素股での愛撫をストップさせ、水着の隙間から猛りきった肉棒を、グチュンッ！と加奈の膣……そのほんの入り口に突き入れてきた。

そしていじらしく、グリグリと腰をゆっくり回転させせながら、その大きく張った亀頭のエラで、欲求不満の臨界点を超えつつある熟女マンコを、さらにきつく焦らし始める。

「かっ、そこマンコ入り口ぃぃっっ。お、おほっ……ふん、ぎひぃぃいっ！ほ〜〜、ほ〜〜〜っ、健也君のチンポぉぉぉっ」

（き、気持ちイィ〜〜〜っっ！も、もう少し、もっと深く……くっ、こんな、こんなことで私……ぃっ）

ほんのわずか、亀頭が陰唇を押し広げ、膣の肉ビラを数センチ擦り上げただけで、鮮明に思い出してしまう、背徳的な快楽、破滅的な満足感。

加奈の眉が徐々に垂れ下がり、瞳が細く惚(ほう)けていく。

人妻対魔忍の頭の中を駆け巡るのは、つい一週間前まで、毎日繰り返されてきた甘露すぎるセックスの日々だ。

クンッッ！と思わず本能のままに自ら腰を下げ、肉棒を丸ごと膣で呑み込みにいってしまいかねない、狂おしいばかりの誘惑快感が、加奈の子宮と理性を襲う。

「どう、加奈オバさん？　オバさんが望むなら、このまま思いきりマンコを犯してあげてもいいんだけど？」

「ふ〜、ふ〜っ。い、いやよ……。そんなことされたら……っ、ほぉぉぉっっ」

（本当にされたら……。ど……どうにかなっちゃうわ……っ。し、慎吾さんチンポで焦らされた発情マンコ、もう健也君のじゃないと、本気で満足できなくさせられてしまう……っ。んぉっ、ほひぃ〜〜〜っ）

健也のペニスを受け入れることは、即ち快楽への階段を転がり落ちること。その確信と恥辱が、加奈に最後の一歩を踏みとどまらせる。

「へぇ、まだ粘るんだ。さすが引退したとはいえ対魔忍だね。でもね、加奈オバさん。僕、本気で加奈オバさんのこと大好き……愛しているんだよ？　悟にも……慎吾オジさんにも負けないくらい、加奈オバさんを愛してるんだ。だから、加奈オバさんを幸せにしてあげたい。もっと気持ちよくなりたいんでしょっ⁉　僕ならできる。僕のこのチンポと、淫魔の力があれば、加奈オバさんを僕が世界で一番幸せにしてあげられるんだっ！」

「け、健也君……っ」

これまで、どこか威圧的だった健也が、突然吐露した想いに、加奈は思わず少年の瞳を真剣に見つめた。

自分の腰を、そのか細い腕で支える少年の瞳は、今までの〝力〟に淀んだものではなく、その告白の言葉が嘘偽りでないことを示す、まっすぐでキラキラしたものだった。

(健也君……。こんなに本気で私のことを……)

加奈は、健也が淫魔の力と甘言に踊らされていたのではないかと思っていた、自分の浅はかな心を恥じた。

元々引っ込み思案で、自信がなかったせいだろう。

健也は、力に振り回されてはいたものの、その奥底の想いは、年頃の少年が、年上の女性に抱く、淡く強い恋心そのものだったのだ。

その告白の真意に、加奈の身体を蝕(むしば)んでいた肉欲の疼きが薄れていく。

この想いには、牝の欲望などではなく、一人の女性として応えなければならないと、加奈は強く思った。

加奈は、自分の豊かな爆乳の間から、視線を覗かせる健也の瞳を見つめながら言った。

「……健也君、ありがとう。オバさんのこと、そんなに想ってくれて、すごくうれしいわ。……でもね、私はもう慎吾さんと結婚してるの。悟だっているわ。私にとって、悟と慎吾さんと家族でいることが最高の幸せなの。だから……ごめんね。健也君の気持ちに応えてあげることは……できないわ」

自分への強い純粋な想いをぶつけてくれる相手に、心苦しい断りを入れるのは、かつて慎吾と結婚を決めたときに、対魔忍を引退すると告げて以来だった。

あの時も、有能な対魔忍であった加奈が引退するのを惜しみ、五車の里に残ってくれるよう請われたことがあった。

対魔忍は日陰の存在であるが、人々の平和に直結する重要な仕事――。

しかし、その時も加奈は、慎吾との愛を選択した。

一見頼りなく見えるが、心優しい慎吾、そしてその間に授かった悟。二人とともに過ごす時間が、家庭が、加奈にとって、何物にも代えがたい幸せなのだ。

(私が一番大切なのは、慎吾さんと悟……。ああ、まさか健也君に気づかされるなんて。でも、だからごめんなさい、健也君。私はあなたの想い人にはなれないわ……)

たとえ快楽の極地に達せられなくとも構わない。慎吾と悟と三人幸せな日々を過ごせるなら、肉欲の疼きなど、すぐに忘れてしまえるだろう、そう加奈は確信していた。

「…………わかったよ、加奈オバさん。そう、だよね。オバさんは、慎吾オジさんのお嫁さんで、悟のママだもんね。ママは家族のことが一番大切だもん。そうだよ、うん……それがママだもんね……」

健也は、加奈の胸の中で俯きながら、告白を断られた事実を受け止めるように、小さくなっていく声で、言葉を反芻(はんすう)する。

(健也君には申し訳ないけれど……これで賭けの勝敗に関係なく、健也君の件はなんとかなりそうね。……ふくぅ、よ……よかったわ。あのまま健也君のペニスに犯されていたら……っ)

加奈はほっと一息つきながらも、健也の雄々しい肉棒に素股されただけで、蕩け落ちそうになってしまった理性の調教具合に戦慄し、子宮をキュンっといやらしく鳴らす。

ともあれ、あとは夏鈴を助け、魔族を倒すだけ……。そう、加奈は胸をなでおろした。

しかし……。

「……でも、加奈オバさんは対魔忍なんだ。対魔忍は牝豚……。男に服従させられる牝奴隷……。大切なママだからって、ふふ……あははっ、対魔忍なんだから、僕の牝奴隷にならしてもいいってことだよねぇっっ！」

消えかかっていた健也の魔のオーラが、ゾワワァァッ！　と爆発的に増大していく。

健也は加奈の腰に当てた両手に、子供とは思えぬ膂力をグッと込めると、勃起しきっていた剛直を、なんと無防備な加奈のアナルへと、思い切り突き込んだのだ。

ズブチュゥウウウッッ！　チュドッッ！　ジュブンッッ！　ズンズンンッッ！

「んおっほぉおおおっっっっ！　け、健也君……なんで……っ!?　あ、あなた、私のこと諦めたはずじゃぁ……ア、アナルぅうぬおっっ、ほぉぉんんんっっ！」

「そうだね。僕は加奈オバさんの恋人になりたかった。僕と結婚して、僕だけのママになってほしかったんだっ！　でもそれはいけないことだよね。……だから、加奈オバさんには、僕のママ対魔忍になってほしいんだっ！　対魔忍ならチンポ奴隷になるのに、なんの問題もないよね!?　僕のチンポ奴隷になってよっ。いいや……してあげるよ、加奈オバさんっ！」

ズンズンッッ！　ズチュンンッッ！

歪んだ屁理屈としか思えない理論を並べ立て、健也は加奈の菊穴に突き入れた肉棒を、足元の触手の力を借りて、オークピストンよりも激しく上下させる。

これまで触手にお尻を犯されることは幾度となくあったが、健也自身の極太剛直で、直腸を犯されるのは初めてだ。

ゴリュゴリュッッ！　ジュグンンッッ！　と、淫らな水音を響かせながら、加奈の恥ずかしい後穴が、若い肉棒によって見る間に淫らに押し広げられ、開発されていく。

「ひぃぃおぉおおんんっっ！　そ、そんな理屈ぅ、通るわけないでしょぉ、ほぉぉぉっっ！　対魔忍はそんなものじゃないって何度も……。抜いて……今すぐお尻からチンポ抜きなさい、健也君……っ。おっ、んおっっ！　くぉっっ、おほっっ！　んくぅうっっ！」

（な、なにこれ……ぇっ!?　触手のときと全然違うっ。チンポがコリコリ、あ……当たるっ！　膣壁の裏からポルチオ、コンコン刺激くるぅうぅっ!?　お、おひっ……ああっ、ダメこれ……っ。せっかく我慢、してきたのに……ぃっ。こんなのぉっ、卑怯よぉぉっっっ！）

健也によって開発されたポルチオ性感帯を、アナル側から刺激される事実に、加奈は驚きと強い快感の発露を覚えさせられる。

慎吾との交わりでは、アナルセックスなど考えたこともないプレイだ。それがまさか自分が一番大好きな子宮アクメを誘発するものだったなど、初めての圧倒的快感に、焦らし責めの欲求不満状態にあった、牝本能が強制的に沸騰させられる。

「は～～、は～～～。ほぉぉぅっっ！　んひぃいっっ！」

「あはは、オバさん、もう顔蕩けちゃってるじゃない？　犬みたいに舌垂らしてさ。お尻の締まりも、マンコよりきつくて……くぅ、ギチギチして最高だよっ！」

「ひぃ、ふぅぅんっっ！　言わないでぇっ。だ、ダメだって、わかってるのにぃ。健也君のチンポぉっ。子宮コンコンんんっ、よすぎる……んだからぁっっ」

(だ、ダメェ……。い、言い返せない……っ。な、なにも考えれなくなってくるぅぅっ！　やっぱり健也君のチンポ気持ちイイっっ！　しかもアナルぅぅっ！　お尻犯されるのも最高……なのぉっ！　一週間ぶりの子宮アクメできるっ！　おほぉっ、子供なのに……なんて力強くて、気持ちいいセックスなのよぉぉっ！)

元対魔忍として、対魔忍が健也の言うような牝豚であるなどとは、一ミリも思ってはいない。

けれど事実、対魔忍として家族を守ると誓ったはずの自分が、たった一本の……しかも息子と同い年の子供の肉棒によって、もうすべてがどうでもよくなるほどの快感に翻弄されているのだ。

我慢できる、したい、しなければ……と思っていた健也のペニスによる至極絶頂の予感。その快感に、慎吾の疑似肉棒で焦らされきった牝欲が、完全に抗えないまでに調教されていたのだということを思い知らされる。

「ふふ、告白は振られちゃったけど、賭けは僕の勝ちかな？　まぁでもいいじゃない、加奈オバさん。牝奴隷になりたくなければ、僕のチンポ調教に、もう少しの間だけ耐えきればいいんだからさ♪　僕の呪いを解くために射精させるのが、本来の目的なんだし、人を魔から救うのが対魔忍の仕事なんだよね？　だったらオバさん、何も悪いことなんかないよ」

健也の悪意に満ちた理屈が、今の加奈には、大いなる天啓にさえ聞こえた。

ギリギリで踏ん張っていた理性の壁が突き崩され、もう我慢ができない性欲を正当化する。

（んほぉおっっ！　イ、イクぅぅうっっ⁉　賭けに負けちゃう……っ！　で、でも……ああ、そうね。そうかも……おっ。健也君の言う通りぃいんっっ。そうよぉ、お……堕ちなければいいのよぉっ。健也君の呪いさえ解ければ、魔族を倒して、健也君も元通りぃいっ。イ、イってもいいのよ、加奈ぁっ。チンポほしいっっ！　堕ちるわけじゃないんだからぁっ！）

加奈は自らに言い訳を刻みながら、健也に調教された熟れた人妻対魔忍の牝欲を解き放つ。

「はぁ、はぁっっ！　健也君っっ！　い、いいわっ。賭けはオバさんの負けでいいのぉんっ♡　これからはオバさんのお尻とマンコで精子絞ってあげるからぁっ。ほ、ほしぃいっ！健也君のデカマラチンポで、発情しまくってるオバさんを牝イキさせてぇえっっっ！」

加奈は駅弁スタイルのまま、自ら両手を健也の後頭部に回し、両脚も絶対に離さないといわんばかりに、少年の下半身にきつく、強く絡ませる。

健也のピストンに合わせ、自らはしたなく腰を振り、これまで慎吾にすら言ったことのない淫語おねだりを、息子の親友に向けて叫ぶ。

「はは、あははっつ。ようやく素直になったね、加奈オバさんっ。僕、すごくうれしいよっ！　やっぱり対魔忍って、エッチな才能の天才だね。……いいよ、イカせてあげるっ。僕のチンポで何度でもアクメさせてあげるよっ！　ああっ、加奈オバさんんっっ！」

ザブッザブンッッ！　ズチュズチュゥウッッ！

「んひぃぃいっっ！　きたっ、きたわぁっ！　これよぉっ、この力強いおっきなチンポセックスが欲しかったのぉっ！　んおぉおっっ、はっ、はっ……」

想い人の加奈が、初めて自ら快楽を求める光景に、健也のペニスがビキビキと猛る牡の反応を示し、水音が激しさを増す。

健也が下から尻穴を突き上げることで、加奈のグラマラスな女体が、大きく水面を上下する。

「おっほぉおおっっ！　これがお尻の快楽ぅうんんっ♡　すごいぃっ、すごすぎるの、健也君チンポぉおっ！　深いぃぃいっっ！　慎吾さんのチンポとは、比べものにならないのぉっっ！」

（あ、あぁっっ。言ったぁ、言っちゃったわぁっっ。ご、ごめんなさい、慎吾さんっ。愛してるわっ。私はあなたを愛してるけど……このオチンポの快感は……っ。慎吾さんのじゃ絶対無理なのほぉぉおっっ！　子宮いいっ！　アナルからポルチオ、たまんないわぁぁっっ！）

　加奈は、一週間ぶりの巨大ペニスを味わうかのように、今まで決して自分からはしてこなかった合い腰をジャブンジャブンッ！　とプールの中で打ってしまう。

ただ突き込まれるより、さらに強く、深く抉られ擦られる、感度３０００倍の直腸快感。さらには、息子と同じ年の少年相手に、人妻である自分が、快楽を積極的に求めている行為に、たまらない背徳官能のゾクゾクした痺れを覚える。

「くふぅうっっ！　ぼ、僕も一週間ぶりの加奈オバさんとのセックスっ、すごく気持ちイイよっ！　ああ、オバさん、アナルも最高に締まりがいいね。こんなにエッチなケツ穴だったんだっ。なんていやらしいんだ、加奈オバさんっ！」

「い、言わないで健也君っ。ああ、気持ちイイッッ！　そんなこと言われると、背中がゾワゾワしてきちゃう……っ。んっほぉおっっ！　お、おっぱいもしゃぶってっ。きつくっ、激しくぅっ！　健也君、お願いよぉっっ！」

　加奈は、まさに溜まりに溜まった熟女の欲求不満をぶちまけながら、健也に甘い声でねだる。

　そんな要望は、慎吾にしたことはない。

　理性を超えた牝欲が、加奈の眠っていた女の逃れられない性を、露わにしていく。

「いいよっ、加奈オバさんっ！　僕ももうイキそうだっ！　ふふ、一週間よく我慢したね。とびっきり気持ちよくしてあげるよっ、対魔忍・加奈っ！」

　健也は言うと、目の前の加奈の勃起乳首にむしゃぶりついた。同時に膣に挿入済みの触手肉棒を、自分のサイズにまで巨大化させ、尻と膣、両サイドから、加奈の子宮ポルチオをズンズンッ！　と小刻みに叩く。

「ひぃいっぐぅうんんぅっっ！　ダ、Wぅうっ、Wポルチオファック、きたぁあああっっっ！　おっひぃいいぃいいっっ！　すごっ、すっごぃいっっ、これえっっ！　こんなぁ恥ずかしい格好なのに、おマンコもアナルも気持ちいいっっ！　こ、これなら思いっきりイケるのぉっ。健也君っっ、出して……っっ！　お、オバさんのこと、めちゃくちゃイカせてぇっっ！」

もう正直、賭けで負けたことなどどうでもよくなっていた。

対魔忍、そして良妻であり続けた自分に、これほどまでに快楽に貪欲な牝の本能が宿っていたことに驚きつつも、二本の剛直がもたらす快感を貪り尽くしたい衝動を止めることなど、もうできない。

「よし、いくぞ〝加奈〟っっ！　よぉく覚えておくんだっ！　これが僕のチンポ快感だっ！うぉおおっっっ！」

ドビュドビュドビュゥウウウッッッ！

直腸、そして子宮の最奥(さいおう)に向けて放たれ大量の濃厚白濁の感触に、焦らされきっていた加奈の黒い欲望が、熱い溶鉱炉となって燃え盛る。

「んおおおおっっっ！　キ、キタァアアッッッ！　やっときたわっ、健也君の特濃中出しザーメンんんっっっ！　熱いぃいいっっ！　前も後ろも同時射精ぃいいんっっ♡　イク、イクイクイクッッッ！　おっほぉおおおっっ！　これイグゥウウウウウッッッ！」

加奈は野太い絶叫とともに、思い切り背筋をギュンッ！　と後ろに反らし、舌を垂らした無様なまでの本気アヘ顔をキメる。

ブルブルッ！　と猛烈に痙攣する肉感たっぷりの女体が、小柄な健也の身体をへし折らんばかりに、きつく組み付き、プールの中にブシュゥウウウッッッ！　と猛烈な絶頂潮吹をぶちまける。

（久しぶりの健也君ザーメン、気持ちよぎるぉおっっっ！　ケツマンコ射精最高っっ♡んおぉおおおっっっ！　これが健也くんチンポのケツアクメ快感んんほぉぉおっっ！）

直腸を駆け上り、まるで体内そのものを快感の炎で炙られているかのような、圧倒的な快感は、触手とのアナルセックスとは比較するのも馬鹿らしい、夢見心地の快感を加奈の精神、身体全てに縫い付けていく。

触手が放つ擬似精液との子宮快感、大人の加奈が健也に、自ら抱きついての背徳感とあいまって、かつてない官能に、全身をエロティックにビクビクゥゥゥっ！　と弾けさせる。

「イクッッ！　イグゥウウウッッッ！　健也君、オバサン、イってるっ！　あなたのケツ中出しザーメンんんっっ、んほぉおおっっ！　めちゃくちゃ気持ちイイわぁぁあんんっ♡」

（イックゥウウウッッ！　んほぉおおっ、健也君とのセックス、最高しゅぎるわよぉ……ぉおっっ♡　も、もっとイキたい……っ。おっほぉぉっ！　もっと私を気持ちよくしてぇぇんんっっっ♡）

対魔忍とも、貞淑な人妻とも思えない無様すぎるアヘ顔を晒しながら、加奈は感極まった法悦のエクスタシーに浸りきる。

「……ん⁉　なんだ⁉　悟、さっきママの声、聞こえなかったか⁉」

「え、そ……そうかなぁ。ママがあんな変な声出すわけないじゃん。それよりママと健也、捜さないとだよ、パパっっ！」

　加奈が子宮絶頂に飛翔させられた直後、牝快楽で真っ白になっていく加奈の意識に、うっすらと慎吾と悟の声が届く。

「おっと、射精が気持ちよすぎて、ちょっと結界が崩れちゃった。姿は見られてないだろうけど……ちょっと、声は聞こえちゃったかも。ふふ、ごめんね、加奈オバサン♪」

「あ、あひ……おほぉぉぉっ。しょ、しょんな……ああ、ごめんなさい、慎吾さん。悟……ぅうっ。あへ……おぉぉっ。イ、イク……Wポルチオアクメ、しゅごぃのぉぉぉっ」

　わずかに残った理性に響く愛する夫と息子の声……。しかし白目を剥きながら、両穴アクメに溺れる加奈には、それすらも快感を引き上げる魔性（スパイス）の背徳感でしかなくなっていた。

第四話　堕ちゆく二人の牝対魔忍　晒される本当の自分

8月の半ばをすぎてもなお、夏の日差しの強さが衰えを見せない昼下がり。

引退した元対魔忍・吉沢加奈は、その艶めかしい熟れた人妻女体に、大粒の汗を浮かべながら、自らの牝本能が求める肉欲の快楽に抗えずにいた。

「ほぉおっっ！　んっほぉおおおっっ！　い、いいっっ、いいわぁっ、健也くんっ！　お、オバサン、こんなの初めてよぉっ！　ああっ、恥ずかしいのに……オマンコ気持ちよすぎて、腰振るの、止まらないのぉぉぉんっっ♡」

パンパンパンッッ！　ドチュドチュドチュゥウウッ！

猫の伸びのように、色っぽく背筋を反らした背面騎乗位の姿勢で、加奈が肉付きの良いヒップをグングンっと、派手に上下させ、淫らな水音を撒き散らしている。

「まっ昼間のカーセックスで興奮するなんて、やっぱり対魔忍ってみんなマゾなの？　あっ、すごいよ加奈オバさんっ。今までよりすごくオマンコきつきつでっ！　オバさんのおっきいお尻、すごくエッチだよっ」

「く、んんっっ！　だって、慎吾さんや悟がいつ戻ってくるかって考えただけで……おっほぉおっ！　オバさんの子宮がキュンキュンうずきまくっちゃうんだからぁっっ、ほぉっ、おおおっっっ！　デカチン健也くんとのカーセックス、気持ちいいいいっっっ！」

　ここは加奈の自宅から車で一時間ほどの位置にある、郊外の大型ホームセンター。そのだだっ広い屋外駐車場の一角だ。

　慎吾の久しぶりの休みということもあっての家族での外出。〝たまたま〟加奈の家に遊びに来ていた健也も連れてやってきたホームセンターで、加奈は今、健也と二人きりで、裏切りの背徳セックスの快感に酔いしれていた。

（し、慎吾さんっ、悟ぅぅっ、ごめんなさいっ。だって健也くんが、もっと気持ちいいセックス教えてくれるっていうから、あなたたちだけ買い物に行かせちゃったのぉ……っ。そ、それに……慎吾さんたちには、こんな格好、見せられないからぁん♡）

　リクライニングシートを倒し、助手席と後部座席とを一体にしている状態。

　健也は後部座席に仰向けに寝転がり、加奈は健也の滾りきった股間の肉棒に、自ら人妻対魔忍マンコを押し付けて、上下左右に激しいグラインドを行っている。

　もちろん全面の窓には、内側からカーテンを閉めてあり、外側からは見えないようになっている。

　だがそれは、悟たちがいつ帰ってくるかわからないということでもあり、健也の巨根を求める加奈のマゾ性癖だけでなく、息子の親友との不倫セックスという、異常な背徳感を煽るシチュエーションを作り上げている。

　そしてもう一つ、さらに加奈の羞恥心を熱く沸騰させているのが、健也の命令で加奈が着ている服装である。

（あぁっ、もう私ったら、ぱつぱつぅっ。恥ずかしい……っ。でも、まるで学園で下級生に犯されてるみたいっ。おおんっ、興奮しちゃうぅぅっ♡）

加奈が健也の要望により着ているのは、対魔忍育成機関である五車学園の夏服だ。加奈がそこに通っていたのは、もう十年以上前になる。

そこから人妻となり、母となった加奈のよりエロティックに成熟した女体と、青春の爽やかな色で染められた制服の組み合わせは、アンバランス極まりない不徳な香りを放っている。

ボタンが閉まらず、ブラジャーごと露わになっている爆乳。ヒップの肉感を収めきれず、ほとんどお尻が丸出しになっているミニスカート。

そして股間部分だけ破られた黒のパンティストッキングと白のショーツの、牡を誘う魅惑的なコントラスト。

さらに熟女が無理をして若作りをしている無様さを強調する、瑞々しい青いネクタイが、加奈のマゾ牝欲を、かつてないほど興奮させる。

「慎吾オジさんも悟も、オバさんが対魔忍だったなんて知らないんでしょ？　オバさんの制服セックス、僕が初めてだよね？　あぁっ、チンポが滾るなぁっ。加奈オバさん、もっと気持ちよくしてあげるねっ！」

ビリビリィィッ！　と乱暴にストッキングが引き裂かれ、露わになる人妻の柔肌とともに、加奈にゾクリとした背徳快感が迸る。

その被虐的な快感に身を任せるように、加奈は自分の意思で、健也の小刻みなピストンに応えて、グィングィンッと卑猥な合い腰を打ち放つ。

パンパンパンッ！　ジュブジュブッ！　ドチュンッ！

「んおっっほぉぉおおっっ！　そうっ、そうよぉっ！　こんな格好でセックスぅっ、健也くん以外に見せたことないのよ？　私が対魔忍だったことは、慎吾さんにも秘密ぅっ……おっひぃぃいいっっ！　興奮しちゃうぅぅっ♡　おっ、おほっっ。んおおおおおっっっ！」

（子供もいるのに、この年で制服姿でセックス、ゾクゾクしちゃうぅぅうっ！　恥ずかしいのに、気持ちよすぎっ、あひぃぃいっ、こんな……こんな快感があったなんてえぇぇへぇぇっっ♡）

引退したとはいえ、加奈はいまだに優秀な対魔忍であり、自らが関わっている事件の危険性も理解している。

淫魔の呪いから健也を早急に解放し、囚われた夏鈴を救出しなければならない。頭ではわかっている。だが……。

「うあぁっ、オバさんの腰振りすごい気持ちいいよっ！　さすが対魔忍の合い腰だねっ。くぅっ、チンポもう出るっ！　射精しちゃうよ、加奈オバさんっっ！」

「そう、そうでしょうっっ!?　健也くん、オバさんのエッチな姿に興奮して、精子もっといっぱいドビュドビュしちゃうでしょ!?　慎吾さんとは比べものにならない、たくさんのザーメンんんっ♡　んおほぉおっ、オバさん、もっと健也くんを気持ちよくさせるからぁ、そのためには私がもっと気持ちよくならないと……エッチになってもいいのよぉぉんっ♡」

（ああ、私なんてはしたないことを……っ。でも腰止められないっ。健也くんとのセックス気持ちよすぎるぅっ。私は堕ちてなんかいない。お互いＷｉｎ‐Ｗｉｎセックスなんだからぁ。イクッッ、イクッッッ！　おっほぉおおっっ、対魔忍制服姿で、引退オバさん対魔忍、イッグゥううウッッっっ！）

夏の背徳カーセックスは、エアコンの冷房すら無意味な、淫靡な汗を加奈の肉感的な美肌にテカらせる。

窓を締めきった車内に、快感に腰を振りたくる元対魔忍妻の、発情臭がムワァァッと撒き散らされていく。

「くぅっ、搾り取られるっっ！　出すよ、加奈オバさんっっ！　お望みどおり、僕の濃厚ザーメン、熟女対魔忍の淫乱マンコにぶちまけてあげるっっ！」

言った健也は、まるで悪しき調教師のように、背面騎乗位状態の加奈のお尻をバチンッッ！　と思い切り平手打ちすると、グンっと腰を突き上げ、そのガチガチに膨れ上がった肉棒を加奈の子宮口に突き入れたまま、熱い子種汁を大量に吐き出す。

ドビュドビュドビュドビュユゥウウウッッッ！

「んおおおひぃぎぃいいいっっっ！　で、でらぁあああっっ！　元対魔忍なのりぃいっっ、息子の親友にお尻叩かれてイッグゥウウウッッ！　おひっっっ、おっほぉおおおっっ！　子

宮気持ちよくて蕩けりゅぅうっっ！　年増（としま）対魔忍、制服姿のままイグッッ、イグッッッ！　イッッグゥゥウンンンンッッッ!!」

　加奈は車内の天井に頭をぶつけるのではないかという勢いで、ギュオンっっ！　と上半身をのけ反らせると、舌を垂らし、快感に瞳を潤ませたまま、果てのない禁断エクスタシーへと吹き飛ばされる。

（あっへぇぇぇぁっっ、ぎもぢぃぃいわぁっっ！　慎吾さんとじゃ、絶対こんな絶頂味わえないぃぃいっ！　おっ、おほっ！　な、何度でもイケるぅっ。健也くんの絶倫チンポぉっ、私の性欲が尽きるまで、ずっと勃起しっぱなしの最高オチンポぉぉぉんっっ♡）

　加奈の身体には、今日これまでに発射された、十個以上におよぶザーメン入りコンドームが、さらなる変態趣向を望む健也の言いつけで括（くく）り付けられている。

　中出しの精液の熱さこそ感じられないが、括り付けられた無数の満タンコンドームから匂い立つ牡臭さは、健也と慎吾の牡の格の違いを鮮明にし、その魅力的な牡に犯される自分を思うと、いつもの中出しセックスとは違う、ゾクゾクとした、たまらない快感が背筋を駆け抜ける。

「はぁはぁ……んおぉ、気持ちいぃのぉ、健也くんん♡　しゅごぃいっ、まだオマンコ、ジンジン感じまくっちゃってるぅぅうっ♡」

「プール以来、本当に自分の欲求に素直になってきたね、加奈オバさん♪　あぁ、いい年したオバさんの蕩け顔の対魔忍制服姿、そそるなぁ。ザーメンほしくてほしくて、たまらない感じ。はい、今回の精液入りコンドーム。中身、飲んじゃっていいよ、加奈オバさん♪」

　言った健也が、射精したばかりの肉棒を、加奈の膣から引き抜く。

　いまだ雄々しく勃起したままの肉棒に被さった、ザーメンたっぷりのコンドームを、加奈の口元に、まるで腹を空かせたペットに、大好物の餌を与えるかのように持っていく。

（あはぁん……ザーメン。健也くんのピチピチスペルマぁぁんっ♡）

　ゴキュゴキュッ……ングングゥゥッ……ッ。

　まるで馬の前にぶら下げられた人参のように、眼前に差し出された精液入りコンドームを、加奈は手ではなく、あ～んと口を開けて受け取り、そのままお菓子でもしゃぶるかのように、中に入った健也のザーメンを美味しそうに咀嚼し、飲み込んでいく。

　そこにかつての、陽気で明るく、それでいて芯の通った良妻賢母の姿はない。

（イ、イク……ッッ。イッたばかりなのに、健也くんの精液飲んだだけで、まらイグゥッ！

お、おぉおっっ……わ、私、本当にプール以来……っ。あぁ、これが本当の私……っ⁉）

　あの日、室内プールで、健也の肉棒を我慢できずに受け入れた瞬間から、加奈は自分の内なる欲求の確かな解放を実感していた。

　人妻、そして母でありながら、慎吾や悟に隠れて、健也とセックスすること。そして対魔忍であることを突きつけられながら、辱められること……。

　そのいずれもに、感じたことのない牝の気持ちよさを覚え、抗わなくてはと思いながらも、その背徳の肉欲を求める姿こそが、本当の自分の欲求なのでは？　と思ってしまう。

（もう一日に何十回と射精させているんだもの。いい加減、呪いは解ける頃のはず……。そうすれば健也くんは助けられる。……そ、そうなったらもう健也くんとは……）

　キュゥンッ、と加奈の子宮が切なく疼く。

　対魔忍として淫魔を倒し、行方不明の引退対魔忍たちを救い出さなくてはならない。健也との逢瀬は、そのための一手段に過ぎない。だからこそ、人妻の身でありながら、あれほど性に乱れることを、自分に許してきたのだ。

　事件が解決すれば、健也との関係は元どおり……。すべてが平穏な元の生活に戻る。それこそが加奈の望み、対魔忍の使命であるはず……なのに。

（健也くんとの刺激的なチンポセックス終わっちゃう……。慎吾さんとのマンネリセックス。主婦としての退屈な生活が戻ってくる……。くぅ、私は何を考えているの……っ!?　あはぁ、はぁ、セックス、ぉぉっ……もっと、ずっと気持ちよく……ぅっ）

　牡と牝の発情臭が充満する、密閉された車の中で、加奈は精液入りのコンドームを舐めながら、正義を守る対魔忍、そして家族を持つ人妻の身として、あるまじき葛藤に苛(さいな)まされていた。

　そんな加奈の揺れる心の天秤を、さらに欲望側へと引き落とすように、健也が加奈に告げる。

「加奈オバさん、僕の呪いを解くのもいいけれど、夏鈴の心配はいいの？　大事な後輩なんでしょう？」

「……っ。夏鈴のことはもちろん心配しているわ。けれど夏鈴は立派な現役の対魔忍よ。たとえどんな卑劣な肉体改造を施されようと、絶対に屈しはしないわ。それに私との約束、健也くんは守ってくれているんでしょう？」

「ああ、あの約束のこと？　もちろんだよ。だから僕はこうして毎日、ずっとオバさんとセックスできているんだからね」

健也との約束……それは、プールでのセックスが終わった後にかわした、『加奈といつでもセックスする代わりに、もうこれ以上、健也自身が夏鈴を調教しない』というものだった。

（夏鈴は、相手が私の知り合いの健也くんだから、そうそう強気には出られなかったにちがいないわ。相手が対魔忍の敵である淫魔やオークなら、夏鈴の心が折れることはない。もしかしたら脱出することだって……っ）

互いに連絡が取れない状況ではあるが、明確な敵意を向けられる魔族やオークたち相手ならば、現役対魔忍が膝をつくことはありえない。

健也にあれほど苛烈な肉体改造を施された夏鈴であるが、その強い正義の使命感が、悪に屈することはないと、加奈は信じている。

「へぇ、すごい信頼だね。それが対魔忍の誇りってやつなのかな。……そうだ。じゃあ加奈オバさん、今晩、僕行きたいところがあるんだけど……ふふ、一緒についてきてくれるかな？」

そう言った、健也の顔は不敵な……それでいて、加奈に今まで以上に、ゾクリとした快感を期待させる、魔性の表情に見えた。


真夏の陽もすっかり落ち、あたりが闇に包まれている時間帯。

しかし、人の欲望と魔の暴力が混ざり合う闇の歓楽街では、この時間こそ最も賑わいの顔を見せる刻だ。

加奈の住んでいる街から、電車で小一時間ほどの距離にある人口十数万ほどの地方都市。

そこは一見、普通の街に見えるが、その実、人口の半分は魔界の者で占められ、それに引き寄せられるように、悪意に満ちた人間たちが集まってくる文字通りの魔都であった。

そんな、魔の存在を知らない一般人には無縁の街中を、元対魔忍である加奈、そしてその加奈をリードするかのように、魔族の力に目覚めた少年……健也が歩みを進める。

煌々（こうこう）と妖しく光る紫やピンクのネオンに包まれ、ヤクザな姿をした強面（こわもて）の男たちや、屈強な亜人、そして露出の多い衣服で着飾った娼婦たちが闊歩（かっぽ）する街。

そこを歩く健也の姿は、ある意味この場所に似つかわしくないTシャツに半ズボンという、普通の少年が夏祭りにでも着ていくかのような服装だ。

だというのに、周囲のゴロツキたちは、健也のことをいいカモだと近寄ってくるのではなく、まるでヤクザの幹部にでも送るような、畏敬に満ちた視線を遠巻きに送ってくる。

対して加奈は、いつものラフな夏服ではなく、ロング丈の夏用コートを羽織っており、その下には、外からはわからないよう愛用の赤い対魔忍スーツを着込んでいる。

「ね？　心配しなくても大丈夫だったでしょ？　僕もこの街じゃ、ちょっと顔が利くようになったんだ」

「……っ。こんな街に馴染んでいるなんて。健也くん……っ」

自分の半歩前を行きながら、軽口を叩く健也を見ながら、加奈は改めて健也が、強力な魔族の力、そして魔族のようなマインドを手に入れたのだと思い知る。

この人魔が交わる繁華街には、対魔忍時代に何度も任務で訪れたことがある。

欲望に取り憑かれた人間、亜人、魔族が闊歩するこの土地では、違法な性風俗や媚薬の売買が大っぴらに行われている。

そんな街に出向くとなれば、健也の身が危ないかもしれないと——また、夏鈴を助けるチャンスがあるかもしれない、という思いから、対魔忍スーツを着込んできたのだが、端から見れば、自分は健也に連れられた年増の売女（ばいた）と思われているのかもしれない。

（まさかこんなところに連れて来られるなんて。はぁ、あぁ……っ）

道を歩くだけで、そこかしこで悪質な客引きや、あろうことか衆人環視での路上セックスが行われている。

クスリでも打たれているのか、女の方は乱暴に犯されながらも、蕩けきった表情で獣のような喘ぎ声を上げながら、周りの牡たちを楽しませている。

（くっ、路上でなんてことを……っ。でも、ああっ……。私も健也くんに、あんなことをされたら……っ。今までみたいに隠れてじゃなくて、みんなに見られながら犯されたら、いったいどれくらい気持ちよく……っ）

この街の住人にとって、対魔忍とは恐怖の代名詞であると同時に、最高の凌辱対象であり、性のオカズである。

対魔忍としての正義感が湧くと同時に、現役時代の任務のときには感じなかった甘い情欲が、加奈の吐息と下半身を無意識に熱くさせる。

健也とのセックスで本当の牝の快楽を知らなかった頃の加奈なら、この街の光景に、ただただ嫌悪感しか生まれず、理性は状況を冷静に見定め、正義の心にのっとった最善の行動を取っていただろう。

だが今の加奈は、対魔忍スーツを着ながらにして、熱く股間を濡らし、その高潔な理性には、淫らな肉の欲求から生まれたピンクの霧がかかりっぱなしになっていた――。

「はぁ、ぁん……んんっっ」

瞳は自然に、肌を露出している娼婦たちを追いかけ、媚薬の妖しげな刺激臭に鼻腔をくすぐられる。

対魔忍スーツを着込みながらも、その下では、乳首をビクビクと勃起させ、陰唇をひくつかせてしまっている。

この堕落した街の常識に、身も心も同化させ、身体の内側から溢れ出る欲求不満の人妻牝本能を抑えつけることができなくなっていっていた。

　街の入り口から10分ほど歩き、そこからさらに、健也が手配したという黒塗りのハイヤーに乗り換えて、加奈たちは繁華街の中心部……さらなる闇の巣窟へと足を踏み入れていく。

　街の入り口近辺に建つ、安っぽい雑居ビルではなく、高級感あふれる、一見リゾートホテルのようなビルが建ち並ぶそこは、闇の商売で儲け、一晩数百万から数千万を払っても惜しくないような、VIPたち御用達のハイクラスな店が集まる場所だ。

　そんなビルのひとつに、健也に連れられて入った加奈は、エレベーターに乗って、地上30階にまで昇り、目的のフロアに足を踏み入れた。

「……ここはっ⁉」

　そこはワンフロアそのものが、巨大なイベント会場となっており、加奈の目の前では、まばゆいばかりにライトアップされた、会場中央のリング、そしてその周りを取り囲む熱狂的なVIPの観客たちといった、まるで格闘技の一大イベントのような場面が広がっていた。

　しかし、ここは闇の歓楽街。

　それがただの格闘大会などでないことは、観客である200人ほどの男たちの顔に浮かぶ、好色そうな表情にありありと現れていた。

「……オバさん着いたよ。さぁ、後輩対魔忍の夏鈴と待望の対面だね♪」

観客の輪の中央で歩みを止めて言った健也の視線の先……。

そこでは加奈の想像を超えた、現役対魔忍・杉田夏鈴の姿が、下卑た男たちの視線に晒されている最中だった。


「うぉおぉっ、すげぇエロさだぜぇっっ！」

「これがあの凄腕対魔忍の夏鈴か⁉　いいザマだなぁっ！」

「ひぐぅぅうっっ！　んおっっごぉおおぉおおっっ！　おおおおおっっっ！　ひぐっっ！んおほぉおおおっっっ！　ふおごぉぉおおおっっ‼」

牡欲に満ちた歓声が響き渡る中、その声をかき消すかのように、野太い……まさに獣そのものといえる女の嬌声が、会場中に轟き響く。

会場の中央に設けられたステージ上を見つめる男たちは、年齢も服装も様々だが、皆それぞれが魔界技術の売買や、魔族を顧客・パートナーとした違法ビジネスによって莫大な富を築いた大富豪、そしてその甘い蜜を吸う政治家たちだ。

まさに対魔忍が正義のために誅伐すべきゲスの集団である。

そんな連中の目の前で、夏鈴は誇り高き対魔忍の、変わり果てた姿をさらけ出していた。

「客の入りも上等上等っ。さすがは調教済み対魔忍の公開屈服懺悔ショーだぜっ。おい、夏鈴。こんなに大勢に見られて気持ちいいよなぁ⁉」

ドチュドチュッッ！　ジュブゥウウッ！

「は、はぃいいっっ！　気持ちイイでしゅぅうっっ！　オーク〝様〟のオチンポファック、めちゃくちゃギモヂイィイイッッッ！　んぉおおっっ！　イ、イクッッ！　おっほぉおっっ♡　イキましゅっっ！　淫紋発情マンコ、まらイグゥううぅうっっ♡」

ブシュゥウッッ！　ビクビクゥウッッ！

二週間前、映像の中で夏鈴を凌辱していた首領オークが、まるでヒール役のレスラーのように、ステージ上で夏鈴をM字開脚に持ち上げた逆駅弁スタイルのまま、その膣穴に膨れ上がった怒張を、深々と突き込んで、腰をゆさゆさと上下させる。

その激しいチンポピストンと、対魔忍のプライドを傷つける煽り言葉に、夏鈴は、あろうことかオークを〝様〟付けで呼び、惨めな潮吹きのけ反りアクメを、観衆に晒してしまっていた。

そんな彼女が着用しているのは、対魔忍のアイコンともいえる戦闘用スーツではない。

二週間前よりさらに肉感を増したムッチリエロエロボディを、淫靡に彩っているのは、全身をさらにピッチリと包む漆黒のボンデージスーツだ。

対魔忍スーツと同等かそれ以上に、夏鈴のボディラインをくっきりと露わにするボンデージは、まばゆいライトに照らされテカテカと艶っぽい光沢を放っている。その姿は、まさに気高い女が、悪に完全敗北したことを強く印象付ける、屈辱的衣装だ。

先日の映像と同じように胸、そして股間部分は切り取られ、発情しきっている陰部や勃起乳首が、まざまざと観客たちに見せつけられている。

健也に刻まれた淫紋は健在で、この前より艶やかな紫色を放ちながら、ボンデージスーツの表面にくっきりと浮き出ている。

端正な顔には、鼻フックが取り付けられ、数多の悪党を葬ってきた凄腕の女対魔忍とは思えぬ、無様すぎる豚鼻面を聴衆たちに見せつけてしまっていた。

「ぐははっ、この一週間でさらに敏感になったな夏鈴……。健也様の調教がばっちり効いたようだな。公園でお前に殺されかけたのが夢のようだぞ？」

「はぁ～はぁ～～、おほぉぉんんっっ♡　あ、あのときは大変申し訳ございませんでしたぁぁんっ♡　私が愚かだったんですぅっ。チンポの気持ちよさも、マゾ快感も知らないクソムッツリ対魔忍でしたぁっ！　でも今はチンポ好きぃぃっ♡　セックス大好きっ♡　んおっほおぉおっっ！　杉田夏鈴の本性は変態ビッチ対魔忍んんっっ♡　皆様の前で何度でもイッグゥウゥウンンンッッ！」

「うへへっ、いつも俺たちをゴミだ、クズだと言ってた対魔忍が、オークに犯されながらガチイキしてるぜ。最高の気分だな、こりゃぁっ」

数々の悪党に天誅を下してきた夏鈴の活躍は、ここにいる者すべてが知り、そして、いつ自分の番が来るのかと恐れていた。

だが、そんな悪に畏（おそ）れられる有能な対魔忍の姿はここにはない。

数週間にわたる調教と、腹部に刻み込まれた淫紋により、もはやほとんど堕ちきってしまった夏鈴を見て、ギャラリーたちがゲラゲラと嘲笑を響かせる。

（な、なんという屈辱だ……っ。対魔忍である私が、クズどもに見られながら、オークに犯されるなど……っ。ああ、でもそれがゾクゾクして気持ちイイっっ！　もっと見てっ、もっとなじってくれぇっっ！　おっほぉおっっ！　気持ちよすぎて、ふんぎぃいいっっ！　マンコだけじゃない……っ。〝チンポ〟も疼くぅううっっ！）

夏鈴が、鼻フックを付けた豚面のまま、屈辱と快楽に満ちた、たまらなくエロティックな表情を浮かべる。

その、かつて氷のように鋭く美しかった切れ長の瞳に、今では欲情の焔を浮かべたまま見つめる先には、巨大なフタナリ肉棒が、太い血管を浮かべながら、ビクビクと淫らな痙攣を繰り返していた。

「ははは、見てみろ、あの無様なフタナリチンポをっ。なんてデカさだ。アイツが今まで、ぶっ殺してきた魔物の逸物並みじゃぁないのか⁉」

「つい一週間前、この女がこの街に送られてきたときには、もうクリチンポに改造されていたらしいな。送られる前に一晩中連続射精して、チンポ快楽を覚えさせられた後は、淫紋の力で、ずっと寸止め状態のまま、近くの娼館のサキュバスに、つい昨日まで扱かれまくっていたらしい。まったく命じた淫魔もエグいことをするもんだぜ」

「あの女も初めの二、三日はギリギリ持ち堪えていたらしいが、今では完全に快楽の虜よ。チンポ射精ほしさに、オークに媚を売るとはなぁ。対魔忍も快楽には勝てないということだなぁっ」

男たちの言葉通り、切り抜かれたボンデージスーツの股間からは、この場の誰よりも猛々しい肉棒が、天井の照明に向けてそそり立っている。

かつての勃起クリトリスを、健也により変化させられた疑似男根は、皮が完全に剥けきっており、膨れ上がった雁首先端の鈴口からは、膣蜜に勝るとも劣らない大量の先走り汁が滲み出ている。

今にも破裂しそうなまでに膨張しきった陰茎を伝い落ちるカウパー汁の、ねっとりとした熱さが、感度3000倍、そして淫紋に続く、非道な肉体改造を受けた夏鈴。そのマゾ快楽本能を、ビクビクと刺激する。

(ち、チンポぉぉっっ。フタナリチンポっっ！　これ本当にすごすぎる……っっ！　淫紋の力が直接チンポに伝わってきてぇ……っ。お、治まらないっ！　感度1万倍チンポ、射精したいっっ！　ああんっ、でもぉっ……〝健也様〟のお許しがないと、射精できないのぉおん♡　死ぬほど苦しいのに……ああっっ、いじめられているのが、たまらないぃいぃひぃんんっっ♡)

男たちの言葉通り、夏鈴はこの街に、一週間前に〝牝豚として搬入〟されてから、まだ一度たりとも射精を許されてはいない。

フタナリに改造されたのは、健也が加奈と『夏鈴を犯さない』と約束したプールの日の、図らずも前日のことだ。

感度1万倍もの快楽射精を、一晩中刻み込まれた夏鈴は、それからこの街の娼館に、〝荷物〟として送られ、健也自体は手を出さないまま、寸止めチンポを昼も夜もなく、淫らなサキュバスたちの口淫、手淫、膣や尻穴によって、休むことなく弄ばれ続けてきた。

オークのペニスで犯されることには耐えられても、女であっては経験しようがないクリペニスの射精快楽。

それを何日も封じられる責め苦には、いくら夏鈴の強靭な精神力といえど、耐えられるはずがなく、誇り高き対魔忍・夏鈴は、任務よりも、いじめられる快感を欲してしまう、一匹のマゾ牝に堕ち果ててしまったのだ。

「さぁさぁ、それではクソ現役対魔忍・夏鈴のフタナリ寸止めショーの開演だっ。集まっていただいたＶＩＰの皆様方には、この夏鈴の寸止めチンポを気の済むまで扱いていただき、皆様の商売の邪魔をし続けた対魔忍の、無様な堕ちっぷりを、たっぷりと楽しんでいただきたいと思いまぁぁぁっすっ！」

「「「「うぉおおおおおっっっっっ！」」」」

もとより高潔な信念など持たず、金とその場の快楽が目当てである首領オークの、ノリのいいアナウンスに踊らされ、観客たちが腕を突き上げ、歓声をあげると同時、リングの上に設置された電光掲示板の数字の桁が一気に跳ね上がっていく。

「……対魔忍、しかもクリチンポ女を虐められる機会が訪れるとは。今夜はたっぷりと楽しませてもら……いや、楽しませてやるぞ、牝豚ぁ」

数分後、言ってリングに上がったのは、金で夏鈴を弄ぶ権利を得た、でっぷりと太鼓腹を突き出した、スーツ姿のハゲた中年親父だった。

その手にはピンク色の貫通型オナホールが握られており。中には、淑女を一滴で狂わせると言われる最高級の媚薬が、大量にベットリと塗られていた。

そのツンとした臭いが鼻をついただけで、夏鈴の肉棒がビク、ビクンッっ！　とさらに大きく反り返る。

「あ、〝貴方様〟はぁ!?　対魔忍の処刑リストで存じ上げておりますぅっ。政治家の……っ！　己の利権を守るために、対抗勢力の人々をあらぬ罪で陥れてきた……っ。あぁ、そんなクズに、私は今からクリチンポをぉっ……。あはぁ、ゾクゾクしますぅぅんんっっ♡」

（おぉおっ、あんな媚薬たっぷりのオナホールでチンポを扱かれるのかぁっ♡　しかも相手はゴミ中のゴミ……っ。はぁはぁ、筋金入りの悪党に、私はこれから完全屈服するまでいじめられる……っ。あはぁ～～、想像しただけで、チンポもっとおっ勃ってくるぅぅんっ♡）

リングに上がってきた男に、ビクンッっ！　とフタナリ勃起チンポを突きつけながら、夏鈴はその切れ長の瞳を、うっとりと蕩けさせ、鼻フックで広げられた鼻腔を、いやらしく、そして無様にフガフガと鳴らす。

「我々を殺すために鍛え抜かれたエロい身体に、敗北者のラバースーツが、よく似合っているぞ対魔忍。お望みどおり、たっぷりと弄んでやる。いくぞ、夏鈴っ！」

ジュボォオオオッッッ！　ジュリジュリッッ！　グッチュゥウウウッッ！

男がゲスな笑みを浮かべながら、いやらしくビクつく勃起クリチンポへ、オナホールを無慈悲なまでに勢いよく根元まで被せる。リング上に淫らな水音が響く……っ！

「ほぉおぎいぃいいいいいっっっ！　おっ、おほぉおおおっっっ！　ち、チンポチンポぉぉおっっ！　ひぎっっ、んひぎぃいっっ！　んおおっほおおおおっっっ！」

刹那、夏鈴の口からは、有能な対魔忍である本来の彼女を知る者が聞けば、耳を覆いたくなるような牝の快楽咆哮が、フロア全体に響き渡る勢いで吐き出された。

背筋はグンっと反り返り、テカテカのボンデージスーツに包まれたグラマラスな女体が、ビクビクゥウッッっ！　とおもしろいくらいに震え、跳ね上がる。

（あ、あああああっっっ！　チンポぉぉっっ、やっぱり媚薬漬けオナホール気持ちよすぎるぅ、おっほぉおおおっっっ！　あ、頭が一瞬で快楽に持っていかれるっっ！　熱いぃっっ！　チンポ熱イィッ！　こんなゲスどもの前でダメなのにぃいっ！　チンポぉぉっ、たまらなくチンポ射精したくなるぅううっっ！）

それは、非道に非道の肉体調教を重ねられた夏鈴の、恥辱的かつ淫らすぎる牝の反応だった。

どれだけ崇高な誇りを胸に抱いていたとしても、クリチンポを刺激されると、そのプライドのすべてが真っ白に包まれ、淫らすぎる嬌声を轟かせてしまう。

肉棒へと改造されたクリトリスが、高級娼婦の女性器内部を完璧にトレースした快楽オナホール。そのシリコンの柔らかくて熱い壁面に並んだ、ツブツブとした無数のヒダに包まれ、擦り上げられると、まるで煮えたぎる鍋のように、カッとペニスが熱くなる。

　そして女性では感じるはずのない、とてつもない肉棒快楽が夏鈴の脳髄を駆け抜け、間髪容れずに、まるで堰を切ったような、止めようも抗いようもない牡の快楽衝動が、夏鈴の心を焼き尽くしていく。

「うははっ、これがあの超人的な強さを持つ対魔忍かっ⁉　私のような一般人の手で、獣のような声を上げているぞっ！　ほらほらっ、もっと啼けっ！　この変態チンポ女がっ！　いつものムカつく強気を見せれるものなら見せてみろっ！」

　ジュボジュボッッ！　ドチュドチュッッ！　ジュブゥウッッ！

「ほっっ、ほぉおっっ！　そんなの無理でしゅぅううっっ！　フタナリフル勃起チンポ気持ちイィィイッッ♡　んほぉおおおっっっ！　ひぎぃいっっっ！　そこそこぉおっ、雁首いいっっ、裏筋っっ！　おっふぅぅんおおっっ！　もうチンポ出るっっ！　精液出るぅぅうっっ！　出る出る出るっっ、おおおおおおっっ！」

　カクテルをシェイクするかのように、男が激しくオナホールを上下させる。

　見るからに好色そうな男は、まるで自分のモノにするかのように、夏鈴の勃起肉棒の感じるところを、巧みに刺激し続けてくる。

　肉棒の先端でブクンッと膨れ上がった雁首を、オナホールの最もヒダが多い入り口部分で、グチュグチュグチュッと小刻みに擦り上げる。

　同時にぴっちりとフタナリチンポの形に密着した精密オナホールが、雁首の裏側に入り込み、裏筋の皮膚の下にある男性器の最も感じる性感帯を、そのきめ細かいヒダの粒々によって、容赦なく扱き下ろす。

（おひぃいんっっ♡　こんな快楽受けて、抵抗なんてできるわけないだろぉおっ♡　馬鹿にされて悔しいのが、気持ちいいぃっっ！　チンポ熱いっっ！　蕩けるぅうっっ！　イクイクイクッッ！　んっほおぉおおっっ！　クリチンポ、もうイクゥウゥっっ！　ふふっ、ふふふっっ……ほぉぉおんんっっ♡）

　夏鈴は、本来なら瞬殺できる肥満男に対し、なんの抵抗もできずに、グングンっ！　と自ら腰を上に跳ね上げ、最大の弱点であり性感帯となっているクリペニスを、自分の意思で射精に導こうとする。

「うははっ、なんだその腰の間抜けさはっ⁉　気持ちいいのか⁉　イキたいのかぁっ⁉

この早漏チンポ女がぁっっ！」

　グチグチィィッッ！　ジュボッッジュボォォオッッ！

「イ、イギだいぃいいいっっ！　イキたいっっ！　チンポ射精したいぃぃいいっ！　イカせてくださいいぃぃいいっっ！　おっほぉおっっ！　敗北対魔忍の早漏勃起チンポ、このまま扱いてぇっっ♡　イクッ、んおおおっっ、イクイクぅうっっ！　精子くる精子ぃいっっ！　クリチンポぉっほぉおおおぅうっっ！」

（そうだぁっ、射精したいんだ私はぁっ♡　お前たちのようなクズの手で、クリチンポ扱かれて最高の気分になるまで調教された、変態マゾ女なんだぞぉっ♡　んほぉっっ！　イクイクイクイクゥウッッ！　一週間ぶりの射精ぃいいっっ！　イクッッ！　イケッッ！

おっほぉぉおっっ！　チンポザーメンくるぅうっっ！）

グジュゥウウッッ！　とオナホールが付け根から雁首まで、夏鈴の肉棒を激しく擦り上げると、ハスキーな嬌声を張り上げ、現役対魔忍の肉棒が、ブクンッと大きく膨れ上がる。

男根の内側を、熱い衝動が駆け上り、亀頭がジンジンと痺れ、健也に味わわされた圧倒的な未体験快感が、今再び全身に迸ろうとしたその時――。

カァァアァッッ！　ビキビキィぃっっ！

「こっ、おほぉぉぉおおっっ！　くふぅうっっ！　で、出ないぃいっっっ⁉　射精っ、射精できな……ひんぎぃいいいっっ！　精液寸止めぇぇっっ！　ふぉおおおっっ！　いぃいっひぃいいいいっっっ！」

射精のまさにその瞬間、夏鈴に刻まれた健也の淫紋が鈍く輝き、夏鈴の射精絶頂は、ゴールわずか一ミリ手前といった、ギリギリのところで強制急ブレーキがかけられる。

解放されなかった感度1万倍の爆発的快楽は、都合よく萎えるはずもなく、臨界寸前の快感本流をまとったたまま、クリペニスの中を、暴走列車のように駆け巡り続けるのだ。

「はっひぃいいいんんっっ！　イ、イケなひぃいっっ！　んおほぉおおおっっ！　まらイゲなかっらぁあああっっ！　おおおっっ、きつぃいっ、射精禁止、本気で死ぬぅううっっっ！　チンポ爆発するっっ！　ふっほぉおおおっっ！　イ、イギだいぃいいっっ！　ふふ、ふふぅっ、けどぉおおぉぉっ、出ないままのが、気持ちィィイイッッ♡」

道行く男性たちの心を虜にし、悪を視線で射殺す、正しくクールビューティと言えた夏鈴の美貌が、今では切れ長の瞳を大きく見開き、口から舌を垂らしながら、猛りきったままのフタナリ肉棒を、物欲しそうに見つめている。

見下していたオークに拘束された全身を狂ったようにビクつかせ、まばゆい照明の下、憎々しい男たちの前で、涙を流し、ヨガり吠える。

そんな表情の奥には、マゾ快楽に堕ちきった敗北対魔忍の歪んだ性癖が、はっきりとピンク色の♡の快楽マークとなって現れていた。

（いひぃぃぃいっっ！　寸止めチンポ、頭ぶっ飛ぶくらいキモチイィィッッ！　イってるのにイケないいっ。なんて最高のお仕置き快楽なんだぁっ♡　真面目な対魔忍やってたら、こんな快感絶対に味わえないいっ！　この淫紋、最高だぞ、健也様ぁぁんっっ♡）

感度1万倍ペニスの寸止め責めという、本来なら泣いて射精を乞う拷問に、夏鈴は人生最大のマゾ快感を見出して、血管を浮き立たせているペニス、そしてオークペニスが突き刺さった膣肉を、気持ちよさそうにブルブルっと淫靡に痙攣させる。

悪人たちの恐怖の対象であった対魔忍の、そんな無様すぎる陥落ぶりに、ギャラリーたちが歓喜する。

「おいおい、こいつ、寸止めされて悦んでるぞっ！　ははは、なんてマゾ女だっ。対魔忍はやはりドMの集まりだなぁっ」

「ほら、その無様な豚面で宣言しろ。対魔忍は牝豚だと。お前がそうだと。お前が対魔忍そのものを侮辱する姿を、ばっちり配信しておいてやるぞっ！」

「ほぉぉぅっ、それは……ああっ、それはぁぁっっっ！」

リング上の夏鈴に向け、映画用の高級カメラがグッと近づけられる。それは現役対魔忍の敗北宣言を、アングラエロサイトに生配信するためのものだ。

レンズが、オークにホールドされた大股開きの夏鈴の全身を、そして鼻フックの顔を捉え、その姿がフロアに備え付けられた大型モニターに映し出される。

（あ、あぁっ。アレが私か……？　あんなデカマラを生やし、クズどもに笑われているのが、対魔忍の私……ふふ、なんて無様でエッチな姿なんだ……っ。あれが私の本当の姿ぁぁっ♡）

ゾクゾクゾクゥぅぅぅっっっ！　と夏鈴の背筋に、かつてないマゾの快感電流が逆った。

たった数日前まで、たとえどのような辱めを受けようと、任務を完遂してみせると心に固く誓っていた自分が、ピッチリとしたボンデージスーツを着せられ、フタナリチンポの快感に、悦びの声を上げている。

そのたまらなく淫らで、無様すぎる姿に、夏鈴は悔しさではなく、明確な官能の震えを覚えていた。

「くくく、せっかく生配信してるんだ。サービスだ。ついでにコイツも受け取りな夏鈴っっ！」

首領オークが背後からそう言うと、片手で夏鈴を抱えたまま、右手に持った注射器を、夏鈴の太ももの付け根に思い切り突き刺し、中の薬物を血管内に投与する。

ブクンッっ！　ビキビキィィイッッ！　ビギィィイイッッ！

「おっひぃいぃいいいっっ!?　チンポがもっと熱くぅううっっ!?　な、なにをぉおっ！　おほぉおっっ！　チンポっ、チンポが膨れるぅううっっ！」

瞬間、もう限界かと思っていた肉棒の疼きが、さらに爆発的に膨れ上がった。

元からギチギチにきつめのサイズだったオナホールを、内側から引き裂かんばかりに、クリチンポが膨張し、さらにオナホールへの密着度を増す。

「そいつは、種付け魔物用の強壮剤でなぁ。並の人間なら、マス掻きながら発狂する代物だ。マゾのお前なら、悦んでくれるよなぁ、夏鈴ん？」

オークの言葉どおりに、ブクっっ！　とさらに太くなった肉棒。その性感帯へ、性玩具の内側に並んだヒダヒダが、磁石のようにピタっと食いついて離れない。

「ふんぉおおおおっっっ！　すごいぃいっ、強壮剤チンポすごしゅぎるぅううっっ！　イクゥウッッ！　イックウウッッッ！　おっほぉおおっっ！　こんなのすぐイィイクッッッ、イクイクゥウウッッ！　ほっほぉぅっっ！　チンポぉぉぉおおおおっっ！」

夏鈴の快楽咆哮がリングに響き、オナホールに扱かれるペニスが、ビキビキと太い血管を浮き上がらせて、弾けんばかりに激しくビクつく。

ブォンッッ！　ビギィイイィッッ！

だがイケない。子宮の上で妖しく輝く淫紋は、夏鈴の完全屈服まで、その呪いを緩める気配はまるでない。

（ほぉっぎぃいいいっっっ！　チンポ熱いぃいっっ！　死ぬ死ぬぅううっっ！　ひぃひぃいいっっ！　このままだと本当に死ぬうぅふぅううっっ！　出したい……出したいっっ！　チンポ射精、思い切りぶっ放したいいぃぃいっっっ！）

夏鈴の頭の中で、植え付けられたマゾ快楽と牡欲が、蒸気をあげて沸騰している。まるで自身のすべてが、この醜い肉棒になってしまったかのように、身体全体が快楽で痺れ、それでいて一向に解放されない焦燥感と疼きだけが増大していく。

「ひぃいっぎぃいいいっっっ！　イカせ……っっ！　おあああああっっっ！　イ、イカせてくらひゃぃいいいいいっっ！　チンポ弾けるぅっっ！　本当に吹っ飛ぶぅううっっ！おほぉおおおっっ！　イィィグウゥウウッッ！　イぃってるのにぃっ、イゲないぃいいいっっっ！　イカせてっっ！　イカせてぇっっっ！　チンポ、イギだいひぃいいいいっっ！お願いしましゅぅううっっっ！」

「ははっ、とうとう理性が快楽でぶっ壊れ始めたな。いいぞ、夏鈴。ほら、さっさと負けを認めろ。そうすれば牝豚として、もっと気持ちいい人生が待っているぞ？」

ブシィイッッ！　……ジュグゥウッッ！　ブジュゥウウッッ！

言った政治家の男が、さらにもう一本、追加でもう一本、強壮剤を太ももに打ち込み、さらに夏鈴の弱点である雁首を小刻みなストロークで、徹底的に扱き抜いてくる。

（おぉぉおっっっ、ごふぉおおおおおっっっ！　強壮剤をそんりゃにいっぺんにぃいいいいいいっっ⁉　しぃぃいにゅぅううっっ！　ひぎぃあああああっっっ！　お、堕ちる……っっ！　す、すまない加奈ぁあああっっ！　こんなっ、おほぉおおおっっ！　わらひぃいいっっ！　こんな快楽、耐えられにゃいぃぃいいいいいっっっ！　あへへっ、おっほぉおおっっ！　堕ちるぅうっ、私完全に堕ちるぞぉおっ、おっへぇぇっっ！）

瞬間、ほんのわずか残っていた夏鈴の対魔忍としてのプライドが、バリィィンッッ！と音を立てて砕け散っていく。

現役時代の加奈から学んだ、対魔忍の高潔な生き様。そして心に誓った任務の達成……。囚われた引退対魔忍たちの、平穏な日常を取り戻すという固い決意が、たった一本の肉棒が吐き出す性快楽によって、すべてが真っ白に吹き飛んでいく。

「……わ、私は牝豚です……っっ」

「んん？　なんだぁ、聞こえないぞ夏鈴んんっっ⁉　ここにいるＶＩＰの方々、全員に聞こえるよう、はっきりと言ってみろっ」

「くぉっ、あひぃぃいいっっ……く、ぅぅううっっ。……私は牝豚ですぅぅううううっっ！　ほひぃいっっ！　私だけじゃありませぇんっ♡　対魔忍はみんな牝豚ぁあああっっっ！　普段どれだけ真面目ぶっていてもぉおおっ、快楽には勝てない、ド変態ビッチのオマンコ穴なんですぅうっっ！　モニターの前の皆様に調教されたら、みんなこのザマぁぁぁんんっ♡　恐れることなんてありませぇぇんっ♡　対魔忍は皆様のチンポを悦ばせるだけの、肉便器ぃぃんんんっっ♡」

（言った……あぁっ、言ってしまったぁあっ。加奈、対魔忍のみんな……すまないっ。けどそれが真実なんだぁっ。私はこんなに気持ちイイぞっっ！　みんなも……みんなも早く堕ちたほうが幸せだぞぉぉぉぉっっっ♡　牝豚、最高ぉぉぉんんっっ♡♡）

「……ふふ、完全に堕ちたね。生配信の視聴者数すっご……っ。よかったねぇ、さすが僕のオモチャ。それじゃ、みんなに、そして夏鈴に最高のプレゼントを贈ってあげようかな」

ふいに聞こえた少年の声。

夏鈴の完全敗北宣言に熱狂する観客の中で、リングに向けて、健也がスッと手をかざす。

コォォォオッッ、ビキィィィインッッ！

「ふっひぃぃいいいいいいっっっっっ!?　お、おおおおおおっっっ！　で、出るぅうっっ！　おほぉおおおっっ！　け、健也様ぁぁっっ!?　んおおおおおおっっ！　健也様、来てらっしゃったんですねぇっっ♡　んほぉおおっっ！　出るぅっ、出る出るぅううっっ！　チンポ射精……出っっっっっるぅぅぅんんんんっっっ♡」

瞬間、夏鈴に刻まれた淫紋が、その光をわずかに弱めると、寸止め状態にあったクリチンポの亀頭が、ブクゥッッ！　と膨張し、最後のギリギリで封じられた射精管と鈴口に、破滅への通り道が貫通する。

「おお、いらっしゃったのですか、健也様っ！　ってことは……おおっっ！　皆様、出ますよっっ！　牝豚宣言対魔忍の、フタナリ射精ショーっっ！　おら、夏鈴っ、こっちも出してやるぜぇっっ！」

ドチュドチュッッッ！　ドップォオオオッッ！

勃起肉棒のカウパー汁に負けず劣らず、発情牝蜜を垂れ流している夏鈴の膣に、背後の首領オークが激しいピストンを打ち付け、子宮に大量のオークザーメンを中出し発射する。

「ひぃぃっぎぃいいいいいっっっ！　熱いぃぃいんんんっ♡　オークしゃまの、中出しザーメンんんっっ！　おっほぉぉおっっ！　私も出るっっ！　クズどもに見られながら、射精しちゃうぅぅんっ♡　マンコ絶頂連動射精ぃっっ！　でっっっっっ、るぅうううううっっっっ！」

ドッッッッビュォオオオオオオオオオオッッッッ！　ドブァァアアアアアアアアアッッッ！

オークに逆駅弁スタイルで拘束された夏鈴の上半身が、グンンンッっ！　と折れんばかりに激しくのけ反り、完全勃起した肉棒の先端から、破裂した水道管のような勢いで、大量の白濁が溢れ飛ぶ。

「おっふぉぉおおおおっっっ！　イックゥウウウウッッッ！　イクッッ！　イクゥゥッッッ！　イッッッグゥウウウウウウウウッッッ！　おぉおおっっ、ギィィイモヂィィイイイイッッッッ♡　マンコチンポ同時アクメ、しゃいこぉぉおおおっっっっ！　みんな見てくれぇぇぇっっ！　完堕ち対魔忍の変態マゾアクメ顔、もっと見てくだしゃいぃぃいっっ♡」

ドビュゥウウッッッ！　ドッポォォオッッッ！

すでに成人男性十数人分の精液を、天に向かってぶちまけているはずの夏鈴の肉棒は、萎えるどころか、観客たちの視線を受け、さらに大量のマゾザーメンを吹き出し続ける。

「くははっ、対魔忍の完堕ち姿ほどエロいものはないなぁっ！　だが牝豚が人間の言葉をしゃべっちゃいかんなぁ。豚は豚らしくせんか、対魔忍・夏鈴っっ！」

グチュグチュゥウッッ！　ジュボジュボォッッ！

政治家のハゲ男が、射精で震えるフタナリ肉棒をさらにオナホールで扱きたて、夏鈴に屈辱極まる命令を下す。

だが夏鈴は、その言葉に、ほぉっと顔をほころばせ、歓喜に満ちた表情で、恥辱の言葉を言い放つ。

「おっほぉぉぉんっっ！　わかりまひたぁぁっ♡　ぶひぃぃぃんっっっ！　ぶひぶひぶひぃいいいっっ♡　イクイクゥウッッ！　わらひ、射精チンポでめちゃめちゃイっでるりょほぉおおおおっっ！　幸せぇぇっっ♡　みんなに見せ物にされるの、人生で一番シアワセぶっひぃぃぃぃんんんっ♡」

ドッピュォオオオオッッッ！

夏鈴の豚声屈服……そこで発生した特大のマゾ快感を、目の前、そして配信先の悪しき者たちに知らせるかのように、フル勃起クリチンポから、濃厚すぎる白濁ザーメンが噴き上げられる。

完全にのけ反り返った美顔は、舌を垂らし、敗北快楽のあまりの気持ちよさに、涙まで

流して、牝の悦びに浸りきっていた。

（豚声、敗北宣言気持ちぃいいいいいっっっ♡　もう私、完全に終わったぁぁっ。誇り高い対魔忍に戻れないぃっ。対魔忍は牝ぅうっっ！　私はこれから牝奴隷として、幸せに生きて……イッグゥゥウゥンンッッ♡）

快楽に堕ちた現役対魔忍の官能に満ちたアへ顔が、巨大スクリーンに映し出され、ギャラリーたちの、大きな歓声がフロアにこだまする。

「あ、あぁっ……夏鈴……っ」

そんな淫欲に溢れた恥辱ショーを、加奈はリングのすぐ側で、驚愕（きょうがく）の表情を浮かべながら、見つめていた。


「すっごい顔だねぇ。サキュバスに調教の仕上げを依頼したのは、大当たりだったみたいだ。……一応言っておくけど、加奈オバさんとの約束どおり、僕はこの一週間、夏鈴に手を加えてないからね。フタナリチンポを生やして、サキュバスの娼館に送ったのは、約束の数時間前だから。ま、夏鈴にとっては、ソレで幸せだったのかも、ふふふ」

夏鈴から視線を逸らせない加奈に、そう軽く言った健也はリングに上がると、観衆に向け両手をあげ、今晩のショーの主催者が自分であることを、高らかに告げる。

「ほほぅ、あれが噂の健也様かっ！　ここ最近、急にこの街で顔が利くようになったというが、まさか本当に子供だったとは」

「なりは子供だが、俺たちにもわかるすさまじい淫気の持ち主だ。夏鈴を捕らえ、調教したというのも納得だな。ありがとうございます、健也様っ。対魔忍を生で貶められるなんて、最高の時間を過ごさせてもらっていますよっ」

悪しきＶＩＰたちは、明らかに子供の健也に対し、それを馬鹿にすることもなく称え、盛大な拍手を送る。

闇の商売で稼ぐ男たち。彼らを納得させるほどの雰囲気を健也が自然と醸し出していると同時に、対魔忍の調教屈服ショーは、牡の心を有無を言わさず熱狂させる、淫靡極まる至高の見せ物なのだ。

「はぁ、あはぁぁんっ♡　健也さまぁぁんっ♡　お待ちしておりましたぁぁっ♡　ひぃぃい、んひぃぃいっ、私、堕ちましたぁっっ♡　あの日、健也様に捕らえられてから、やっと心から健也様の性玩具となれましたぁっ♡　ありがとうございましゅぅっ、このクソ生意気だった夏鈴に、マゾ奴隷の快楽を叩き込んでくださり、心から感謝しておりますぅっ！」

「そうだねぇ、夏鈴。いいオモチャに堕ちてくれて、僕はうれしいよ。僕がつけてあげたチ・ン・ポ♪　気持ちいいかなぁ？」

グジュゥウッッ！　ジュブジュブッッ！

オークに拘束されたままの夏鈴を見上げつつも、言葉で見下しながら健也は、自らの手でオナホールを上下させ、夏鈴を堕としたクリペニスを扱き下ろす。

「んっっっっほぉぉおおおっっ！　イグイグイグゥウウウッッ！　チンポ射精止まらない

ぃいっっ♡　おほぉおおっっ！　ギモヂィイイッッッ！　敗北牝豚対魔忍、健也様にいじめられて、死ぬほど感じてますぅうっっ、ほっひぃぃいいいいんんっっ♡　クリチンポ気持ちイイっっ！　夏鈴、しあわしぇぇぇへぇぇっっっ♡」

ドプドプッゥウッ！　ドビュォオオォオオッッ！

夏鈴は、自らを調教した健也の前で、栓の壊れた蛇口のように、信じられない量のザーメンを空中に向けて、豚鼻アクメをキメ続ける。

その顔は、文字通り健也の牝玩具といえる、淫靡すぎるアヘ顔を晒している。

そんな堕ちた後輩対魔忍を、加奈はリングの下から茫然とした表情で見つめるしかなかった。

(か、夏鈴、ごめんなさい……っ。まさか健也くんがここまでするなんて……っ。本当にごめんなさい……っ)

加奈の心に、夏鈴への懺悔の念が溢れる。それは二週間前、寝室で夏鈴がオークに凌辱される映像を見たときと同じ心境だった。

だが、それから二週間……。

堕ちた後輩対魔忍を見つめる加奈の心には、悪を憎む対魔忍の信念と同等……いや、それを押しつぶしてしまうほどの強い牝の欲求が、植え付けられ、育まれつつあった。

「さぁ、加奈オバさんもこっちへおいでよ。夏鈴みたいに、僕が最高に気持ちよく……最高の牝豚にしてあげるからさ♪」

健也が、リングの上から加奈を呼ぶと、右手の人差し指をピッと腰から顎の先まで引き上げる。すると加奈が着ていたコートが、まるで鋭利なナイフでされたように、真ん中からキレイに切断され、周囲から隠してきた対魔忍スーツが露わになる。

「おおっ、あのぴっちりエロいスーツ。新しい対魔忍かっっ！」

「夏鈴より年をとっちゃいるが、むしろ一番女盛りでエロすぎじゃないかっ。あのスーツに無理やり収まってるピッチピチのケツがたまらんなぁ」

夏鈴とは違う、熟れた対魔忍・加奈の登場に、会場中がさらなる牡欲でヒートアップする。

照明とともに、熱く下品な男たちの目が、赤い対魔忍スーツをまとった加奈を、視姦するように向けられる。

「なっ⁉　そんなこと……っ。私はそんなことのために、ここに来たわけじゃないでしょ……健也くんっ」

「ふふ、またそんなこと言ってさ。オバさん……。夏鈴がガチイキしてるの見て、マンコ、濡れてるよ……？」

「……つぅっ⁉　そんなこと……っ、はぁぅっ。くふぅうぅぅんっっ」

グチッッ！　ジュウゥンッッ！

加奈が自らの股間に手をやると、掌の感触に押し広げられるように、スーツの中にジンワリと溜まった熱い女膣の感覚が広がっていく。

陰部の発情に合わせ、乳首はスーツを押し上げるほどにまで勃起しており、ジンジンと熱い疼きを発しぱなしだ。

（あぁうっ……私ったら、こんな状況でなんで感じて……ぇっ⁉　ほぉぉぅ、どうしてなのぉ……っ？　夏鈴が……対魔忍が敗北アクメしてるの見ると、すごく胸がドキドキするぅっ。はぁはぁ、オマンコ熱くなっちゃう……っ。子宮がキュンキュン鳴りっぱなしなのよぉ♡）

リング上の夏鈴と、リングのすぐ下に立つ加奈との距離は、三メートルほどもない。元対魔忍である加奈の力をもってすれば、オークを含め、この場の不逞な輩全員を打ちのめし、夏鈴への侮辱レイプショーをやめさせることなど、造作もないことなのだ。

だが……。その対魔忍として、人として当然の考えは、加奈の心の中の淫欲に抑え込まれ、行動として表に出ることはなかった。

「加奈オバさん、もっと気持ちよくなりたい？　子宮アクメより、不倫セックスよりも、もっともぉぉっと、気持ちよくなれるセックス……僕が教えてあげようか？」

頬を赤く染め、はぁはぁと、明らかに欲情した吐息を漏らす加奈に、リングの上から健也が囁く。その声音は子供とは思えないほど甘く、牝欲を誘う、まさしく淫魔の誘惑だった。

「……あ、あぅっ。もっと気持ちイイこと？　慎吾さんや悟に隠れてのセックスより、もっと……っ。ああ、くふぅっ」

健也の誘いを期待しているかのように、加奈の鼓動が跳ねる。

それはいつも健也とのセックスの前に感じている、欲情のドキドキ感よりも、なお強い衝動だった。

（今までのセックスより気持ちイイことがあるなんて……はぁはぁ、そんなことが……）

疑問に思わずとも、これまで健也によって、段階的に背徳快楽に昇らされてきた加奈にはわかっている。

今までのセックスより、もっと気持ちよくなる方法――。それを目の前で夏鈴が見せつけてくれているのだ。

即ち、正義のために魔を誅する対魔忍。その尊厳を自らの言葉と態度で貶めながらの敗北セックス……。

任務をこなすことを生きがいとし、性的な堕落を嫌った、あの夏鈴があそこまで気持ちよさそうな顔を見せる、至高の快感……。

「くく、そうだぜ、年増対魔忍。健也様について、ここまで来たってことは、こうなることはわかってたはずだよなぁ？　はっきり言えよ。言ったら、お前も夏鈴みたいに気持ちよくしてやるぜ？」

「ほっぉおぉんっっ！　オ、オマンコ突くっ、ひぎぃぃぃんっっ！　オークチンポも気持ちイィィッっ！　あっへぇ～～っ、加奈ぁ♡　一緒に気持ちよくなろう？　イクイクッッ！　健也様の牝豚奴隷に、一緒にぃぃぃんっ♡」

首領オークペニスにマンコを刺激され、夏鈴が蕩けるような声音で牝イキする。もう、快楽しか映っていない瞳が、官能で潤みながら、加奈を誘う。

「夏鈴……っ、あ、ふぅぅんっ」

加奈の喉がゴクリと鳴る。

カーセックスの時に、ルームミラーで見た自分のアクメ顔よりも、さらに一段上の快感に酔いしれている後輩対魔忍の姿に、未来の自分を重ね、子宮が疼く。

徐々に快楽を受け入れてきた終着点……。頑なに認めてこなかった牝奴隷という、快楽の奈落への最後の崖に、今まさに自分は立っているのだと実感させられる。

(私は……。ああ、私は……ぁっ)

加奈の心が大きく揺れる。

調教により目覚めた牝の本能は、対魔忍だけでなく、愛する家族をも裏切るという、決定的な敗北快楽を受け入れたいと、加奈の理性にジワジワと問いかける――。

『僕もママみたいな、すごい人になりたいなっ』

『なんていっても、パパ自慢の奥さんだからなぁ』

「――慎吾さん。悟……っ」

だが、その時ふいに頭に浮かんだのは、愛する夫と息子の、自分への信頼の言葉だった。

自分が元対魔忍であること、淫魔に呪いをかけられた健也を救うためとはいえ、家族を裏切る快楽行為に、いつの間にか傾倒してしまっていたこと――。

それらを慎吾と悟は知らないとはいえ、いつも自分を気にかけ、愛情を素直に表現してくれていた。

そんな大切な家族の優しい言葉を思い出し、加奈の強い母性が、牝の欲求を振り払う……っ！

「……そうよ、私は引退したとはいえ、対魔忍……っ！　こんなこと、見過ごすわけにはいかないわっ」

加奈は子宮から迸る劣情を、渾身の精神力で抑え込み、赤く扇情的な対魔忍スーツ姿で、リングに飛び上がる。

「なにっっ⁉　このババァが……っ！　お前も俺のチンポで啼かせて……」

「よくも夏鈴をっっ！　はぁあああっっっ！」

「ごふぅううっっっっ！」

バギィィイッ！　という痛烈な打撃音と同時に、関取以上の大きさを誇る首領オークが、加奈の放った一発の右ストレートで、泡を吹いて大の字に倒れ込む。

「……悪いけど、私には夫も息子もいるんだから、オークなんかに犯されるつもりは、さらさらないわっ！」

「あの熟女対魔忍、オークをのしちまったぞ⁉　おいおい、俺たちもヤバイんじゃぁ……っ」

現役時代を彷彿とさせる、加奈の圧倒的な実力と、凛とした雰囲気の前に、VIPたちが一斉にざわつき始める。

「あなたたち、ちょっとおとなしくしてなさい。すぐに全員きついお仕置きをしてあげるから……っ。夏鈴っ。大丈夫、夏鈴……っ⁉」

ギャラリーに覇気を込めて言った加奈は、オークから解放され、マットに放り出された夏鈴に駆け寄る。

「あ、あひ……っ。ほ、ぉぉぉんっっ」

抱き起こされた夏鈴は、絶頂の余韻が抜けきっておらず、自らの白濁に塗れた黒いボンデージスーツに包まれた、引き締まった女体と勃起チンポを、ビクビクっと淫猥に震わせている。

「もう大丈夫よ。早く家に帰って、応援の対魔忍を呼びましょう。……健也くんも、いいわね？　今度こそ、もうこんな遊びはおしまいにするわよ？」

自分と夏鈴の側に立つ健也に、加奈は優しくも厳しい口調で言う。

健也の呪いは解かなくてはならない。しかし妻と母の覚悟を呼び戻し、夏鈴を奪還した今、このような、ただ女の尊厳を快楽で塗りつぶすような舞台に、自分と夏鈴、そして健也が留まる理由はない。

無事、家に帰った後は、今度こそ大人の役目として、健也にきちんと言い聞かせる。そう加奈は思っていた。

だが健也は、叱られた子供のように萎縮するわけでなく、真剣な面持ちの加奈を悠然と見下ろしつつ、ニヤリと笑いながら言う。

「おしまい？　いいや、オバさん。これからがこのショーの一番いいところだよ♪　言ったでしょう？　加奈オバさんには、僕のママ対魔忍……牝奴隷になってほしいんだって♪　夏鈴も僕のオモチャになったんだから……。……オバさんもなっちゃおうよ、対魔忍の本質……快楽に忠実な牝奴隷にサァ……っ！　お前もそう思うだろう？　……ね、夏鈴？」

「ふふふ……。はい、ご主人様ぁぁん♡」

ビリリィイィッ！

健也の〝命令〟に甘い猫撫で声で応えた夏鈴が、隠し持っていたナイフで、加奈の対魔忍スーツの胸と股間を切り裂き、加奈の人妻豊乳と陰部を、リング上で露わにする。

「なっっ⁉　夏鈴、どうし……っっ。ほっっ、ぉぉぉおううううっっ！」

夏鈴は、驚く加奈の腰に手を回し、自らはマットに仰向けになったまま、グイッ！　と加奈を引き寄せると、いまだ勃起の収まる気配のないフタナリペニスを、加奈の熟女マンコに、思い切り突き入れた。

ズチュゥウウウッッッ！　ジュボォォオオッッッ！

「んぉぉおおぉぅうっっ！　加奈のマンコ、すごいぃいいっ！　これが人妻対魔忍の熟れ熟れマンコぉぉほぉぉぉんっ♡　気持ちいいっ、サキュバスマンコより、媚薬オナホールより何千倍も気持ちイイっっ♡　おほぉぉんっ、腰勝手に動いてしまうっっ！　加奈、ああっ、私ぃ、対魔忍マンコ大好きぃぃいんんっっ♡」

「や、やめ……やめなさい夏鈴……っっ！　おほぉぉっ、こんなこと……ああ、ダメっ、感じる……っ！　感じちゃいけないのに、夏鈴チンポ気持ち……おほぉっぅ、イイィィイッッ♡」

黒塗りのラバースーツ姿の夏鈴に腰を押さえつけられ、夏鈴が下、加奈が上に乗った騎乗位の姿勢になる。

予想だにしなかった女同士、しかも対魔忍同士のレズセックスに、加奈の膣内が牝快楽で沸騰する。

愛する夫と息子の声で、快楽欲求を振り払った理性が、あろうことか、後輩対魔忍ペニスによって、強制的に感度３０００倍の快感の園へと呼び戻される。

（ふっぉおおおんっっっ！　夏鈴のチンポ太くて硬いぃぃいんっ。完全に堕ちてしまっているなんて、夏鈴……っ。お、おほぉっっ、子宮までチンポ届いてるぅうんっっ！　だめっ、ダメダメダメぇぇっっ！　身体の我慢が……っっ！　チンポ、抜かないとぉぉぉっ！）

後輩対魔忍のフタナリペニス責めに、理性を無視して牝奴隷への階段を昇り始める牝本能を抑えるために、加奈はリングに両手をつく。

プールの時のように、またも快楽に流されてしまっては、心に響いた慎吾と悟の信頼に、母親として合わせる顔がない。

加奈は、母としての尊厳を奮い立たせ、夏鈴の牝チンポと密着してる下半身を、どうにか引き上げようとする。

「おっと、逃げちゃだめだよ、加奈オバさん。気持ちイイのはこれからなんだから……さっつっっ！」

ズッッブゥウウウッッッ！　ズボズチョォオオッッ！

「んっっおひぃいいいっっっ！　そ、そんな健也くんんっっ!?　おほぉぉぉ、お尻……アナル……っっ！　おっっ、おぉおっっ、おっひぃぃいいっっっ！」

フタナリ牝ファックを強いる夏鈴から逃れようとする加奈。

ちょうどよく突き出された、形のよい無防備な巨尻に、健也の掌の感覚が触れたかと思うと、夏鈴に切り裂かれた対魔忍スーツの隙間から、加奈の尻穴に、健也の巨大勃起ペニスが、なんの躊躇(ためら)いもなく奥まで突き込まれる。

夏鈴に膣を犯されているだけでも、腰が抜けそうな快感だというのに、さらに相性抜群の健也の勃起ペニスで、背後から肛門まで刺激されると、逃げることはおろか、野太い熟女の快楽咆哮を抑えることすら、困難になる。

「アナルじゃないでしょ、オバさん？　いつもみたいにケツマンコって言いなよっ？　下品な言葉の方が感じるんでしょ？　ほぉら、みんなにも見てもらいなよっっ！　ふふふ、ショーの第二幕。現役対魔忍と引退対魔忍のW敗北アクメをさぁっ！」

健也がそう言って、指をパチンっと鳴らすと、リング上がさらに明るくライトアップされ、大型モニターには、加奈と夏鈴、二人の美しい対魔忍が、ごく普通の少年と艶やかな

３Ｐを繰り広げている様子が、鮮明に映し出される。

「お、おおォっっ！　対魔忍を二人も捕らえての生３Ｐが見れるとは……っ！　それではさっきのは、これを盛り上げるための演出だったのか⁉」

「ははは、二人も調教済みだったとは。健也様も人が悪い。ならばたっぷり楽しませてもらいましょうか」

下賤な男たちは、自らに危険が及ばないことを悟ると、再び拳を突き上げ、見るも稀な対魔忍と少年との３Ｐセックスに熱狂する。

「な、なんて人たちなの……っ！　ひんんぎぃぃいっっ！　お、おほっっ！　や、やめて夏鈴っっ！　健也くんっっ！　ああっ、こんないやらしいこと、絶対に間違ってる……んおっひぃぃいんっっ！　二穴セックスぅうっっ！　おっ、おほっっ！　おっっおおおんっ！ひぐぅううううっっっっ！」

「嘘はいけないぞ、加奈ぁ♡　ゴミどもに見られてぇ、私に犯されて、めちゃくちゃ感じてるくせにぃ？　お、おおぉんっ、締まるぅっ！　加奈の牝マンコっ！　おほぉぅっ、気持ちよすぎて、チンポ突くのが止まらないぞぉぉっっ♡」

「夏鈴の言う通りだよ、オバさん。ケツ穴もすっごくきつくて……っ！　あぅ、今まで一番感じてる……っ。身体は感じたがってる。堕ちたがってるんだよ、加奈オバさん。あとは心から、それを認めてくれればいいだけさ……っっ！」

バックで加奈を犯す健也の身体から、一層強い淫気が放出されると、加奈のへそのあたりが急激に熱を帯びる。そこには夏鈴に刻まれたのと同様の淫紋が、薄らと見え始めていた。

「ほっぎぃぃいいいいぃぃんんっっっ！　な、あああっっ⁉　私のお腹にぃい、淫紋んんっっ⁉　け、健也くんっ！　い、いつの間に……おっっ、おぉおおおっっおっほぉおおおっっっ！」

無理やり騎乗位３Ｐの姿勢を取らされている加奈の女体が、ビッッックゥゥッッッンンッっ！　とまるで雷に打たれたかのように震え上がり、全身から大粒の牝汗が噴き出す。快感神経が、感度３０００倍すら比較にならないほどに鋭敏かつ貪欲になり、膣、そしてアナルに突き刺さった二本の勃起ペニスの硬さ、熱さ、気持ちよさを何十倍にも感じてしまう。

「ひぐぉぉほおおおっっ！　こ、これが淫紋んっっ⁉　あひぃいっ！　身体中が蕩ける……っ！　頭が……おっほぉぉっっ！　快感欲しすぎて、く、狂っちゃうぅううっっ！」

「僕の淫気もさらに強くなっていてね。機械なしでも淫紋を刻めそうだったから、オバさんとのセックス中に、気づかれないよう、薄く刻んでみたんだ。でもまだ淫紋の快楽ブーストは完全じゃないよ？　強引に堕とすのが楽しかった夏鈴と違って、オバさんにはしっかり自分の意志で堕ちてほしいからね。なんてったって、オバさんは僕のママ対魔忍、つまり牝奴隷になってほしい、大切な人なんだからさ♪」

言った健也が、馬に鞭を入れるジョッキーのごとく、パァアンっっ！　と加奈の桃尻を平手で叩くと、加奈のお尻にまるで中出し射精されたかのような、アクメ快楽が迸る。

　そこに追い討ちをかけるように、かつてないほどの勢いで、少年の滾りに滾った股間の逸物が、熟女対魔忍の腸道の奥の奥まで、激しく熱い抜き差しを繰り返してくる。

　ドチュドチュッッッ！　ジュブンジュブンッッッ！

「くぉぉおっっ、おっほぉおおっっっ！　ほぉぉっ、ほぉおおおんっっ！　や、やめ……健也くんっ。淫紋快楽、ほんとすごいのっっ！　い、今までのアナルと比べものにならないほど敏感に……ひぃぃっっ、いひぃぃいいっっ！　ひぃぃぎぃぃいいんっっ！」

（そんな……私にまで淫紋をぉほぉおおっっっ！　淫紋、オマンコにもケツマンコにもキ、キクゥウウウウウッッ♡　で、でもダメェ。こ、ここで快楽を欲しがってたら堕ちる……っ。私、本当に健也くんの牝奴隷対魔忍になっちゃうわ……っ。慎吾さん、悟……ぅっ！ママは絶対に快楽に屈しない、からぁっ！　ママは、絶対に負けない対魔忍よぉっっ！）

　家族のことを思い、ギリギリのところで踏みとどまる加奈。それは、加奈が対魔忍を引退しつつも、人妻であることがなせる精神の力だった。

　加奈は今にも快感に腰を振ってしまいそうな下半身に鞭を入れ、再び両腕に力を込めて、この淫らな宴に抗おうとする。

「ふふふ、やっぱりすごいね、加奈オバさんは。ママって本当にすごいや。でも、だからこそ、も～っと気持ちよくなれるって、散々教えてあげたよね、ママ対魔忍の加奈オバさん♪」

健也の口元が、かつてないほど意地悪い笑みを作る。それはまさに少年とは思えない、相手を貶めることが楽しくてたまらない、サディスティックな感情が極まった微笑みだ。

リングの上に置かれた巨大モニター。それがブンッ……と、不気味な音を立てると、加奈と夏鈴、そして健也の3Pセックスが映っていた画面が切り替わり、そこには正座の状態で両手を後ろ手に縛られ、猿轡（さるぐつわ）をされた、加奈の夫・慎吾。そして息子である悟の姿が、大きく映し出された。

猿轡こそされているが、目隠しはされていない二人の固まりきった視線から、モニター越しに、こちらを見ていることが、加奈にもはっきりわかった。

「そ、そんな……し、慎吾さん……っ。悟……っっ！　そん……なぁぁっっ！」

瞬間、加奈の背筋に思考が凍りつくほどの寒気が走る。

慎吾と悟の目は、大きく見開かれており、加奈が見たことのない、絶望に満ちた表情を浮かべている。

大人である慎吾はもとより、性に疎い悟でさえも、尊敬してきた実の母親が、親友のペニスに尻穴を貫かれ、発情した牝の表情で喘いでいる意味を本能的に理解し、目には涙さえ浮かべている。

「ふふ、ごめんね、加奈オバさん。僕、やっぱりオバさんには、牝奴隷だけじゃなく、僕の恋人でママにもなってほしかったからさ。慎吾オジさんや悟にみ～んな話しちゃった。オバさんが元対魔忍だってこと、僕に感度３０００倍に調教されて、二人に隠れてアクメしまくっていたこと……だからね、オバさん♪」

「あ、あぁ……あぁぁぁ……っ」

健也の言葉は加奈の耳に半分ほども届いていなかった。

逆転への意志を示していた加奈の理性は、目の前の現実を受け、思考を完全に停止しており、慎吾、悟、そして加奈のそれぞれが大きく瞳を見開き、目頭には大粒の水滴が露わになる。

だが、事の張本人である健也は、そんな三人の家族の姿に、優越感と達成感にも似た笑みを形作りながら、そのたくましい剛直を、母親対魔忍の不浄の穴へと、力強く打ち付けた。

グジュゥウウゥッッッ！　ドチュドチュゥウウゥッッ！

「こっっ…………ほぉぉぉおおおおおおおおおっっっ！」

ビクビクビクビクビクウウウウウウゥッッッ！

熟女対魔忍の肛門を抉る、大人の腕ほどもある若い肉棒の感触が、すべて快感神経に改造された直腸から、全身に迸る。

その、すべてが大切な人たちに晒された背徳快感の凄まじさ……。

淫紋を受けてなお抵抗の意志を示すことができた、加奈の強い母としての精神力を突き崩し、かつてない官能の波が、手足の先、脳髄の末端、加奈を形作るすべての微細胞にまで、隙間なく浸透し、快感爆弾の種を植える。

「これでトドメだよ。僕が最高の快感をあげる。対魔忍、加奈……っっ！」

「ほ、おぉぉっっ……ん、ぉぉぉぉぉおおおお……っっ」

ズジュルゥウッッ！　ズボッッ！　ドッチュゥウウウウウッッ！

加奈の心に最後の楔を打ち込むために、一度ゆっくりと引き抜かれた健也の肉棒からの快感で、加奈の喉奥から、慎吾たちに聞かせたことのない牝獣の啼き声が漏れる。

その直後、健也の肉棒が今再び、加奈の直腸を最深部まで抉り抜く。そして健也によって開発された、最大の快楽ポイントであるポルチオ性感帯を、裏側からピンポイントで激烈に刺激される。刹那、ありとあらゆる快感端末に植え付けられた、圧倒的な快感の爆発スイッチが、一斉に押される。

それが正義の人妻対魔忍の最期にして、新しい牝奴隷対魔忍。その始まりの瞬間だった。

「……イィイックゥゥウウゥウッッ！　んおぉおおおおおっっっ！　おおほぉぉおおおっっっ！　わ、私ぃぃいいっっ！　引退対魔忍の吉沢加奈はぁぁっ、夫と息子の前で、息子の親友にぃいいっっ、クソ穴犯されて、イギましゅぅうううううっっっ！」

（み、見られた……。慎吾さんと悟に、私と健也くんの対魔忍セックスをぉっ……っ。なのに気持ちいいっ！　おぉぉっ、不倫現場セックス、最高に感じちゃうわよぉぉっ！）

赤い対魔忍スーツに身を包んだ加奈の快感に屈する絶叫が、フロア中、そしてモニターを通して、慎吾、悟の耳に、脳に、心に響く。

加奈の腹部に薄らと浮かんでいた淫紋が、夏鈴のものと同様、はっきりとした紫色の輝きを放つ。

「ふふふ、っっ……あははっっ！　ついに堕ちたねぇ、加奈オバさん⁉　どう？　オジさんや悟に隠れてのセックスじゃなく、こうやって〝見られながら〟の不倫セックスはさぁ⁉　気持ちいいよねっ。オバさん、幸せだよねっ⁉　ほら、言ってみなよ、牝豚対魔忍の加奈ぁっ！」

ズチュズチュズチュゥウッッ！　ドッチユゥゥウウッ！

「は、ひぃぃぃっっ！　気持ちイイですぅっっ！　みんなにぃっ、家族に見られながら、犯されるの最高にたまらないのほぉおおっっ♡　あへへぇっ、ごめんなさい、慎吾さん、悟ぅっ。ママぁ、健也くんチンポに堕とされちゃったぁぁぁんっ♡　ママぁ、正義の味方の対魔忍だったのにぃ、あなたたちに見られながらセックスするの、すぅぅっごく、気持ちいいのほぉっっ！　イクイクイッグゥウウウウウッッッ！」

ブッシュゥウウッッ！　ビクビクゥウウッ！

『おおおおおおっっっっ！』

「んん〜〜っっ！　ふぁなぁぁっっっ！」

「む〜〜、んむ〜〜っっ！」

加奈の公開マゾ寝取られ宣言アクメに、観衆たちのボルテージは最高潮に達する。対してモニターに映る拘束された慎吾と悟は、必死に加奈の名を叫んでいるが、その声は逆に加奈の背徳快感を増幅させ、快楽に堕ちたママ対魔忍を、さらなる快感絶頂の境地へと突き上げる媚薬となる。

「ああん、慎吾さん、悟ぅっ。もっと私を見てぇっ♡　あなたたちに内緒でセックスしまくってた牝豚対魔忍のアへ顔ぉぉんっ♡　これがあなたたちの本当のママの姿よ〜〜〜ん♡　不倫現場を見られて感じるぅうっ！　変態マゾ豚ぁぁんっっ♡」

「ひぃぎぃぃいっ！　加奈のマンコ締まるぅうっ♡　そうだぁ、そうだぞぉっ。対魔忍は牝豚なんだっ！　私たちはエロコス着ながら、犯される肉便器ぃぃっ♡　イ、イクぞっ、加奈ぁっ！　健也様に堕とされた対魔忍のアへっぷりをぉ、みんなに見てもらうんだぁっ♡」

　加奈の腰に抱き着いている夏鈴が、フタナリペニスをドチュドチュと上下させ、加奈、そして自分自身をアクメへと追い立てていく。

「あははっ、最高だよ二人ともっ！　これで二人とも僕のモノだっ！　イケッッ！　イケッ、対魔忍っっ！　みんなの前で、僕のチンポでイキまくれぇえぇっっっ！」

　ドチュゥウウッッ！　ドッパァアアアアッッッ！

　激しく加奈のお尻に腰を打ち付けた健也の極太肉棒から、陥落記念の濃厚ザーメンが、大量に加奈の直腸へと届けられる。

　夫の慎吾のものより、はるかに熱く、活きのいい牡精子の奔流が、快楽に屈したママ対魔忍を、破滅と幸福に満ちたマゾ牝アクメへ昇天させる。

「イックゥウウウウウウッッッッッ！　ほぉっっ、んおほぉおおっっ！　淫紋中出しケツアクメしゃいっっっこぉほおおおおおおっっ♡　家族の前で、最低の豚アへ顔ギメちゃぅぅうぅっっ！　イクイクゥゥウウゥッッ！」

「んほぉおおおっっ！　私も出るぅううっっっ！　フタナリザーメンアクメぇぇっっ！　気持ちイイっっ♡　加奈ぁっっ、牝豚対魔忍最高ぉぉんんっ♡　後輩対魔忍の敗北中出し精子で、子宮アクメキメてぇぇぇん♡」

ドボォオオオオッッ！　ドビュゥウウウゥッッッ！

「ほっっひぃぃいいいいんんっっ！　イクイクイクゥゥウウウゥッッッ！　めちゃくちゃイッてるわよ、夏鈴んんっっ♡　一緒に〝健也様〟の牝奴隷に堕ちましょうっ！　変態裏切り絶頂、幸せしゅぎるっっ！　まらイッグゥゥウウウウウウゥッッッ！」

加奈、そして夏鈴、二人の対魔忍の同時絶頂に、ギャラリーたちからご祝儀ともいえる、大量の札束がリングに投げられ、パラパラと舞う。

それは加奈たちが、一匹の牝に完全に堕ちた瞬間であった。

と、その光景を、フロアの端から見つめる黒い影があった。

「……ふふふ、これは予想以上だったな。しかしこれで元対魔忍と現役対魔忍が私の手に。それでは計画の仕上げといこうか」

浅黒い肌に、燕尾服姿の淫魔はそう言って、ニヤリと不気味な笑みを作るのだった。

最終話　ママは対魔忍　孕み堕ちる幸福アクメ

引退した対魔忍たちの失踪事件——。

その結末は、美しき正義の現役対魔忍と、麗しき美熟女引退対魔忍の公開完全敗北凌辱で幕引きを迎えようとしていた。

「ひぃぃ、んほぉぉおおっっっ！　ギモヂィィイッッッ！　私ぃ、対魔忍の杉田夏鈴はぁっ！　ク、クズの皆様にぃいっ、めちゃめちゃに犯していただいて、最高に幸せな牝豚でしゅぅううっっ！　おっっふぉぉぉおおぉおんっっ！」

夏鈴、そして加奈の完堕ち宣言生配信から、すでに数時間が経過していた。

己の信念を快楽に屈服させられた二人の対魔忍は、今まさに、牡の熱気と牝の肉欲が絡み合う、淫らな輪姦セックス快楽の只中にあった。

高解像度カメラを自身に向けられた夏鈴が、その魅惑のハスキーボイスを野太い牝豚の嬌声に変えて、自らのビッチドM性欲を、アングラ動画サイトに生配信し続ける。

(ほ～～、おほぉぉっっ！　カメラで撮られるの気持ちイィィッッッ！　ゴミのような連中に、私の輪姦姿がチンポオカズにされてるなんて……ドMマンコに、キュンキュンくるふぅうっっ♡　何時間でも犯されまくれるぅぅんんっっ♡)

かつて優秀な対魔忍であった夏鈴が、リングの外で、男たちに輪姦されながら、牝の絶頂と、媚びた肉欲の声の卑猥な演奏を奏でる。

　牝奴隷ボンデージは、より対魔忍としての敗北感を視聴者と凌辱者にアピールするために、夏鈴が着ていた対魔忍スーツのレプリカに着せ替えられている。

　そんな屈辱的な状況にあって、しかし夏鈴は、対魔忍という、世界でも最上級の牝を前に、野獣の本能を露わにした数人の男たち、そして撮影カメラに囲まれた中、突き出された勃起肉棒を、自らの意志でむしゃぶり、舐め尽くしている。

「ふじゅるぎゅぅうっっ！　んぶんっぶぅううっ！　おほぉっ、チンポぉぉぉっ！　悪党のチンポおいししゅぎりゅぅうっ！　たまらないっ、チンカスの臭いと味が、たまんないりょほぉおっ！　イクイクゥウッッ！　死ぬほどイってりゅぅううっっ♡」

「ふははっっ、私たちも最高に気持ちいいぞ、夏鈴っ！　クソ生意気な対魔忍に、チンポをしゃぶらせるなど、滾りすぎてしょうがないっ！　高級娼婦相手でも、絶対に味わえん快感だなっ！」

「対魔忍を犯すのは、我ら全員の夢ですからなぁ。この鍛え上げられながら、ムチムチとした媚肉など、まさに対魔忍だからこそっ！　おぉっ、女体にチンポを擦り付けているだけで、マンコ以上の気持ちよさですよっ！」

　闇の商売で悪どい金を稼いでいる男たちが、その汚れた肉欲と猛るペニスを、夏鈴の豊満極まる女体のすべてに、擦り付けてくる。

　二十代半ばという、女盛りの柔らかい肌と、対魔忍らしい鍛えられた筋肉。その絶妙なバランスで彩られた肢体が、無数の肉棒からの快楽に、ビクビクっとわななき、打ち震える。

「くくく、この変態め。そら、もっと気持ちよくしてやるっ！　お前の大好きなキメセクを、たっぷり味わえ対魔忍っ！」

ブシュゥウッッ！　ズブッッ！　ズブゥッッ！

「おっほぉぉんんっっ！　強壮媚薬キックゥウウウッッ！　チンポとマンコに思いっきりギマってでりゅふぅうっっ！　キメセク最高ぅっっ！　もっと犯して……っっ！　牝対魔忍をもっと……もっとイギ狂わしぇてくらひゃぃいいいんんっっ♡」

自らを完全に堕とした魔性の発情クスリを、追加で何本も打ち込まれた夏鈴は、1万倍を超えている感度を、さらに鋭敏な牝快楽に上昇させる。

男たちの罵倒がもたらす吐息ですら、絶頂への引き金となり、周囲を取り巻く牡と牝の濃厚な汗の香りが、思考を快楽の底無し沼へ沈めて帰さない。

「あはっ、すっごくエッチな顔っ♪　夏鈴は、ドMの本領発揮だね。くっ、でもこっちはもっとすごい……っ。はぁはぁ、加奈オバさん、がっつきすぎ……いくら僕のペニスでも……くぅううっっ！」

パンパンっっ！　ドチュドチュンッッ！

男たちに犯される夏鈴とは対象的に、リングの上では、引退熟女対魔忍・加奈が、健也の腰に跨(また)がり、汗とザーメン塗れでムレムレの赤い対魔忍スーツ姿で、自ら激しく腰を上下させ、脳髄まで響き渡る、淫紋完堕ちセックスに、ハマりきっていた。

「んっほぉぉぉんっ！　なに弱音言ってるんですか、健也様っ……ご主人さまぁぁっっ！　私みたいな、引退対魔忍の牝心に火をつけたのは、あなた様なんですよぉっ⁉　き、気持ちイィィッッ！　淫紋セックス気持ちよすぎるわぁんっっ♡　ご主人さまのチンポぉぉ、太いぃ、硬い、熱い……逞ましいぃぃいっ！　慎吾さんの貧弱チンポなんか比べものにならないのほぉんっ♡　ご主人さまとのセックスこそ、私の心が、本当に求めていた快楽ぅんんっっ♡」

強い照明でライトアップされた加奈の大きな尻が、鍛えた対魔忍の膂力により、ＡＶ女優など比ではない速度と重量感で、グングゥンッ！　と激しくアップダウンを繰り返す。

そそり立った健也の剛直を、ズチョンズチョンッ！　といやらしさ全開でくわえ込み、騎乗位快楽にのめり込みながら、熱い発情汗の飛沫を飛ばす。

加奈と健也の不倫現場を見せつけられた、慎吾と悟は、加奈が完堕ち宣言をしてからすぐに、その淫らに堕ちきった声で、健也をご主人さまと呼びながら晒すアクメ顔に、精神が耐えきれず、気を失ってしまっていた。

心優しい妻であり母親であった加奈は、しかしそんな二人になど目もくれず、自らを堕とし、幸せな家庭を崩壊に追い込んだ少年に、積極的に抱き着き、数時間にわたるセックスを、野太い牝声で悦びながら続けている。

年上としてのプライドを捨て、発情した牝猫のような甘い声で、健也をご主人さまと呼びながら、快楽にヨガる。

「全部バレちゃって、完全に素直に……本当の幸せに気づいたみたいだね、加奈オバさん。うん、そうだよ。オバさんを幸せにできるのは、オジさんや悟じゃない。僕だ、僕のチンポだけが、加奈オバさんを女として、最高に気持ちよくしてあげられるんだよっ！　はぁ、でもすごいっ。予想以上だよ。加奈オバさんが、本気の対魔忍がこんなにエッチだったなんて……っ」

加奈に跨がられた状況で、少年は気持ちよさに耐えかねるように、呻く。

淫気を操る才能に溢れた健也の精力は、通常の男性の10倍をはるかに超える。そんな絶倫ペニスの持ち主に、苦しげな声を漏らさせるほど、家族への愛情と対魔忍の誇りのすべての枷を解放した加奈の性欲は、まさに飢えた牝の獣のごとき、すさまじいものとなっていた。

「そう、そうなのよぉっ、ご主人さまぁんっ♡　慎吾さんと悟に不倫現場を見られて、私い、本物の牝になったのぉおっ！　ママだからって、対魔忍だからって隠してきた、これが本当のエロエロな私ぃいんっ♡　感度３０００倍でもぉ、淫紋刻まれても、幸せぇぇっ。一生マンコに、ご主人さまチンポ突っ込んでいたいぃっ。吉沢加奈は、家族を裏切って欲情する、淫乱ママ対魔忍よぉぉんっ♡」

加奈がドチュドチュッ！　と沸騰する牝本能に任せるままに腰を振り、甘い欲情の声を漏らす。

舌を垂らし、快楽に潤んだ瞳。頬は赤く染まり、カメラに向けて、鍛え上げ、発情しきった本気対魔忍セックスを見せつけている。

パンパンッッ！　ズンズチュゥゥウッッ！

（あなたぁ、悟ぅ。これがママの本性なのよ……っ。もう私、健也さまのチンポなしじゃ生きていけない……っ。あなたたちを失望させたときの、あの気持ちよさぁ。もう絶対に忘れられないのほぉぉんっ♡）

健也の姦計により、愛する家族にすべてを暴露された加奈は、全身を逆る背徳快感によって、完全に快楽の虜へ、その熟れた身体と高潔な心を堕としてしまった。

家族という最後の心の支えが、強烈な快楽の源泉であることを刻み込まれた、熟女対魔忍の心は、もはや一匹の牝豚としての欲求を抑えることはできない。

赤い対魔忍スーツを着ながらにして、何時間も少年に跨がって、尻を激しく振りたくり、絶頂し続ける様は、人妻対魔忍の秘めたる肉欲として、アングラサイトに延々と垂れ流され続けている。

ギチュギチュゥウッッ！　グッチュゥゥウンッ！

「くっっ、ぅうっっ！　もっとマンコがきつく……うねるっ！　僕のチンポが加奈オバさんの変態マンコに扱き、絞られる……ぅうっ！　出すよ、加奈オバさんっ！　また出すからっ！　オバさんの変態対魔忍マンコに、僕の精子をぉぉっ！」

「いいっっ、いいわっっ！　ご主人さまっっ！　出してっ！　おほぉぉんっ！　私を堕としたチンポザーメンっっ、あなたの牝奴隷対魔忍が、欲求不満の子宮で受け止めてあげるぅっ！　おぉぉっ、イクイクッッ！　私もイクッッ！　おほぉぉおんっ！　健也さまのチンポ気持ちよくさせるぅぅうっ！」

「か、加奈ぁあっっ！　私もイクッッ！　んほぉぉおっっ！　牝豚対魔忍、イクッッ！おっっ、おぉぉおおんっっ！　チンポもマンコも、イッ クゥウウウッッッ！」

健也、そして加奈につられるように、夏鈴も牝アクメへの獣のような太い嬌声を上げ、フタナリペニスと、紫の対魔忍スーツに包まれた、肉感的な若い女体をビクつかせる。

「出すよ、加奈……っっ！　夏鈴もイっちゃえっっっ！　ふふふっ、二人とも僕の対魔忍だっ！　思いっきり気持ちよくなれ……ぇぇっっ！」

ドビュゥウウウッッッ！　ドッパァアアッッッ！

健也と男たちの肉棒から、怒涛の勢いで精子が吐き出され、加奈と夏鈴の膣と身体、そして理性を、真っ白な快楽の奔流で埋め尽くす。

「ほぉぉっっひぃいいいいいぃいっっ！　健也さまの生ザーメン、ぎらぁああぁあっっっ！んおっほぉおっっっ！　子宮直撃ぃいいっっ！　イィイッグゥウウッッ！　イグッッイッグゥウウッッッ！　おぉっっへぇぇ〜〜っっ♡　ギンモヂイィィイイイッッッ♡♡♡」

「イックゥウウウウッッッ！　敗北対魔忍アクメ、ギメりゅぅううっっっ！　フタナリチンポ射精イィィッッ！　マンコも口もイギまぐってるぅうううっっっ！　おっ、おほぉっおっっっ、気持ちイイッッ、気持ちイイっっ！　頭、真っ白だぁぁっっっ♡♡」

ビクビクビクゥゥウッッ！　ブッシャァアアアッッッ！　ドッピュォオオオッッ！

淫らな熱気に包まれる空間で、二人の対魔忍が、もう何十度目かの同時アクメを晒す。

加奈と夏鈴ともに、思い切り背筋をのけ反らせ、股間からはムワッとした本気牝汁を盛大に撒き散らし、夏鈴はその硬くそそり立った肉棒から、いまだ大量の白濁を天に向かって、打ち放つ。

「はぁ～～、あは～～～っっ。ふぉぉぉんっっ」

「気持ちよがったぁぁ～～～♡　ご主人さまとのセックスしゃいこ～～～っ。ほ～～、あへぇ～～～っ♡」

数分にも及ぶ連続絶頂の後、リングの中で、陸に上がった魚のように、全身を激しくビクつかせながら、絶頂の余韻に浸る加奈と夏鈴。

汗とザーメンに塗れた対魔忍スーツのまま、はしたなく大股を開き、股間からはベチャベチャと、熱い白濁を垂らしながら、白目を剥いて、幸せそうな……淫らすぎる牝のアヘ顔を晒している。

（お、堕ちた……ぁっ。私、心の底から牝豚になっちゃたわよほぉぉん……♡　慎吾さんも、悟も裏切ってへぇぇ～～。でも幸せなのぉ。オマンコ完全に満たされてりゅぅぅっ。健也さまの熱々ザーメン中出し、気持ちよすぎるわぁぁぁんんっ♡）

小柄な少年の股間に跨がったまま、引退対魔忍が、法悦のアクメ余韻にビクビクと浸る。

その目には幸せの涙すら浮かんでおり、対魔忍であること、人妻であること。そのすべてが、この淫らなインモラル絶頂を味わうためだったのだと、心の底から納得しているアへ顔を見せつけている。

「うん、僕もすごい気持ちイイセックスだったよ、加奈オバさん。そして夏鈴もね。二人とも、僕のチンポで幸せにしてあげるからね。そのために、もうちょっと射精して、この呪いを解かなくちゃ……」

「はぁはぁ、そ、そうね。そうでしたぁ。ご主人さまの呪いを解くのが、私の最初の目的でしたぁぁん♡　抜いてあげましゅぅっ。絶対にチンポ破裂なんかさせましぇぇんっ♡　今度はアナルぅぅっ。加奈のケツマンコに、ご主人さまのデカデカオチンポ、ぶち込んでくださぁぁいいんんっ♡」

　欲情に満ちた猫撫で声で、加奈は言うと、自らの両手で肛門を広げながら、健也にアナルセックスを要求する。

「うわ、まだやるの加奈オバさん？　ふふ、いいよ。もっとセックスしようっ。それが僕の夢だったんだから……っ！」

　健也にとって、初めは加奈とのセックスがしたい、というだけの小さな欲求だった。それが加奈、そして夏鈴を快楽漬けにしていく中、自身の魔力の高まりに合わせ、その欲求は、二人とともに快楽による幸せな生活を送ることに変わっていった。

　それが二人から対魔忍の使命や家族との愛情を奪うことになってもだ。その行為が彼女たちにとっての真の幸せであることは、今まさに牝の幸福に満ち満ちたアへ顔姿の加奈と夏鈴が証明している。

そのためには、ペニスにかけられた呪いを解き、二人を狙う淫魔の束縛から逃れておかなくてはならない。だが……。

「ふふ、久しぶりだな、小僧。そして……いい様だな、対魔忍……っ」

「お、おじさん……っ⁉」

「あ、あひぃぃ……い、淫魔……ぁっ？」

リングの上で、ビクビクと全身を震わせている加奈と夏鈴、そして健也の前に現れたのは、浅黒い肌に、季節外れの燕尾服をまとった、あの淫魔の姿だった。

この事件、そして麗しき対魔忍二人が快楽に屈した、すべての元凶である魔族の姿に、堕ちきっていた加奈と夏鈴の心にほんのわずか残っていた、対魔忍の使命感が、条件反射的に強く反応する。

「淫魔……っ。き、貴様……今までどこに……っ」

「夏鈴、お前が私のアジトを突き止めるのはわかっていたからな。すべては、その小僧に任せて、新しいアジトの体制が整うまで、様子を見させてもらっていた。くくく、しかし、そこの坊主は、思いのほか役に立ったな。初めは時間稼ぎができればいいとだけ思っていたが、加奈を快楽漬けにしただけでなく、邪魔な夏鈴まで堕としてくれるとは。人間のくせに、たいした淫気の持ち主だ。私の目に狂いはなかったということだなぁ？」

淫魔が語る言葉自体は、健也を褒めているように思えるものだが、その他人を見下したような声音からは、少年への感謝の意を、まったく感じることはできず、むしろ威圧的な雰囲気さえ漂わせる。

　すべてが整った頃に、悠然と現れたことといい、男の胸中にあるのは、加奈たち対魔忍は、自らの苗床であり、健也は淫魔の野望を達成するための、ただの駒でしかないという、狡猾で冷酷な淫魔の本質だった。

「ご苦労だったな。だがお前の役目は、ここで終わりだ。加奈たちを渡せ、小僧……っ」

　その眼鏡の奥の濁った瞳で、健也を睨みつけながら、淫魔が告げる。

　そのピリピリとした空気をたしかに感じながら、しかし健也は淫魔に向けて言った。

「……おじさんには感謝してるよ。大好きだった加奈オバさんとセックスできるなんて、昔の気弱な僕じゃ考えられなかったから。……でも、加奈オバさん、それに夏鈴は僕のものだっ！　悪いけど、おじさんには渡さないよっ！」

　ヴォンっっ！　と、その身に濃い魔力をまとわせる健也。

　その瞳には、先ほどまでのSっ気に満ちたものとは異なる、守るべきものを持った、闘う男の眼力が宿っていた。

「加奈オバさんたちは、僕が絶対に誰にも渡さないっ！　二人は〝僕の対魔忍〟だっ！　世界中で、僕だけが幸せにしてあげられる。僕が加奈オバさんと夏鈴に、最高の快楽を与えてあげられる男なんだっ！　淫魔のおじさんでも、誰であってもっ！　僕が命をかけて、二人の幸せを守るっっ！」

「ご、ご主人さま……っ」

「健也様……っ」

それは、凌辱者であった健也が、しかし常に心に秘めていた、たしかな信念の言葉だった。

快楽という歪んだ愛情表現ではあったが、健也の行動の内側には、自らの身を削ってでも、大切なモノを守る、幸せにするという、譲る気のない熱い魂の炎が宿っていた。

加奈たちを堕とし、犯すだけが目的のオークや男たち、そして対魔忍を道具としてしか見ていない、目の前の淫魔では、絶対にとるはずのない、牡としての使命感に満ちた行為だ。

「ふふふ、ははは っ、小僧がっ。加奈たちを堕としたからといって、いい気になるなよ。淫力の勝負で私にかなうと思わないことだ。初めからお前たちすべてが、私のものなのだよっ！」

淫魔は健也を見下すようにそう告げると、眼鏡の奥の細目が妖しく光り、淫魔の身体から、猛烈な淫気が渦となって、健也の身体に叩きつけられる。

ドォオッッッ！　ヴヴゥウンッッ！　……ビキビキィィイイッッッ！

「っっっ！　うわあああっっっっ！　あぎぃいいいいいっっ！」

強力な淫の波動に自らの魔力を弾き飛ばされ、その直撃を受けた健也が、リングの上で力なくガクンッと膝をつく。そして先ほどまでの精力に満ち溢れた声から一転、苦痛に満ちた叫びをアリーナ中に響き渡らせる。

「あ、あああっっ！　ち、チンポがぁっっ⁉　ぼ、ぼくのチンポがぁああっっっ！」

「ご、ご主人さまっっ！　ま、まさか淫呪が……っっ⁉」

膝をついて苦しみ叫ぶ健也の巨根は、通常の勃起状態より、さらに太く大きく膨れ上がっており、大人の腕ほどの陰茎には、ビキビキと血管が熱く浮かび上がっている。

勃起しすぎて、今にも自分の精力ではじけ飛びそうなペニス。それにもがく健也。

その姿は、一ヶ月ほど前。初めて淫魔が健也のペニスに呪いを発動させたとき以上の苦しみ方だ。

「ふふ、人間ごときが、淫魔の獲物を横取りするなどできると思ったか？　加奈と夏鈴を堕としたその才能、これからは我がシモベとして使ってやる。今の理性を破壊し、完全なる使い魔として改造した後でなぁっっ！」

ゴォウッッ！　ビキキィイイッッ！

「ひぐぁあああああっっっ！　あ、あひっっ！　アガアアアアッッ！」

まるで空気を入れすぎたジェット風船のように、限度を超えて膨張した健也のペニス。

その肉棒に、煙のようにまとわりつく淫魔の気が、健也に激しい苦痛を与え、その心と身体を蝕み、乗っ取っていく。

「ご主人さま……っっ！　あ、あひぃいっ。だ、だめぇ。イキすぎて身体に力がぁ……っ」

「わ、私もだ……。全身が絶頂の余韻で震えて……おふぅうんっ！」

「ふんっ、浅ましい牝豚どもめ。お前たちはそこでおとなしくしていろ。我が淫魔の苗床奴隷として、さらなる快楽淫獄に突き落としてやるわ。自ら快楽を選んだお前たちだ。小僧のもとより、私のもとが幸せというものだぞ、ふははははっっ！」

数時間に及ぶ、圧倒的な連続牝快楽に昇り詰めた直後で、立つこともままならない加奈たちを見下しながら、淫魔が勝ち誇ったように笑う。

このままでは、加奈と夏鈴は、淫魔の計画通り、より強力な子供を産むための、文字通りの出産マシーンとして、その一生を過ごすことになる。

しかし、そんな危機的な状況であっても、健也にかつてのような弱々しさはなかった。

不敵に笑い、自らの譲れない信念を、淫魔に強く突きつける。

「……ふふ、おじさんの牝奴隷になることが、加奈オバさんたちの幸せ？　違うよ。言ってでしょ？　二人は僕の〝対魔忍〟だって……っ！　おじさんが教えてくれた通り、対魔忍は淫らなチンポ奴隷。でもそれはおじさんのじゃない。そして僕は対魔忍の加奈オバさんたちが好きなんだ。ただの牝豚じゃなく、強くてかっこいい、対魔忍の牝豚がね……っ！」

カッッ！　ァアァアアッッッ！

そう健也が言うと、リングの上で淫らな痙攣をしている加奈、そして夏鈴の下腹部に刻まれた淫紋が、強く熱く輝き始めた。

「ち、力が戻って……っっ!?　淫紋からご主人さまの魔力が流れ込んできてる……っ!?」

「そ、そうかっ。対魔忍の力の源である対魔粒子は、魔力と同質のもの。それを淫紋でつなげ、私たちに直接流し込んでいるのか！　さすが健也様だ。これなら……っっ！」

淫魔の力を得た健也のオリジナル淫紋が為せる技——魔力挿入により、力を取り戻した二人の対魔忍が、バッと起き上がり、華麗なファイティングポーズをとる。

元々、健也の魔力により植え付けられたものであった、夏鈴のフタナリペニスは、体力回復の作用により、きれいに消え去り、現役の凄腕対魔忍のコンディションを、十全の状態に引き戻す。

たとえ快楽に堕ちたといっても、ただの産む道具としてしか二人を見ていない淫魔と違い、健也は加奈と夏鈴が対魔忍のままであることを望んだ。

対魔忍であるからこそ、彼女たちがさらに感じる……幸せな牝性活を送れることを知っていた。その想いに、戦士としてだけではない、〝女〟として目覚めた二人の対魔忍が応える。

「僕の力のすべてを、加奈オバさんと夏鈴にあげるっっ！　対魔忍らしいところを見せてよ、二人ともっっ！」

「ご主人さま……っ。ええ、身体さえ万全なら、淫魔なんか……っ！　いくわよ、夏鈴っ！はあああああっっ！」

「ああっっ、加奈っっ！　淫魔っ、今こそ決着をつけるっっ！　ぜやぁああっっっ！」

自慢の対魔忍スーツこそ、淫らに破れているが、二人の体力は全快だ。

ともに高い実力を誇る二人の対魔忍が、疾風のごとくリングを駆け、一瞬にして淫魔の顔面に加奈が必殺の拳を、夏鈴が蹴りを叩き込む。

ドゴォオッッッ！　ドギュゥウウウウウッッッッ！

「そんな馬鹿な……っっ！　この私が対魔忍に……っ。人間の小僧などにぃいいいっっっ！　ぐぎゃあああっっっ！」

空気を切り裂く、重く鋭い二発の拳をモロに受け、淫魔が絶命の一声を響かせる。

加奈と夏鈴の復活に、ギャラリーたちは恐れ慄き、我先にとエレベーターに殺到する。

「……さすがだね、二人とも。やっぱり対魔忍はすごいや。くぅっ……っ」

加奈たちの勝利を見届けるとペニスを過剰に膨張させた苦悶の状態のまま、健也は無理やり笑顔を作ってみせる。

「……っ。やつを倒したのに、呪いが暴走している……っ。このままでは……っ」

本来、淫魔を倒すことで解けるはずの呪いだったが、淫魔の最後の抵抗か、それは効力を失わないまま、健也のペニスを、今にも破裂させません勢いで蝕んでいる。

「……焦らないで、夏鈴。だったら、牝対魔忍としてヤルことはひとつでしょ？　安心してください、ご主人さま。私たちはもう、ご主人さまのチンポなしじゃ、幸せにはなれません。呪いがチンポを弾けさせるより先に……♡」

加奈は、呻く健也の前に腰を下ろすと、艶めかしく潤んだその瞳で、健也の膨張しきった肉棒を見つめながら、露わになっている爆乳を、ぷにんっとペニスに押し当てて続ける。

「……私たちで、たっぷり射精させてあげますね♡」

「ああっ。そうですぅ。加奈の言う通り。対魔忍の牝テクで、ご主人さまを救ってみせますぅぅ♡」

加奈に続くように、夏鈴もまた健也の前に腰を下ろし、若く張りのある乳房を、両手でグイッと押し上げて、深い魅惑的な谷間を作り、健也の肉棒に柔らかい乳脂肪を押し当てる。

大人の牝フェロモンをたっぷりバラマキながら、快楽に堕ちた二人の対魔忍が、淫らな上目遣いで、舌舐めずりをしながら、猛る肉棒に熱い視線を送る。

「ふ、ふふふ。すっごいエロさだよ、二人とも。じゃ、お言葉に甘えて、僕のチンポにご奉仕してもらおうかな？　そして僕の本当のママ対魔忍になってよ？」

そのいやらしすぎる光景に、健也は背筋を牡の興奮でブルっと震わせながら、燃え盛るほどの熱を持った男根を、加奈と夏鈴の前に、ズイッと突き出した。

『はぁい、ご主人さまぁぁんっっ♡　私たち、あなた様の牝に、忠実な性処理下僕にならせていただきますぅぅんっっ♡』

静寂を取り戻したアリーナに、発情した二匹の牝の、淫らな喘ぎ声がこだまする。そして加奈と夏鈴は、破れてなお淫靡さを増す、ピッチリとした対魔忍スーツのまま、先を争うように、健也の膨張ペニスにむしゃぶりつく。

「ふじゅるぶぅぅんっっ！　あっはぁぁっっ！　いつもよりもっとおっきぃぃんっっ♡

舐めごたえ抜群の最高オチンポよぉぉっっ。舌にビリビリ……じゅるっっ、じゅぼっぉおぉんっ、頭の中まで気持ちイイのくるぅぅんっ♡」

「じゅぶっっ、んっふぅうっっ！　べりょっ、んじゅぅううっっ！　た、たまらないっっ！淫魔ご主人さまのバキバキチンポっっ、堕落対魔忍と相性抜群しゅぎましゅっっ♡　おっほぉぉっ、ずべじゅるじゅぼじゅぼぉぉぉっっ！」

「う、くぅっっ。いいよ加奈オバさん、夏鈴……っっ。チンポ、すごい気持ちよくなってきた……っっ。あぅぅぅっ！」

堕ちた二人の対魔忍に、熱烈なチンポ刺激を受けながら、健也が淫魔の乱入で中断してしまった生中継の画面を見つめる。

そこには、この数時間に、加奈たちの輪姦中継を見に訪れた人々の、欲望に塗れた大量のＰＶ数と、下劣で興奮の極みに達したコメントの履歴が映し出されている。

「……ふふふ、堕ちた対魔忍。なんていやらしい姿なんだ。すごい人気があるのもわかるよ。こんなかっこいいのにエッチな人たちがいて、堕としたがっている人たちがいる。それを我慢するなんておかしいよね。……だったら二人だけじゃない。僕がみんなを幸せにしてあげようかな……♪」

凛々しく、強く、強靭な精神力をもってして、悪を華麗に打ち倒してきた対魔忍……。その堕落ぶりが、健也の背筋にゾクリとした、牡の支配欲の興奮を走らせ、内気だった少年の心を満たし、新たな欲望の炎を灯す。

引退対魔忍の失踪事件……。

それは、首謀者である淫魔の抹殺。そして捕らえられていた元対魔忍たちの救出という形で、その幕を閉じた。

夏鈴による対魔忍上層部への報告では、淫魔を倒したのは、夏鈴、そして加奈であると報告された。

そこには、強大な淫魔の力を得た健也の名前も、加奈と夏鈴が少年に受けた調教と、その結果も記されてはいなかった……。


「ひいぃぐぅうっっ！　おっ、おほぉぉおっっっ！　こ、これが最近、闇ルートに出回っているという媚薬……っ!?　そ、それをなぜ……っ。なぜ夏鈴、あなたが……ぁぁっっ!?」

失踪事件の解決から、数週間後の深夜。

とある街の薄暗い地下の一室で、成熟した肉体をもつ、一人の女対魔忍が、艶やかな対魔忍スーツの上から、鎖による亀甲縛りで拘束されている。

彼女の下半身の陰部には、一本の注射器が突き刺さっており、媚薬が体内に容赦なく注入されている。

「……うふふ、すべては健也さまの野望のため。そして、あはぁん、私が健也さまに最高の快楽と子種を授けてもらうため……っ♡　あなたもすぐに目覚めさせてあげるわ。対魔忍の本質……牝豚という、抗えないセックス奴隷の快感にね♪」

健也謹製の超濃厚媚薬がもたらす、激烈な快楽に悶える女対魔忍を、瞳を妖しく細めて見下ろす黒髪の対魔忍・夏鈴。

夏鈴の乳首は紫の対魔忍スーツを押し上げるように、ビンビンに勃起し、止まらない愛液で蒸れきった股間を、右手でサワサワと淫らに擦り上げながら、同僚対魔忍を罠にはめた快感に浸っている。

「た、対魔忍を裏切ったのか、夏鈴……っ!?　そんな馬鹿な、あなたほどの使い手が……おっほぉおぉんっっ！　また媚薬……ぅっ！　マ、マンコ気持ち、イィィッッ!?　イグっっ、イグゥウッッッ！　こんなぁぁあああっっっ！」

ブシュ、ズブッッ！　ドプゥウウッッ！　ビクビクゥウウウッッ！　ブシャアァァッッッ！

クールで任務に忠実だった夏鈴がまとう、まるで快楽に取り憑かれたかのような雰囲気に、女対魔忍が驚愕するが、夏鈴は自分がかつてされたときのように、無慈悲に新たな媚薬注射を、同僚のクリトリスと膣肉に、さらに二本ずつ突き刺していく。

いやらしく鎖で拘束された女対魔忍は、無防備な女の泣き所に送り込まれる魔媚薬の前に、反抗のすべなく、白目を剥きながら潮を吹き、激しい絶頂に昇り詰める。

それを見つめる夏鈴がパチンッと指を鳴らすと、どこからか数人の黒ずくめの男たちが現れ、アヘ顔を晒す女対魔忍の膣に、とどめとばかりもう一本、媚薬を打ち込むと、一辺が一メートル弱の木箱に押し入れ、夏鈴に一礼をしたのち、何処かへ運び去っていく。

「……これで捕らえた対魔忍は三人目。でも加奈はもう五人。はぁん、早く私も健也様に、淫紋セックスより、もっと気持ちいいことされたい……っ。はぁ、はぁ……羨ましいぞ、加奈ぁぁ♡　くほぉぉんっ、イクゥゥウウッ！」

対魔忍の使命よりも、淫らな快楽を選択した夏鈴は、対魔忍スーツの下でボゥと、妖しげに輝く淫紋の主を思い、オナニーアクメに達するのだった。


夏鈴が、対魔忍を捕らえ、自慰絶頂に酔いしれている時刻……。

夏鈴と同じく、健也の牝奴隷へと、その気高い心を堕とした引退対魔忍・吉沢加奈は、自宅の二階にいた。

かつては、対魔忍の殺伐とした世界から離れ、家族三人、慎ましく平穏に暮らしていたマイホーム。

だが今そこには、すべてを知らされ、絶望に叩き落された慎吾と悟の気配はない。

閑静な住宅街に建つ幸せの一軒家は、堕ちた対魔忍と、彼女を堕とした少年、健也とのヤリ部屋へと、その幸せのカタチを変貌させていた。

加奈は、慎吾との愛の巣であったベッドの上で、はしたなく大股を開き、熱くヌメった熟女愛液でたっぷりと湿らせた淫膣を、両手でグチョォッと左右に広げさせて、健也に見せつけている最中だ。

「あぁ、早く挿れて……お、お願いします、ご主人さまっ。淫乱牝豚熟女対魔忍の加奈のオマンコは、もう限界寸前なんですぅぅんんっ♡」

「まったく、〝加奈〟は堪え性がないなぁ。そんなに僕の精子が……僕のママになりたかった？　対魔忍を五人捕らえてってお願い、もう果たしちゃうなんてさ♪」

「は、はい……っ。その通りですぅぅん♡　私ぃ、ご主人さまのママになりたいのぉぉん♡　中出し妊娠セックスしたいぃぃぃんんっ♡　敗北アクメのもっと上が知りたいのほぉぉ♪　もっと気持ちよくなりたいっ！　そのためだったらなんでもしますっ。対魔忍だって裏切りますぅぅっ♪　ああっ、焦らさないでぇっ。チンポ欲しすぎて、気が狂っちゃうぅぅんっ♡」

加奈の、劣情を燃えたぎらせた肉欲声が、健也と二人きりの部屋に反響する。

加奈が身につけているのは、下着のみで、それも派手な色合いに、布の面積が極端に少ない、男を誘う娼婦がまとっているようなデザインだ。

調教前の加奈なら、恥ずかしがって敬遠していたものだが、性に堕落し、牡を発情させ、快楽を注ぎ込んでもらうことしか考えられなくなった今では、当たり前の選択となっている。

その下着も、淫紋と肉体改造の常時発情効果により、全身から湧き出る大粒の汗と股間からの牝汁により、ぐっちょりと湿っている。

（はぁはぁっ、言いつけ通り、現役対魔忍を捕らえて快楽調教したわ。だからやっと……やっとご主人さまから種付けセックスしてもらえるのね？　おぉんっ、後輩対魔忍のみんな、ごめんね。でも私、健也様に種付けしてほしくてほしくて、たまらないのっ♪　もう、淫紋セックスだけじゃ物足りなくなっちゃったのよぉぉっ♡）

加奈もまた、夏鈴と同様、対魔忍であるプライドを捨て去り、健也の野望を手助けする強力な下僕となっていた。

引退してなお卓越した能力、そして元対魔忍という立場を利用し、相手を油断させたことにより、すでに五人もの、美しく有能な現役対魔忍を捕らえ、全員にクスリ漬けの肉体改造を施し、今は健也が完全に支配している闇の歓楽街、そこの娼館へと送り込んでいる。

健也の新たな野望とはすなわち、対魔忍を牝に堕とし、それをリアルで、そしてネット上での見せ物として、男たちに、自分と同じ圧倒的な快楽を感じてもらうことだ。

同時に、対魔忍たち自身にも、己の幸せが男たちの牝奴隷であることをわからせ、その快楽こそが、対魔忍のあるべき幸せだと思い知らせることにある。

魔族や堕落した政治家たちのような、金や権力のためではない。

少年が掲げた無垢でありながら、大きく歪んだ想いは、静かに、しかし確実に、正義の対魔忍たちを、淫獄の淵に突き堕とし、汚し、その勢力を闇の世界に拡大していっている。

その野望の最前線が、欲望のリミッターを外し、堕ちるところまで堕ちた対魔忍、吉沢加奈であった。

「すっごいエッチな下着だね。でも慎吾オジさんの前じゃ、着たことなかったんでしょ？　もちろん悟にも。僕にだけ見せてくれる、加奈のド淫乱な姿。たまらなく勃起しちゃうな」

「し、慎吾さん……？　うふふ、そうですぅ。あんな性欲ゼロのフニャチン夫なんかに、こんな勝負下着見せるわけないじゃないですかぁん♪　悟もぉ、クスリを売ったお金はたっぷり渡しましたからぁ、二人で私のアクメ映像見ながら、寂しくチンポシコってればいいんですぅ。あぁ、あはぁぁっ、そんなことより、チンポをぉっっ！　牝豚マンコに、ご主人様のチンポをお恵みくださぁぁぃいんっ♡」

そう言って、ベッドに仰向けになる加奈の頭上には、かつて慎吾、悟、そして加奈と、三人で撮影した家族写真が、大切にフレームに入れて飾られている。

だが今の加奈は、そんなものになど目もくれず、目の前の少年の肉棒だけを欲していた。

家族との背徳セックスで得られた快楽、そのさらに上を求めるセックスジャンキーに目覚めさせられた加奈にとって、大切なのは、なによりも健也のペニスであり、家族の存在など、もはや過ぎ去った過去でしかない。

「ふふ、もう完全に二人のこと、どうでもよくなっちゃったんだね。ああ、いいよ。そんな加奈に、僕がもっと素敵な快楽をあげる。本当に僕だけの〝ママ対魔忍〟にしてあげる……っ！　僕と加奈との種付けセックス、いくよっっ！」

何年も憧れた待望の牝穴を前にした、興奮に導かれながら、感慨深げに言った健也は、小柄な身体に似つかわしくない、大人の腕ほどもある巨大逸物を、バキバキに勃起させ、加奈の下半身に跨がる。

　そして、いやらしい下着を横にずらし、童貞男が嗅げば、それだけで射精してしまいそうな牝の香り立つ加奈の肉穴へ、思い切り勃起チンポを突き入れる。

　ズップゥゥウウゥゥッッッ！　グチュゥゥウンンンッッ！

「おっっほぉぉぉんんんぉぉんっっっ！　きたわぁあぁぁっっ！　ご主人さまのオチンポしゅごしゅぎるぅううっっっ！　おぉぉっっ、おほぉおおっっっ！　加奈の淫乱熟女マンコ、気持ちよすぎて溶かされりゅっっ！　頭、飛んじゃうっっ！　ご主人さまとのセックス、しゃいこうれしゅぅううううっっ♡」

　ブチュブチュッッ！　ビクビクゥゥウッッ！

　牡と牝が交わり合う、激しい淫らな水音を鳴らしながら、加奈の野太い喘ぎ声が、恥じることなく家中に響き渡る。

「くぅぅっ、加奈のマンコ、いつも以上にすごい締め付けだっっ！　待ちわびてたんだね、僕の本気の種付けセックス……っ⁉」

「はいぃっ、欲しかったですぅううっっっ！　おっふぉぉおおんっっ♡　ご主人さまの牝奴隷になってから、ずっと子宮が疼いてるのほぉぉんっ♡　このビッチ年増対魔忍に、妊娠アクメを味わわせてくださぃ……いぃいいっ♪」

　加奈は熱い吐息を漏らしながら宣言すると、さらにきつく膣を引き締め、肉壁にびっしりと生え揃った粒々で、ギチュギチュゥゥウッッ！　と健也の剛直を搾り取りにかかる。

（おほぉぉんっっ♡　対魔忍を裏切った後のご主人さまセックス、やっぱり最高よぉおっっ♡　後輩たちの絶望アヘ顔思い出しながら、オマンコ、ゾクゾク震えちゃうぅうっ！　気持ちイイっっ！　たった数秒の突き込みで全身が蕩けそう……っ！）

熟女らしいムチムチの女体が、若い牡チンポがもたらす快感刺激に、ブルブルッ！　とエロティックにわななく。

以前は凛々しくも明朗だった人妻の顔が、膣からの官能に蕩け、ハッハッと犬のように舌を垂らす、情けない艶顔に堕ちる。

「ふ～～、んほぉぉっっ！　ご、ご主人様っ。キ、キスをっ！　オマンコだけじゃなく、口でも感じさせてくらひゃぃぃんっ♡」

「ほんとがっつくね、加奈はっ！　そらっ、息子の親友で、キスイキしてねっ！」

猛烈なピストンはそのままに、健也が上半身を加奈の顔に近づけると、加奈は飢えた獣のように、少年の唇に自らの唇を重ね合わせる。

「はっぅっっ、んんんっっ！　んっふぅぅぅ♪　はじゅっ、ちゅじゅるぅうっっ♡　おぉおっ、ほぉぉおんっっ！　ご、ご主人様と私のベロが絡んで……はぁぁぁんっ、気持ちイイっっ！　ちゅぷっっ、んんんっっ♡　キシュイキしましゅぅうううっっ！」

（おぉぉんっ、肉体改造キス、いいわぁぁんっ♡　舌全部がビリビリくるぅうっ！　ご主人様の舌がチンポみたいに感じるぅうっ♡　おっっ、んほぉおっっ！　発情しちゃうっ！　キスイキしながら、オマンコもっと熱くなるのほぉぉおんんんっ♡　けど、けどぉぉっ！）

加奈はベッドの上で、全身を激しくビクつかせながらも、すでに感度1万倍快楽を超える、淫紋セックスに慣れ始めている自分を感じていた。

もっと上があるのではないか……。もっと気持ちよくなりたい。もっと気持ちよくしてほしい……っ！

数ヶ月前は考えもしなかった、飽くなき牝本能の欲求が、引退対魔忍の理性を突き崩し、より背徳的な官能を求める。

「快感に飢えてるね、加奈……っ！　さすが僕の牝奴隷……っ！　ああ、僕ももっと見たいよ、加奈の変態エッチなところっ♪　孕ませたいっ！　対魔忍の膣内に、僕の精子を思い切りぶち込みたいっ！」

加奈の心情を見透かしきったかのように、健也が背徳の体格差セックスのギアを、さらに数段引き上げていく。

チュドチュドッッッ！　ドッチュゥウウンンンッッ！

「くぅぅうっっ、ふぉおおおおおおおんっっっ！　ギィィイダァアアアアッッッ！　ご主人さまの子宮ぶち抜きセックスぅううっっっ！　ほぉぉおん、んほぉおっっ！　おふぉぉおおおおんんっっ♡　子宮とマンコの間で、デカチンポがグポグポいってでりゅぅううっっ！　雁首で子宮擦られるの、すっごい感じるっっ！　感じすぎますぅううっっ！　おおおおおっっっっ！　気が狂うっっ！　すごいすごいっっ！　しゅごしゅぎるぅううっっっ！」

巨大な健也の肉棒が、加奈の熟れきった子宮壁を、ピストンの激しさの力技で強引に押し破っていく。

熟れた大人でありながら、子供に組み伏せられる快感に打ち震える。

ビキビキに硬くなった健也の亀頭が、子宮の奥底を叩くたびに全身に響く、性の喜悦に快感を覚える。

初めてのセックスのときより、さらに肥大化し、もはや凶器と思える巨大さの雁首がもたらす子宮への直接刺激に、加奈の理性が、完全に沸騰しきった欲情へと染まりきる。

ドチュンッッ！　ジュポンッッッ！　チュドチュドジュブォオオオッッ！

「んおホォぉおおっっっ！　ふ〜〜〜、ふぉぉぉおぉおっっ！　ひぎっっ、あひぃいいいっっ！　おっほぉぉおおおおおっっ！」

(くっふぅぅぅんっっ！　ギテるぅぅうっっ！　ご主人さまのぶっといチンポがぁ、子宮の中にズボズボってへぇぇ〜〜〜っっ♡　気持ちイィィッッ！　ギモヂよすぎるわよぉぉおっっ！　種付けセックスっっ！　ご主人さまが私を本気で孕ませにきてる、猛烈ファックぅぅっっ♡　イってるっ、一突きごとに、私イクゥゥウゥウッッ！)

これまでの牝としての躾セックスとは次元が違う、孕ますためのセックスの快感のすさまじさに、艶っぽいランジェリー姿の媚肉が、ビクッッ！　ビックゥゥウウウウッッ！　とベッドが壊れるのではないかと思えるほど、激しく震え上がる。

熟女らしい大きなお尻が、健也の重く強い突き込みに合わせ、グングンっっと上下に悩ましく動き、太い肉棒が淫膣の壁をめくりながら出入りするたびに、ムォッ！　とする牝の発情臭とともに、ビチュビチュッッ！　と派手なラブジュースが、部屋中に飛び散っていく。

「ふふっ、すごい感じ方……っ！　マンコだけじゃない。おっぱいもイジってあげるね、加奈♪」

　健也は激しい突き込みをキープしたまま、加奈の爆乳を上から鷲掴みにし、その柔らかくも弾力のある、母性の象徴を荒々しく揉みしだく。

　グニグニィィッツ、ムニュムニュッッ！　コリコリィッツ！

「あひぃぃんっっ！　気持ちイイです、ご主人様ぁぁっっ！　おぉぉ、おっぱいもイィイッッ！　乳首もスゴイィィイッ！　こほぉぉぉおんっっ！　全身マンコっっ！　ご主人様の触るところ、全部がキモチィヒィイイイッッッ！」

（あ、おぉぅうっっ。本当に身体中が敏感になりすぎてるぅうっ。も、もう準備万端よぉおっ。ザーメンで孕む用意は完璧ぃぃんんっっ！　イキたいっっ！　イキたいのほぉおっっ！　人生最大最高アクメ、変態対魔忍に味わわせて、健也様ぁぁあんんっっ♪）

「んんっっっ！　すごい発情してる、加奈っっ！　ふふ、それじゃ聞くよ？　僕のザーメンで、本気で孕みたい？　僕のママになってくれる？　なりたい？　ねぇ、加奈っっ！　本当のママ対魔忍に堕ちてくれるっっ⁉」

「あ、あ……あはぁぁんんっっ♡」

セックスを続けながらの健也の問いに、加奈は甘ったるい声をひとつ吐き出した。

かつて調教され、徐々に堕とされていったときとは違う。一切の迷いなどない。背筋を震え上がらせる快感パルスとともに、脳に直接浮かび上がるのは、もっと気持ちよくなりたい、という、淫らな対魔忍の真の本能だけだ。

加奈は、健也の言葉を待ち望んでいたかのように、舌を垂らし、瞳を官能で潤ませながら、悦んで答える。

「は、はいぃぃんっっ♡　なるぅうっっ！　なりますっっ！　吉沢加奈は、ご主人さまの子種で孕んで、ママになりますぅうっっ！　んぉおっっ、孕ませてぇぇっっ！　私をもっと堕としてください、ご主人さまっっ！　健也さまぁぁんんっっ♡」

加奈の欲望に満ち満ちた牝声とともに、肉棒をズッポリと奥までくわえ込んだ膣が、さらにギチュギチュゥウッッ！　ときつく締まる。

肉壁に生え揃った数の子が、健也の陰茎を擦りたて、射精を強く促して離さない。

「くぅ、いいよ加奈っっ！　孕ませてあげるっっ！　僕のママにっっ！　孕め、加奈ぁあああっっっ！」

ドチュンッッ！　ドバァアアアアッッッ！

健也の巨大男根が、加奈の子宮、その最奥にズンッ！　と直撃した瞬間、鈴口から若いザーメンが、圧倒的な勢いで、熟女対魔忍の子宮に注ぎ込まれる。

かつてない熱い白濁が、加奈の女の中心をすさまじい勢いで満たし、加奈のすべてを、

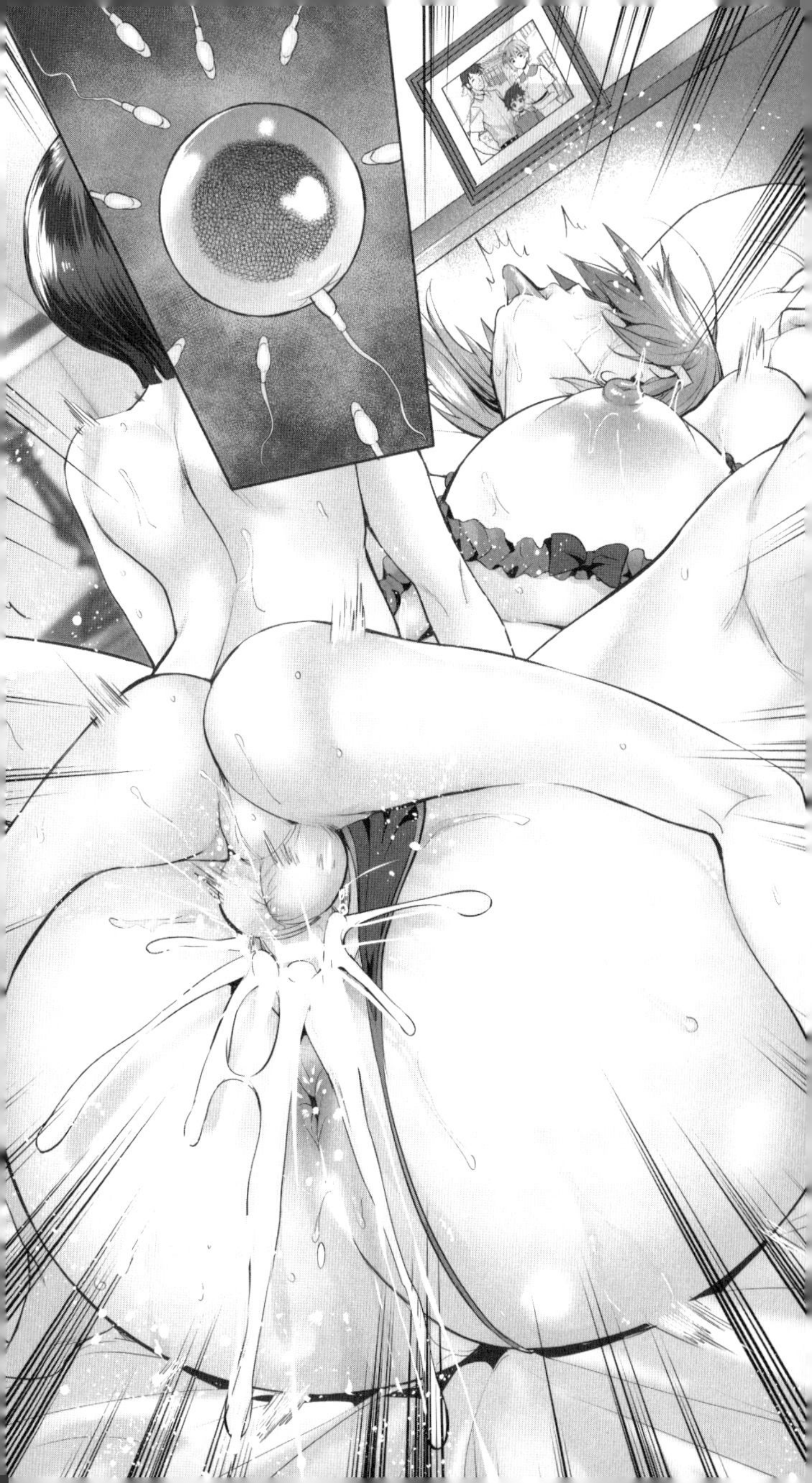

争うことさえできない、圧倒的な快感で染め抜いていく。

「ほっひぃぃぃぃんっっっ！　熱いぃぃぃんんんっっっ♡　んおっほぉぉおぉぉっっ！　入ってきてるぅうっっ！　子宮にたっぷり、ご主人さまの濃厚ザーメン、ドバドバぁぁあってぇえぇえっっ！　これが種付けアクメぇぇっっ♪　イクゥウッッ、イクイクッッッ！　イックウウウウッッッ！」

ビクビクビクゥウウウウッッッ！

淫紋快楽をはるかに上回る、種付けザーメンがもたらす快感に、加奈の背筋が折れんばかりにグンっっ！　と反り返り、写真の中で笑う慎吾と悟に向け、白目を剥ききって淫らに堕ちた人妻対魔忍のアヘ顔を見せつける。

それはまさに、対魔忍として、妻として、母として生きてきた加奈が、自身のプライドも肉体も、そのすべてを目の前の少年に捧げた、完全屈服のイキ顔だった。

「はぁはぁ、わかるよ。加奈オバさんを……ああ、加奈を僕の精子で孕ませたんだ。やっぱり対魔忍は快楽で幸せにならなきゃね。次は夏鈴も幸せにしてあげないと。可愛い僕のママ対魔忍奴隷としてね……」

加奈が、健也のママ対魔忍であると宣言してから、数ヶ月後……。

南半球にある高級リゾート地。その静かなプライベートビーチに、堕ちた対魔忍である加奈、夏鈴、そしてその主人である少年、健也の姿があった。

「あはぁぁん、ご主人さまぁぁぁんっっ♡　気持ちイィィィンッッッ！　おっほぉぉんんっっ！　妊娠ボテ腹セックスぅぅうっ、イィィヒィィィィイイイッッ！」

「はぁはぁ、加奈ばかりズルいですぅぅうっ。ご主人さまぁ、私にもぉぉっ。ドＭ対魔忍の夏鈴にも、オチンポくださいぃぃいっっっんんっっ♡」

「お腹が大きくなっても、加奈の性欲は衰えないね♪　マンコも緩くなるどころか、もっときつくなって……僕好みの締め付けっ。夏鈴は、もうちょっといじめてあげてもいいかなぁ、と思ったけど、せっかく三人きりの旅行なんだし、いいよ。二人同時に犯してあげる……っ！」

ブクンッッッ！　ズブゥウウウッッッ！　チュドチュドッッ！　ジュブゥンンッ！

健也は、すっかり使い慣れた淫魔の力を発現させると、加奈の横で仰向けになっている夏鈴の膣に、健也の肉棒の挿入感覚が、圧倒的現実感をもって現れる。

かつての淫魔を上回る魔力により作り出された分身男根は、健也が加奈にピストン運動を行うのに連動して、夏鈴の膣にも激しい抽送快楽を与え込む。

しかも二人の膣、感じるところに合わせ、微妙に突き込むタイミングや責める場所の変更も行われている高度な淫術が、ビーチに仰向けに寝転ぶ妊娠対魔忍を、快感の花園へと突き上げる。

「ひぃぃぐぅうううっっっんっっ！　おぉぉおっっ、ご主人さまの分身チンポきたぁぁっっっ！　あ、あへぇっっ、すごいぃぃいっっ！」

「んおぉぉっ、おほぉぉおおっっ！　感じすぎよ、夏鈴んっ♡　ああっ、でもそうよねぇっ。大きなお腹で犯されるの、今までで一番気持ちイイわっっ♪　んほぉぉぉんんっっ！」

照りつける南国の太陽と透き通った空、穏やかな波の音をかき消すように、二人の対魔忍の性欲の発露が、ビーチに響く。

加奈と夏鈴が着ているのは、二人の対魔忍スーツのイメージを模した、露出度の極めて高いエロ水着だ。

そしてそれを着ている美しい対魔忍の腹部は、臨月を迎えた妊婦として膨れ上がり、爆乳と呼んで差し支えなかった胸も、さらに一回り大きくなり、全身にムッチリとついた牝の脂肪が、水着姿の妊婦対魔忍をさらに魅惑的に彩っている。

健也の新たな野望は、その規模を徐々に拡大し続け、魔の新興勢力の一員として認められるまでになっていた。

加奈と夏鈴は対魔忍組織から、完全に離反し、健也の側で闇の対魔忍として、その力をふるっている。

今はその息抜きとして、南国でのバカンスを三人で楽しんでいる最中なのだ。

「はぁっっ、はぁぁんっっ！　もうイクッッ！　イキますっっっ！　ご主人さまっっ！　出してっっ！　おほぉぉおっっ！　あなたのママ対魔忍に、出産前祝いザーメン、ぶちまけてくださいぃいいぃいいぃんんっっ！」

「ほぉぉっっ、ぉおおおおおんっっ！　私にもチンポ汁のお恵みをぉぉおっっ！　私だけじゃありませんっ！　お腹の子にもぉぉっ、健也さまのザーメンぶっかけてやってください っっ！　あっっ、あああっっ、あひぃぃいいいっっんんっ！」

「ふふ、そうだね……っ。二人の……僕たちの子供も、産まれたらしっかり教育してあげなくちゃ。いい対魔忍に……とっても素敵な牝豚になれるようにね♪　じゃあ、いくよ加奈、夏鈴っっ！　僕の大切なママ♪　うぉおおおおっっっ！」

ドビュドビュぅううううっっっ！

「おっひぃぃいいいいいっっっ！　ご主人様のチンポザーメン、きたぁあああああっっっ！　おほぉっぅううっっっ！　イクッッ、イクイクッッ！　あああんっっ、健也様のママ対魔忍・加奈、最高の幸せ絶頂キメちゃいますぅううううっっ！」

「んほぉぉおおおおおっっっ！　私もぉぉおおおっっ！　イクゥゥゥンンンッッッ！」

健也の中出しザーメンを受け、その幸福感を主人に知らせるように、母乳を噴き出しながら、淫らなダブルピースを見せつける加奈と夏鈴。

その淫靡すぎるイキ様は、たしかな幸福感に満ちていた。

番外編　井河アサギ　最強対魔忍を待ち受ける淫獄

「まさか、私に任務が下りる事態になるとはね……。けれど元を辿れば、隊長である私の責任。私自身の手でキレイに終わらせてみせるわ……っ！」

そう決意に満ちた声を吐いたのは、五車学園の校長にして、最強の対魔忍である井河アサギだ。

ターゲットは、今や一市中をその手に収め、闇マーケットに確固たる基盤を築きつつある淫魔・田所(たどころ)健也。

そして彼の傍には、健也の淫らな姦計によって身も心も快楽に堕とされてしまった、吉沢加奈と杉田夏鈴という、二人の〈元〉対魔忍が常に付き従っている。

他にも、堕とされた何人もの対魔忍たちが、健也の息のかかった娼館で、悪党たちの見せ物、慰み者にされているのが現状だ。

アサギに下された任務は、健也の排除と、堕ちた対魔忍たちの奪還であった。

「状況から見て、強行突入は無理かしら。武器の持ち込みも不可能。……だからこそ、久しぶりにこのスーツの出番ね」

言ってアサギは、学園の校長室の鏡の前で、普段とは異なる対魔忍スーツに包まれた、自らの熟した魅惑のボディシルエットを見つめる。

いつもの全身を覆うピッチリボディスーツとは違い、今着ているのは、露出度が格段に上がった、今にも女の大事な部分が見えそうな、キレキレのハイレグスーツだ。

獲物として日本刀を使うアサギであったが、今回は無手での潜入となるため、体術、対魔殺忍法に特化したスーツを選んだのだ。

普段は艶やかな黒いロングヘアをストレートにしているアサギは、近接格闘を主とする任務内容に合わせ、紫のリボンでポニーテールにまとめている。

日頃から鍛えている女肉の面積が、大幅に増えたスーツと、大きなリボンとポニーテールが織りなすその立ち姿には、成熟した大人の色気をまとっており、普段の対魔忍スーツに勝るとも劣らない扇状的なものだ。

「加奈さん、そして夏鈴を堕とした元人間の少年の淫魔が相手か……。一筋縄ではいかないでしょうけど。……いいわ。たっぷりとお仕置きしてあげないとね」

健也自身が強力な淫魔であるうえに、加奈と夏鈴は対魔忍の中でも有数の手練だ。

すでに複数の対魔忍が囚われていることから、ミッションの困難さはかなりのレベルに達している。しかし、アサギは偽りなく最強の対魔忍である。

忍術、体術、知力だけでなく、数々の最高難易度任務をこなしてきた実績と、最強の二文字を背負うだけの強い精神力、誇りを常に、その身にまとっている。

対魔忍の隊長としてだけでなく、未来の対魔忍を育てる校長としての威厳と落ち着きも備え、ほどよく年齢を重ねた官能的な肉体から放たれる、圧倒的強者のオーラは、他の追随を許さない。

「——対魔忍アサギ、いくわよ……っ！」

周囲も、そしてアサギ本人も、今回の任務の成功を信じて疑わなかった。

だが、彼女が足を踏み入れた先には、その潜入を待ち構えていたかのような、二重、三重……まさに最強の対魔忍を捕らえ、堕とす、底無し沼のように狡猾で、淫猥な罠が張り巡らされていた。


「……うふふ、お久しぶりですねぇ、アサギ隊長♪」

「アサギさんが潜入したときに戦って以来だから、一ヶ月ぶり？　くらいかしら。はぁぁん、私が引退する前から卑猥なボディだったけれど、年を重ねてもっとエロく……肉体改造されてもぉぉっと、エッチな変態姿になっちゃって♪　あぁっ、最強の対魔忍にふさわしい惨めさとエロさだわぁ」

「く、ふっ……ん、ぉぉほぉぉぉっ。だ、黙りなさ……あふぅんっ！　この程度の責めなんて……っ。待っていなさい、加奈さん、そして夏鈴。私があなたたちを救出してみせ……ひっぐぅぅうつっ！　みせ、るわ。そんな……アソコに息は……っ。あふぉぉぉおおっっ！　おっ、おぉぉおんっ！」

潜入し、そして不覚にも囚われの身となってしまったアサギが、痛みよりも快楽の強くこもった牝の発情声を響かせる。

「ふふっ、息を吹きかけるだけで絶頂を迎える身体。素敵でしょう、アサギさん。ほら、フ～、フ～……っ！」

「ひぃぃぃぃんっっ！　か、加奈さんんっ！　おぉぅっ！　ッくっ！　ひぃぐぅぅうっ！」

身体を動かすだけでなく、息をかけられるだけで、常人ならアへ顔を晒すほどの強い絶頂感が休む間なく襲うほどに改造された自らの状況に、アサギは絶頂の嬌声を唇を噛んで抑え込むことしかできない。

（お、ほぉぉぉ～～っ、相手がまさかここまで巧妙な罠を張っていたなんて……っ。それになんて凶悪な肉体改造の設備を……っ。はぁ、はぁぁ。か、身体が……オマンコが……っ。全身が疼いてぇぇぇっっっ！）

アサギが囚われているのは、かつて淫魔が引退対魔忍を調教するのに用いた秘密のアジト……その規模・設備を数百％も増大させたかのような、巨大調教施設である。

健也が支配する街の中央にそびえる高層ビル一棟すべてが、媚薬、肉体改造、精神改変……ありとあらゆる快楽の魔改造を実験し実行する、淫魔の機関となっている。

その一室。人間界と魔界の最新技術を集めたＳＦ、そしてダークファンタジーチックな不気味な機械が並ぶ場所に、アサギはいた。

一ヶ月前の潜入当初、自慢の無刀の技を繰り出して、健也の部下である数々の亜人や魔族、傭兵を打ち倒し、目の前にいる加奈、そして夏鈴と激闘を繰り広げたセクシーなボディは今や、10畳ほどの部屋の中央で、屈辱極まるガニ股姿勢をとらされており、潜入に失敗したことで、堕ちた対魔忍たちを人質にとられ、迂闊(うかつ)な抵抗が許されない状態だ。

　近接戦闘用の対魔忍スーツは、胸や股間のハイレグこそ無事だが、引き締まった腹部や、ムチムチの媚肉を引き締める太もも、柔らかくスラッとした女性らしい腕を包む部位は、ところどころ淫らに破れている。

　そこから覗く、鍛え上げられながらも、肉感的な美肌には、大粒の汗が浮かび、極々(ごくごく)微細な注射の跡が無数に見て取れ、すでに彼女の身体が忌まわしい感度数千倍に改造されていることを物語っている。

　囚われの一ヶ月の間に、万を超える強制絶頂を迎えさせられていた。

　突き出されたアサギの股間と太もも、そして大きなお尻は、ムワッと牝の匂い立つ、最強の対魔忍の発情愛液が、大きなベトベトの染みを作っており、ネットリとした糸を引きながら、床に垂れ落ちていた。

　赤く充血しきった陰部の花弁からは、肉体改造の結果、24時間３６５日終わることを許されなくされた絶頂の余韻を物語るように、今なお女蜜がブシュブシュっと断続的に飛び散っている。

「はぁ、はぁ……うくぅっ。んんんっっ！」

　感度数千倍の中で、常に発情し、軽く絶頂しているような状態なのだ。

　凛としていた顔は紅潮しており、全身を駆け巡る快楽に耐えるように眉間に皺を寄せている。吐き出す吐息は甘く熱く、部屋中に充満するアサギのフェロモンは、女の加奈や夏鈴をも欲情させるほど濃厚な、発情対魔忍の香りを放ち続けていた。

「ふふ、さすがは最強の対魔忍。普通の対魔忍はおろか、媚薬にどっぷりハマっちゃった加奈たちですら発狂するほどの媚薬量を投与したのに、まだ心が折れていないなんてね♪　苦労して捕らえた甲斐があったよ。んんっっ、それに……チンポの扱いもすごく上手い……っ。ああっ、そこいいよ。アサギオバさんのフェラ、めちゃめちゃ気持ちイイ……っ！」

「だ、だれがオバさんよ……っ。子供のくせに、あまり大人を舐めないこと、ね……。んちゅ、ベロベロっ。じゅぷぅうっっ！　おほぉぉっっ。じゅぷっ、じゅぞぉぉおおおっ！」

大きなお尻に食い込んだハイレグを見せつけるように、ガニ股座りを強制させられているアサギは、目の前に立つ少年——今や高位淫魔にすら並ぶ実力を発揮しつつある健也。

そのグンっとそそり勃つ肉棒を、大きく口を開けて咥え込み、熱い陰茎に舌を絡めながら、顔ごと前後に動かし、淫らなフェラ奉仕を行っている。

(くぅっ、対魔忍総隊長である私がこんな……。一回り以上年の離れた子供のチンポをしゃぶらされているなんて……っ。屈辱だわ……。ぉぉおっ、なのに……っ。くぅうっ、なのに……っ。なんでこんなに気持ちがイィのよぉぉおおっっ!?)

アサギはハイレグがきつく股間に食い込んだ大きなお尻を突き出し、むっちりした両脚を色っぽくガニ股に曲げた姿を強要されたまま、大粒の発情汗を浮かべながら、恥辱と快感の狭間で苦悶する。

数時間前。本命である健也自身が調教に乗り出してくると知って、アサギはいよいよチ

ャンスが巡ってきたと確信していた。

囚われ、呼吸をするだけで絶頂するほど調教されたのは想定外だったが、そこからが最強のくノ一の真骨頂。

一ヶ月もの苛烈な調教を受けながら、身体は快楽に染まっても、心は清廉で気高い対魔忍のままだ。大人を完全に小馬鹿にしきっている少年に対し、圧倒的実力をもって、これまでの罪の清算をさせる。

そう目論んでいたはずなのに――。

「じゅるっっ、ぶぼっっ！　じゅぶっっ！　ぶちゅっっ！　んちゅぶぅうっ！　じゅぼっじゅぼっっ！　ああっ、ふじゅるりゅううっ！　じゅぼれろぉぉぉっ！」

（ぺ、ペニスをしゃぶるのが止められない……っ！　大きさもオーク並みだけど、それよりはるかに気持ちがイイッ！　こ、これが加奈さんや夏鈴を堕とした淫魔のチンポっ⁉︎演技が、続けられない……っ。それどころじゃない……っ。もっと欲しいっ。ふぉぉおんん！　ダメなのに……口が、身体の欲求が抑えられないなんてぇっっ！）

アサギも熟した大人の女性である。性的な経験も十分にあり、たとえ淫魔だろうと、ペニスが大きいだけの子供を手玉にとるなど造作もないと思っていた。

だが、健也のオーク並みの超勃起ペニスの裏筋を、小手調べとばかりに舌でベロリィっと舐めると、たったそれだけで子宮にキュンッ！　と熱い牝の衝撃が突き抜け、ガニ股の太ももがガクガクと淫らに震えるほどの快感を得てしまったのだ。

そこからすでに十数分……。

「ぶちゅっ！　ずぼっ！　おぉぉんっ！　んぶじゅぶっっ！　じゅちゅじゅりゅりゅりゅりゅぅうっ！」

（膨らんだ亀頭をしゃぶるだけで、イク……ッ！　牡臭い先走り汁の味がたまらない……っ。なんでこんな、女を引き寄せるチンポ臭をしてるのよっ⁉　か、顔が……身体が動くっ！　敵のチンポに、思い切りラブラブ変態フェラしちゃうのぉおぉんっ！）

アサギはいつの間にか、健也の幼い身体――その下半身に、発情した汗で蒸れた対魔忍スーツに包まれた上半身をきつく押し付け、自分でも信じられない、無様でエロすぎるひょっとこフェラをしながら、ターゲットである健也の肉棒を、情欲の高ぶるままにしゃぶり続けている。

舌の上を駆け抜ける健也の熱くて硬いチンポ刺激だけで、昇天快楽を何度も何度も迎えさせられていた。

ガニ股に突き出した下半身が、舌と口の快感につられるように、ぐいぐいっ！　と前後に揺れ動き、ハイレグスーツを自らぎっちりと呑み込むほど左右に開花した膣華からは、トロットロに熟した熟女校長ラブジュースが、床に糸を引いて垂れ落ちている。

（く、口だけじゃ物足りない……っ。オナニーしたいっ。オマンコに思い切り指を突っ込んでグチョグチョに掻き回したいわ……っ。くぅ、でもそれは絶対にダメよぉぉ……っ）

健也にしがみつくように伸ばした右手は、もう何度、股間のハイレグの上を指でかすめ撫でたかわからない。

そのたびに意識を保ち直し、敵前でのオナニーだけは耐えてきたアサギだ。

しかしそんな牝の心理を、堕ちた対魔忍たちが見逃すはずもない。

「どうですか、アサギさん？　健也さまのチンポの素晴らしい味は？　って、その蕩けきった牝の顔を見ればわかるわね。ああ、最強の対魔忍と謳われたアサギさんのエロ顔、そそるわぁっ。はぁはぁっ、コッチの穴もぉっ、たっぷり責めてあげるわね……っ！」

ボテ腹対魔忍スーツ姿の加奈が、興奮気味にそう言うと、自身の股間に装着したオークチンポを模した巨大黒塗りディルドーで、ガニ股姿のアサギの膣を真下から、思い切り貫いてきた。

ドチュゥウウウッッッ！　ジュボッ！　ズボッッ！　ドチュンドチュンッッ！

「ほっひぃいいいいいっっっ！　そんな……加奈さんっっ！　ち、チンポっっ！　オマンコぉおっ、太いぃいいんんっっ！　おぉっっ、おほぉおおっっ！　んおぉおおおおおっっ！」

剛直で膣壁に生えた無数の性感帯を激しく擦り上げられた瞬間、口で炸裂していたアサギの快感が、膣の官能と掛け合わされ、数倍に膨れ上がって全身に響き渡る。

（おっほおおぅうっっ！　キ、キクゥウウウッッッ！　牝穴チンポもすごいのほぉおおんっっっ！　あふぉおっ、あ、頭が焼ける……っ！　加奈さんのディルドーチンポ、オマンコが勝手に締め付け……あおぅううっ！　めちゃくちゃ気持ちイイイイッッッ！）

待ちに待った女穴への刺激に、理性がブレーキをかける前に、肉欲を欲した膣圧が急上昇し、加奈のディルドーをギチュゥウウゥッッ！　ときつく熱く食い締める。

「あぁっ、アサギ隊長っ。私の憧れの女性だったのに、なんて浅ましい声を……。私も興奮してきたわっ。改めてご主人さまに付けてもらったフタナリチンポが疼くのほぉぉんっ♡　アサギ隊長っ、もっと無様な声を出させてあげますねっ。ふふふ、なんてデカくてチンポ好きそうなケツっ。年甲斐のないハイレグも……ああんっ、たまんないわぁっっ！」

加奈に続き、夏鈴もまたサディスティックな声を漏らしながら、再び生やされたフタナリ勃起チンポを、アサギの背後から、残ったケツ穴に向けて、容赦なく突き入れる。

チュドォオオォッッ！　メリメリィィイッ！　ズッッッボォォオォッッ！

「ふぎっっ、ふぉおおおっっっ！　ケツまでぇぇぇっ！　ケツ穴広がる……っっ！　んほぉおおおっっ！　夏鈴んんっっ！　ぬ、抜きなさ……あああっっ、二穴ゴリゴリジュボジュボされると……んひっっ、おぉぉおっっ、やめぇぇぇっっっ！」

膣、尻……二つの牝穴を、極太ペニスによって同時に淫略されたアサギは、首をグンッとのけ反らせ、ハイレグ対魔忍スーツをまとった淫らな発情熟女ボディをブルブルッと震わせる。

思わず弱気な声が出てしまいかけるほどの快楽の爆発に、アサギの女体がビクウッッ！　と激しく跳ね踊る。

（イクッッ！　イックゥウウゥッッッ！　おほぉぉおっっ！　二穴チンポ、気持ちいいのほぉおおおっっ！　くふっ、んほぉおおっっ！　犯されるのが……し、幸せすぎるわっ！

これ、ただの調教じゃないっ⁉　り、理性が快感で……快楽の幸福感で蕩けさせられる……っ！　いったいなにが……っ。ああっ、子供淫魔チンポっ、もっとエッチにしゃぶっちゃうぅうっ）

「ジュボジュボッッッ！　んじゅるびゅううっっ！　れろれろぉぉっ！」

ただ感度を数千倍に引き上げられただけの責めではない。それなら今までも耐えてきたし、たとえ何年続けられようが、耐える自信はある。

だが、健也本人による調教が始まってから、明らかに快感による多幸感が一気に増幅させられているのだ。まるで新たな――本当の自分を露わにさせられているかのような感覚が、脳内を支配している。

「くくく、気づいたようだね、さすがアサギオバさん♪　これは僕が対魔忍を堕としていく中で、新しく作った淫紋の効果でね。僕のフェロモンを吸った女の人に、より強い快楽への依存性、多幸感を植え付けるんだ。これは有能だからこそ、上や下からの欲求不満が溜まりまくってるバリキャリBBA（ババア）に特によく効いてね。まさにアサギオバさん専用っていってもいいね。つまり抑えていた牝の欲求を解放し、剥き出しにして、快感こそが幸せだって強くブーストするってこと。ふふ、これに耐えられるかなぁ。隊長も校長もって大変だよね、最強の対魔忍さん？」

健也がそう種明かしすると、アサギのハイレグスーツの腹部……子宮の上あたりにボォっと、禍々しいデザインの緑色の淫紋が浮かび上がる。

「な、なんですっ……てぇぇっっ!?　い、依存……っ。解放……っ!?　そんな淫紋、いつの間に刻んで……っ。くぅ、そんなものに私は負けな……はぁぁっ、あはぁぁんっ！　くっ、おほぉぉおっ！　ば、馬鹿なぁぁっ!?　あ、あぁっ……チンポっっ、あなたの……健也のチンポっっ！　健也のママ対魔忍のおチンポをぉほぉおおんっっ！　ふじゅるぅうっ！　ぶぼっ！　ぶちゅううっ！　ずりゅりゅぅううっ！　ああ、なんでぇっっ!?　れろれろぉんっ！　んふぅうっ、イッグゥウウウッッ！」

怒りの声をあげ、淫紋が放つ依存反応に抵抗しようとするアサギだったが、その声とは裏腹に唇は、さらに淫らなひょっとこ顔を晒す。

ブクンッと巨大に膨れ上がった雁首に、口を思い切り開けて吸い付き、口をすぼめ、雁と陰茎をバキュームのように吸い上げ、時に激しく前後にジュボジュボッ！　とストロークする。

年齢にはややきつめの、可愛さを装うリボンで結ったポニーテールは、唇の前後運動に合わせ、激しく揺れ動き、世の男たちを魅了する切れ長の瞳は、いつの間にかグルっと白目を剥いたエロすぎるアヘ表情へと変わっている。

スラっと伸びる鼻に開いた二つの鼻腔は、口で吸えない酸素を補うべく、大きく無様にヒクヒクとわななき、弱々しくハの字に垂れた眉が、アサギの秘めたる淫靡さをさらに加速させる。

「おっほぉおおぉっっ！　じゅぼじゅぼぉっ！　チンポいいっっ！　くふっ、おいしすぎるぅうっ！　マンコとアナルもイイッッ！　身体が……頭がっ、溶けちゃうぅぅぅっ！」

「実感してると思うけど、オバさんの快感の欲求は、最も気持ちイイチンポに指向されるからね。オークなんか比べものにならない僕のチンポは当然として、僕の淫力が込められた加奈のディルドーと、夏鈴のフタナリチンポへの依存度と多幸感はものすごいよ♪　って、あはっ、もう半分上の空かなぁ？」

勝ち誇ったようにケラケラと笑う健也。その肉棒をしゃぶりながら、アサギの女体が快楽を求め、恥知らずな暴走痴態を晒す。

ドチュドチュッッ！　ジュブンッッ！　グングンンッ！

「おおぅうっ！　んほぉおぅうっっ！　く、くひょぉおっ！　こ、腰が勝手に……っ！淫力の溜まった偽物チンポを欲しがって……っ。と、止まらない……っっ！　知ってる対魔忍の偽チンポ、自分から食い締めにいっちゃってるぅううっっ！」

アサギはガニ股姿勢のまま、淫紋によって改造された牝の幸福感の赴くままに、大きくズンズンっっ！　と腰を上下させ、自ら堕ちた対魔忍による二穴快楽の沼地へと、体と心を沈めていく。

「ああんっっ、アサギさんのマンコ、めちゃくちゃ気持ちイイっっ！　快感神経がクリにつながったオークディルドーから、アサギさんの感じてるのがしっかり伝わってくるわぁっ。うふふ、どうしたの、アサギさん？　最強を名乗るなら、もっと抵抗してみせないとダメじゃない？　先輩をがっかりさせないでよね？」

興奮気味に言った加奈は、仰向けに寝転んだ姿勢のまま、スーツ越しにはっきりと勃起している、すでに子供のペニスサイズにまで改造済みのアサギの両乳首を、指で摘んでグンッ！　と引っ張り、パワー系対魔忍の圧倒的膂力をもって、グリィィッ！　とねじり回し、とどめに人差し指と中指で挟んで、高速でシコシコと扱き抜く。

「加奈さ……きゃほぉぉおおおおっっ！　乳首やめっ！　チンポみたいに改造された乳首までなん……おっ！　ほぉぉおっ！　イクッッ、イクッッ！　イグゥウウウウウッ！」

新たな性感帯の官能噴火に、アサギはグンッ！　と背筋を反らして悶え泣く。痛みによる快楽は、牝のマゾ本能を活性化させ、我知らず膣圧をギュギュッ！　と高め、加奈のディルドーを、デスクワークで欲求不満気味のアサギは、その肉欲そのままの強力さで締め付けてしまう。

「おおうっっ、おほぉおっっ！　セックスいいっ！　ダメなのに、イイのほぉっ！　し、幸せが止まりゃないぃっ！　日頃のストレスがぁ、全部吹っ飛ぶっっ！　イクイクッッ！　対魔忍レイプ、気持ぢイィイイイッッ！」

（わ、私はなんてことを言って……っ。これが淫紋の力だというの……っ!?　私の溜まっていた牝の欲求が、全部引き出されてイクッ！　隊長の誇りが、校長の責務が……。みんな快感の幸せに変えられてしまう……っっ！　おほぉっっ、た、耐えられない……っ。私の〝女〟が、もっと気持ちイイの求めてしまう……っ！）

対魔忍は正義を守る忍びの組織……。

しかしそのトップであることは、日頃からかなりの束縛、我慢を要求される。女として成熟の年齢に達し、今が花の盛りだというのに、アサギは正義のためにそれを押し殺し、最強の対魔忍として、皆の規範になる立ち振る舞いを、自らに課してきた。

今までそれ自体に、不満を感じたことはないし、その生き方で十分だとも思ってきた。それでも幸せだと感じていた。

だが、悪しき魔性の力によって女の欲求を露わにされたとき。アサギの秘める牝の幸せを何千倍にも増長されたとき。彼女の理性は、自身の牝欲を認めざるを得なくさせられてしまっていく。

「ふふ、無理を言うな、加奈。対魔忍が所詮（しょせん）は牝なのは、私たちがよく知っているだろう？　あおぅっ！　さすがアサギ隊長っ、尻の穴もめちゃくちゃ締まって……っ。フタナリチンポもすごい気持ちイイですっ！　気持ちイイからぁ、お返ししないとですねぇっ！」

アサギの背後でニヤリと微笑んだ夏鈴が、両手を広げ、目の前で恥知らずに上下するデカケツに向け、強烈な平手打ちを叩き込む。

バチ、バッチィィィインッッ！

「ひっぎぃいいいっっっ！　か、夏鈴っ、あなた……おぉううっ！　隊長の私に向かって……っ。い、痛いのがケツマンコに響くぅうっっ！　おほぉおおっっ！　た、たまらないわ……っ。悔しい、のにぃっっ……んおおおっっ！　ケツビンタでイックゥウウウッッ！　ほ～～、おぉぉっ、これが私の幸しぇぇぇ～～～!?」

すべての対魔忍から敬愛されるはずのアサギが、堕ちた対魔忍に尻を叩かれることに悦びを感じ、ブッシャァアアッッッ！　と絶頂の潮吹きをぶちまける。

（ほ～～、んほ～～～っ。牝対魔忍同士のレズセックス気持ちいいわよぉぉ～～♡　年下男の子のチンポしゃぶるのメチャクチャ感じすぎるぅうっ！　仕事に追われていたときには考えられない快感と幸せ……っ。私のぉ、我慢が……全部快感で溶かされていっちゃってるぅぅっ！）

　まるで走馬灯のように思い浮かんでは消えていく、組織を束ねる隊長としての凛とした姿、生徒の悩みに応え、上からの雑務をそつなくこなす校長としての姿――。

　一見、完璧に見えるアサギも一人の人間であり、女だ。そこにどうやっても生まれる、わずかばかりのストレスが積もり、覆い隠されていた〝牝〟としての幸せ――。

　それが今、悪しき淫魔の少年のチンポをむしゃぶり尽くすことで解放され、心が、性欲がかつてないほどに満たされていく。

「ふじゅぅううっっ！　じゅぽっっ！　おふぅうぅんっ！　れろれろべろべろぉおっ！じゅるじゅべっ！　んぶぅうっ！　おぉうんっ、べロべロ～～ンッ！　むふぅうんっ♡」

（んぉおおっっ！　チンポうまっっ♡　子供淫魔チンポおいししゅぎるぅうっ！　そうよぉ、私はいつもデスクワークで欲求不満なのにぃ、学園にはあんなにたくましいおチンポ男子たちがいるのにぃいっ、校長だからって、味見も許されないなんてぇ、あんまりよ。私だって、オマンコしたい時もあるわっ。最強の対魔忍だって、いい年した熟れ熟れ女の

子なのぉおっ♡）

　アサギの腹部に刻まれた淫紋が、アサギの欲望の門が開くにつれ、ボゥッボゥッ！　と濃い緑色の光を放ち、より鮮明に現れてくる。

　その進行に合わせ、アサギの騎乗尻ピストンが、ズボズボッジュボジュボッッ！　と激しさを増し、二本のペニスが両穴に出入りするたびに、トロっとした匂い立つ牝汁がビチャビチャと、二穴から飛沫をあげて散っていく。

「はぁっ、あはぁぁんっっ！　加奈さんっ、夏鈴っっ！　け、〝健也さま〟ぁぁっっ！　お、お願いよぉっ。もっと私を気持ちよくさせてっっ！　おほぉっ、総隊長の肩書きを捨てさせて、私にマゾ対魔忍の快感を教え込んでちょうだいっ！　私、もっとイキたいっ！　牝の幸せを味わいたいのぉおおんっっ！」

　命令し、頼られる立場だったアサギが、堕ちた美女対魔忍の二人に、発情上司女の切なげな瞳で見つめながら懇願する。

　全身汗まみれになり、魔を滅するために鍛え抜いたムチムチな下半身を、猛烈な速度で振りたくりながら快楽を欲するように、健也だけでなく、加奈や夏鈴まで欲情し、恍惚な支配感に酔いしれる。

「ふふ、僕の思った通り、最強の対魔忍も自分の内の欲望には勝てなかったみたいだね。いいよ、アサギ。一人の女として、僕のママ対魔忍に堕ちて、対魔忍の幸せを味わい続けるんだ。くぅうっっ、出るっっ！」

「アサギ隊長っ、私もイキますっ！　あなたを堕とせて幸せですっっ！　おほぉおっっっ！　ザーメン出るぅううっっ！」

「素直になってくれてうれしいわ、アサギさん。私が孕ませてあげる♪　チンポ袋にたっぷり詰まったオークのクソ猿精液っっ、あなたが絶対受精するまでぶちまけて、イカせまくってあげるわっ！　おおうぅっ、くぅうっ！　イクッ！　私もイクイクゥウッ！　孕めっ、アサギぃいいいっっ！　おっほおぉおおおおおんんっっ！」

健也、夏鈴、そして加奈の三人が、グンっと腰を前に突き出し、それぞれ喉奥、直腸、そして子宮の奥の奥に向けて、怒涛のザーメンマグマを爆発させる。

ドビュゥウウウッッ！　ドッボォオオオッッ！　ブバァアアアッッッ！

「あおぉおおおおおおっっっ！　んぶぉぉおほぉぉぉおおおんんっっ！」

瞬間、三点同時に炸裂した特濃精液に、アサギの理性がドロドロに呑まれていく。沸騰しきった快感が、悦楽の光となってはじけ飛び、最強の対魔忍を、かつてない快感のビッグバンの中心へと叩き堕とす。

「イィイッグウゥウウウウッッッ！　んおほぉぉおおんんっっっ！　おぶひぉぉへぇぇあああっっ！　んぐっっ、んひぃいいいいっっ！　イクッ、イグッヒグゥウウッッッ！　おっほおぉおおおおおおおおっっ！」

（精液がぁあっっ！　健也さまの淫力がたっぷりこもったザーメンが、三つとも爆発してりゅうううっっ！　喉が焼けるぅっ！　ケツ穴、燃えちゃうぅううっっ！　オマンコっ、

子宮……こりぇぇっ、クソ猿オークの遺伝子ぃぃっ、絶対に受精しまくってりゅのほぉおおおんっっ♡）

ガニ股姿勢のアサギの身体が、射精を受けた瞬間、雷にでも打たれたかのようにビクビクゥウウッッ！　と震え上がり、股間からブッシャァアアッッ！　とかつてない量のラブシャワーが、もくもくと湯気を上げながら、放射される。

完全に白目を剥いたアヘ顔を晒しながら、まるで餌を頬張ったハムスターのように、口の中いっぱいの健也のザーメンを、鼻の穴からも垂れ流しながら、絶頂敗北に昇り続けるアサギ。

加奈が放ったオーク精液の、膣から溢れんばかりの圧倒的量と勢いに、確かな牝の受精を感じながら、改造勃起チンポ乳首をさらに硬く熱くさせる。

無様なガニ股太ももを、電極でも繋がれているかのように、ビクンビクンっ！　と弾けさせ、ビンタによって猿のように真っ赤になった巨尻に迸る、夏鈴からのケツ穴射精快楽に、法悦する。

「んぐっっ、おぐんんっっ！　じゅぶりゅぅうんんっ！　じゅるべろぉおんっ♡　おひっ、あひっ……っ。ザーメンんん、健也しゃまのおチンポザーメン、おいひいれしゅ……きもひいぃいっっ。アサギぃい、今、しゅごいしあわへなのほぉおおっ。んほぉおっっ、ザーメン飲みながら、イックゥウウウッッ！」

離乳食を与えられた赤ん坊の食事のように、唇の端からドロドロの白濁液をこぼしなが

ら、かつて凛とした美声を作っていた、ほっそりとした喉をゴキュゴキュと淫靡に鳴らして、絶頂の余韻——さらなるマゾ絶頂のループに感じ入るアサギ。

ジョロォッツ、ジョロロォッツ！　ドバシャアアアッッッ！

「あ、あへぇぇぇぇっつ！　おひっこぉぉぉんっつ！　おひっこ漏れてりゅぅぅんっぅ♡イックゥウッッ！　あへ、こんらのぉ、今まで絶対に許しゃれなかったわ……あぁぁんっ、気持ちイィイッッ！　最強の対魔忍の無様敗北おしっこ絶頂ぉぉんっつ！　しゃいこうひょぉぉおっっ！　イックゥウウウウウウッッ！」

とてつもない絶頂によって、全身に力が入らない中、屈辱のガニ股状態のまま、アサギは幸せそうな牝のアクメ顔を浮かべて、大きく大量の放尿アーチを描かせる。

紫のハイレグ対魔忍スーツを、真っ白なザーメンでベトベトにしたその姿は、それだけでたまらないほど淫らなオブジェとして、絶頂痙攣を続けている。

「これでアサギもママ対魔忍の一員だね。さぁ、加奈、夏鈴。これからが仕上げだ」

そう言って健也は、すでにボテ腹状態の加奈と夏鈴のお腹を優しく撫でる。

それに呼応するように、アサギのお腹に刻まれた淫紋が、カァァアッッ！　とさらなる妖しい輝きを放つのだった。

それから一週間後——。

パンパァンッッ！　パンパンッッ！　ジュズチュンッ！　ドチュンンッッ！

「おぉぉんっっ！　おひっっ！　イイッ、チンポ感じるぅぅぅんっ！　健也さまのアナルファックっ、アサギだいしゅきぃぃっ♡　突いてぇっ、欲求不満のＢＢＡ対魔忍のケツ穴、ドデカ淫魔チンポで完全征服してぇぇぇんっ♡」

「それがアサギオバさんの本性だね。対魔忍のトップがオバさんの幸せの場所じゃない。牝豚っ、牝奴隷っっ！　それがアサギオバさんの幸せなんだっ！　そらそらっ、もっと感じなよっ！　ケツ穴でイケッ！　アサギぃぃぃっっ！」

「はいっっ、はいぃぃいいんっ！　イクッッ！　またイクッッ！　牝豚対魔忍アサギっ！気持ちよすぎてアナルアクメ、何度でもキメちゃううぅぅっっっ！」

　ドビュリュリュゥウウッッ！　ドッパァアアッッ！　ドブゥウウッ！

　先日と同じ調教部屋で、犬のような後背位ポーズのまま、アサギは肛門と直腸を濁流(だくりゅう)のように駆け上ってくる健也のザーメン奔流に、背筋をグンっと思い切り反らしながら、囚われてからもう何度目、何万度目の牝豚アクメへと飛翔する。

　ビクビクビクゥゥウッッ！

「おっほぉぉぉんんっっ！　あちゅぃぃぃいっっ！　健也しゃまの媚薬ザーメンに内臓焼かれてイグゥウウウッッ！　ほひっっ！　んっほっぉぉおんっ！　ギモヂヒィィイイイッッッ！　健也しゃましゃいこうっっっ！　もう頭真っ白ぉぉぉんっっ！」

「ふふ、いい映像(え)が撮れてますよ、アサギ隊長♪　『最強の対魔忍のボテ腹ケツ穴アクメ』、ライブ中継は今日も大盛況です。ああ、なんという無様で羨ましいアへ顔なのかしらぁ」

言って、アサギを侮蔑と羨望、そしてなにより股間を淫らに濡らした恍惚の視線で見つめるのは、カメラをコントロールしながら、健也とアサギの獣ファックを撮影している夏鈴だ。

アサギがバックの姿勢で両手を前方に突いているのは、大型カメラのレンズであり、闇サイトには、間近で絶頂痙攣し続ける、対魔忍総隊長の姿がリアルタイムで配信され続けている。

「あ、あへぇ～～～♡　夏鈴、こんな姿、撮らないれへぇ～～。私今しゅごい顔してりゅ……。ショタ淫魔のチンポでけちゅ穴絶頂、にんひん対魔忍には、たまりゃないろぉぉ～～～♡」

凛々しかった瞳は、堕ちてから、より一層激しさを増す健也とのセックスで、完全に白目を剥いており、舌は力なく垂れ、股間からは大量の白濁と牝蜜が、ジュブジュブと泡立ちながら、床に垂れ落ちている。

服装は、一週間前と同じ、近接戦闘用のハイレグ対魔忍スーツ。

しかし胸元は破れ、デスクワーク中心であっても決して垂れていない、張りと艶のある美爆乳がブルンッ！　と露わになっており、アサギの絶頂痙攣にシンクロして、ブルブルっ！　と上下左右にエロティックに揺れ動いている。

加奈のディルドーによって受精させられたお腹は、オークの生命力と健也の淫力が相まって、わずか一週間にして、加奈や夏鈴のお腹と遜色のない臨月に達している。

淫靡に丸く膨れたお腹のラインに沿うように、ハイレグスーツがピンっと伸びきっており、スーツがよれて細くなった股間周辺は、隠すものがなくなった——囚われの期間中、伸び放題の濃い熟女マン毛がチラ見えし、アサギの美ボディを妖艶に彩り、貶めている。

「うふっ、なに言ってるの、アサギさん♪　そんなこと言ってぇっ、本当は撮られて、みんなのズリネタになるとこ想像して、めちゃくちゃ感じてるのよねぇ？　このドM校長……っ！」

まだわずかに羞恥心の言葉を紡ぐアサギに、さらなる加虐心をそそられた加奈が、近くの装置のボタンをピッと押すと、二つの自動搾乳ボトルが現れ、妊婦腹状態のアサギの黒ずんだ妊娠乳首にピタッとはめられる。

ヴヴヴゥウウッッ！　ジュポジュポッッ！　ドビュゥウウウウウッッ！

「のっほぉおおおっっっ！　でりゅっっ！　母乳ぅうんっっ！　加奈さんに孕まされたオーク赤ちゃん用のミルクっっ！　んほぉおおっっ！　勃起チンポ乳首からビューピュー、射乳してりゅのほぉおおっっ！　んおおおっっ！　撮ってっ！　搾乳アクメさせられてるアサギをしっかり撮るのよ、夏鈴んんっ！　見てぇっ、マス掻きなさい、ゲスどもぉおんっ！　最強の対魔忍の無様敗北射乳ぜっちょぉおおんんんっっ♡　イッグゥゥゥウウウウウッッッ！」

アサギの妊娠を、動画視聴者に視覚化する恥辱の射乳アクメに、あらゆる悪に畏怖されたアサギの美貌が、さらに快楽に蕩けていく。

「んぉおっっ！　ブイッッ！　アサギの完堕ちVしゃいぃぃいんっっ♡　おぉぉんっ、妊娠アクメすごく気持ちイィィろぉぉ……♡　ひぃぃぎっ、これがママ対魔忍の幸せ……っ。しゅてきぃ、健也しゃまの牝チンポママ、アサギは、今ぁ、人生最高の夢心地でしゅぅぅんんっ。ああんっ、ちゅぷっ！　じゅるぶぅっ！　ブチュゥウンン♡」

アサギは、対魔忍の矜持を完全に捨て去った法悦の表情のまま、背後の健也の唇に、地震の大人の唇を押し付け、舌を絡め、荒く甘い牝の鼻息を吹きかける。

「んんっ、アサギのアクメキス、舌に絡みついて、下品ですっごく気持ちいいよ。ふふ、そろそろ陣痛がきてるよね？　今日はこのまま『オーク出産ライブ』にいっちゃおうか？」

健也がそうアサギのボテ腹を背後から撫でると、淫紋が刻まれたお腹の中でオークの子供がググっ！　と動き、アサギの膣穴からねっとりとした愛蜜とともに、温かい羊水がブシャアアッッッ！　とお漏らしのように噴出する。

「んひぃっ！　はいっ、陣痛きてますぅぅんっ。おっ、おほぉぉっ！　オーク赤ちゃん、対魔忍子宮からオマンコ通ってでてきそうなのほぉっ！　んおぉおっ！　ほ、本当のママになるっ！　私、まだ結婚もしてないのに、ママアクメキメちゃうぅうっっ！」

アサギは、自ら背筋を立てたガニ股の姿勢をとり、丸く膨れ上がったお腹と、陰毛丸出しの完全欲情マンコ、そして屈服Wピースサインをカメラの前に晒す。

頬を赤くし、娼婦のように淫靡な笑みを浮かべ、トレードマークでもあった紫の対魔忍スーツが、ボテ腹によってピチピチになっている様は、難攻不落だったアサギの陥落を、はっきりと淫らに知らしめる。

ビクビクッッ！　ブシュゥウウッッ！　ガクガクゥゥッッ！

「んおっほぉぉっっ！　くふぅっ！　出るっ！　産まれるわっっ！　子宮から……マンコを通って……っ！　くひぃぃいっっ！　オーク赤ちゃん出てきちゃうぅうっ！　イグッ！イグゥウウッッ！　オークチンポよりぶっといオーク赤ちゃんに、ママの牝マンコ、産まれる前から犯されてりゅぅううっっ！」

人間の赤ん坊よりはるかに大きく育っているオークの出産に、痛みではなく快感に悶え泣くアサギ。

感度数千倍の膣内は、まるで排便凌辱を味わわされているかのような、背徳的な官能の爆発に満ちており、イキんでオークが膣口にジュズッ、ジュズズゥウッ！　とゆっくり降りてくるたびに、足腰が立たなくなるほどの至極快感に襲われる。

「すごいエロさだよ、アサギ。対魔忍の頂点といっても、牝になる幸せからは耐えられなかったようだね。ふふふ」

最強の対魔忍と恐れられたアサギが、歯を食いしばりながら、白目を剥いたアクメ面を露呈する。

その姿に、加奈と夏鈴が微笑み、健也もまた勝利を確信し、アサギの無様出産絶頂を見届けようと、まとっていた強い淫力が、わずかに弱まった。その瞬間――。

「――ようやく隙を見せたわね、坊や。くらえ、〝無影絶手刀〟っっ！」

それまでカメラに向け、Wピースをしていたアサギの右手が、カッと対魔粒子の光を帯びたかと思うと、それが一気に膨れ上がり、アサギの手に一撃のもとに魔を断つ手刀が完成する。

（くっ、ギリギリだったけど、間に合ったわね。私は井河アサギよっ。絶対に快楽になんか屈しない。ここですべてを終わらせるわっっ！）

アサギは淫紋の依存快楽を受けてなお、そのダイヤモンドより強靭な理性をもって、今まで逆転のチャンスを狙っていたのだ。

忍者刀だけでなく、無手をも極めたアサギに切れぬものはない。その右手の一刀が、快楽の呪縛を断ち切り、正義の勝利を告げようとした。

「あっ、く……か、身体が勝手に……ぃぃっ⁉　な、なぜ……っ⁉　どうしてぇぇっっ⁉」

しかし、アサギの手刀が繰り出されることはなかった。

乾坤一擲の一撃を放とうとしたはずの右手……だけでなく両手は、信じられないことに、アサギの理性を離れて左右に開き、愛液でグチュグチュの淫部できついVの字を描くハイレグラインをなぞるように、爆乳と股間の間で激しい上下運動をし始めたのだ。

「な、なによこの動きはぁあぁっっ⁉　くふぅっ、止まらない……っ！　んほっ！　おおうっ！　こんなわけのわからないポーズ。恥ずかしすぎる、のに……ぃっ！　んおぉおっ、か、身体が昂るっ⁉　無様なのが気持ちよく……おおんっ！　見るな、ああっ、映すなぁぁっっ！」

　年も考えずにきついハイレグスーツでドヤっていた自分を、とことん馬鹿にするような動きに、アサギは羞恥で顔を真っ赤にしながら、健也やカメラの向こうのゲス牡たちを、キッと睨みつける。

　しかし身体だけでなく、心までも淫らに改造されたアサギは、この死にたくなるような恥ずかしいポーズが、他人に見られていることに、たまらなく背徳的なマゾ快感を覚えてしまう。

「んほっ！　おふっっ！　はぁぁんっ！　くひょぉぉっ！　ぉおおっ！　ひっぐぅうっ！」

　かわいらしいリボンとポニーテールを揺らしながら、恥ずかしさと快感がごちゃ混ぜになった、そそる美貌を浮かべ、アサギの両手とムチムチボディが上下に踊る。

「ぷっ、ふふふ。いい様(ざま)ですね、アサギ隊長。さっきの、一瞬だけですけど格好よかったですよ♪」

「健也さまも人が悪いですね。視聴者の方々もドッキリしたんじゃないですか？　まぁ、一番驚いているのは、アサギさんでしょうけど。〝無影絶手刀〟！　あははっ、最高の映像(え)でしたよ、アサギさん」

「笑っちゃかわいそうだよ、二人とも。ふふふ、けど予想以上にハマってくれたよね、アサギオバさん♪」

そう背後で言う健也の声音が、すべてが仕組まれていたことだと、女として終わってい
る姿勢をとらされているアサギに突きつけてくる。
「お……おの、れぇぇっ。どこまで大人を馬鹿にすれば……っ。んひっっ！　おほぉおぅ
うっっ！　だ、ダメっっ！　この動き、オークに刺激が……っ！　おふっ、んぎひぃいっ！
で、出る……っっ！　産まれるぅううっっ！」
ガニ股スタイルのまま、下半身を上下させ、それを加速させるように、両手でVの字の
切れ込み運動をさせられることが、アサギの脳に、耐えようもない出産アクメのイメージ
を刻みつける。
技を繰り出すために、無理やり止めていた膣の動きが活発化され、アサギは排便を我慢
する以上の困難と、快楽に向き合わされ、悶え苦しむ。
「んほぉぉおううっっ！　私がオークの子供を出産なんてぇぇっ。でも耐える……っ。こ
んな快楽、絶対に耐えてみせるわっ！　私は対魔忍の誇りを死んでも忘れないっ！　世を
乱す悪は、必ず倒、すぅぅううっっ！」
「ふふ、いい心掛けだね、アサギ♪　でも僕の淫紋の効果は、多幸感を増幅させるだけじ
ゃないんだ。……よく聞いてね。『オバさんは、孕んだオークを産むたびに、オバさんの
正義の人格も一緒に排出されるんだ。』つまり、残るのは快楽だけを欲する変態年増対魔
忍の人格だけが残るってこと。そのエロエロボディと一緒にね」
「な……なん、ですって……っ⁉」

ケラケラと、さも軽いことのように無邪気に笑う健也がもたらした衝撃の発言に、アサギの理性が完全に凍りつく。

「私の人格が……排出される？　残るのは、性欲だけの牝豚人格……!?　そ、そんな……そんな嘘よっ！　いや……いやぁぁああああああっっっ！」

それまでアヘ顔の中にあってなお、強気な姿勢を最後まで崩さなかったアサギの表情が、心の底からの恐怖と絶望に染まる。

顔面の血の気がサァッ！　と引き、最強の対魔忍がかつて誰にも見せたことのない、失意に満ちた顔が、カメラいっぱいに映し出され、全世界に配信される。

「あははははっっ、そうそれそれっ！　その顔が見たかったから、今まで騙されたフリをしてあげてたんだよ♪　ほらほらぁ、最強なんでしょ、アサギオバさん？　だったら耐えないとぉ？　オーク産んじゃったら、頭がビッチになった自分しか残らないよ？　一生、オークの出産機械ママになっちゃうよ？　僕をやっつけようっていうんなら、気持ちイイの我慢してみせなよ、淫乱BBAっっ！」

ズボズボッッッ！　ズチュズッチュゥウウッッ！

「んおほぉおおおっっ！　突くなぁぁっっ！　ケツマンコ、デカマラでピストンするなぁあっっ！　おほぉおおおっっ！　なんでもうこんなに硬くなってるのよぉおおっっ！　気持ちイイっっ！　子供淫魔チンポいいっっ！　くぉおほぉおっ！　ケツくるっ！　イクッッ！　あああああっっ！　オークも産まれるぅううっっ！」

アサギの心のヒビに、さらに巨大で熱い杭が、尻穴から打ち付けられる。

ついさっき射精したばかりだというのに、もうフル勃起している健也の肉棒の巨大さ、突き込みの巧さを、腸内快感神経に快楽が炸裂し続けるたびに、今改めて、絶望的な快感とともに再認識させられる。

感度数千倍となったアサギの身体が、とても耐えられるはずもない圧倒的な牝の快感。

すでにオークの子供の頭は、ミチミチと左右に広がりきった膣口から、ほんのわずか覗いている。ガニ股を強要された両脚はブルブルブルブルッ！　と小刻みに震えっぱなしになっており、マゾ性癖によって、もはや自分の意思で股間と両腕を上下させ、絶望への快感を欲してしまう。

（それでも耐えるのぉぉおっっ！　絶対人格排出なんてさせない……っっ！　私は井河アサギ……っっ！　対魔忍総隊長っ。五車学園校長っっっ！　最強の対魔忍……っっ！　私の心は……んほぉぉおおおおおおっっ！　イグッッ！　イグゥウウウウウウウッッッ！）

ドゴォッォオオッッッ！　ブッシャァアアアッッッ！

「うふふ、残念だけど、アサギさん。あなたが早く堕ちてくれないと、私たちの妊娠オマンコに、健也さまのおチンポがもらえないのよ。だ・か・らぁ、さっさと産みなさいっ、牝豚ママのアサギさん♡」

オーク出産を必死に耐えるボテ腹対魔忍に、引退対魔忍である加奈から、とどめの一撃が加えられる。

　ボテ腹対魔忍スーツ姿の加奈が、ニコリと優しい笑みを浮かべながら、アサギのお腹に強烈なボディブローを直撃させたのだ。

　パワー系対魔忍の拳の一撃に、アサギは元対魔忍に責められるというインモラルな快感に全身を甘く蕩けさせ、大量の牝潮と羊水を、濃い毛に覆われた熟女マンコから吹き出しながら、無意識にさらなる快感を身体中で求めてしまう。

「私からも、プレゼントです。これから完全なる牝に堕ちるアサギ隊長への、素敵なね♪」

「ふごおぉぉおっっ！　ふぎぃぃいんんっっ！」

　言った夏鈴は、全身を走る快感衝撃に打ち震えるアサギの顔、その整った鼻腔に、取り出した鼻輪ピアスを、まるで家畜の牛のように無慈悲に取り付ける。

　完全勃起し、搾乳オナホを装着された乳首と相まって、対魔忍のトップが、淫らで無様なホルスタイン熟女へと堕落させられる。

「うっはっ、加奈も夏鈴もひど……っ。くぅっ、でもケツがすごい締まってるよっ。アサギオバさんもひどいマゾだね。ふっ、ぅうっ！　すごいきつくて、壁がうねうねして……チンポ気持ちよすぎるっ！　出すよ、アサギっ！　ははっ、ケツアクメしながら、最強の対魔忍辞めちゃいなよっっ！」

　ドビュブゥウッッッ！　ドッパァアッッッッ！

　尻穴で健也のザーメン射精が炸裂する。

重い痛みは、一瞬にして強い快楽に変換され、肛門絶頂とひとつになって、アサギの理性の防壁を破壊し、ギリギリのところで保たれていた牝欲の枷が、完全に解き放たれる。

「おっ、ごぉぉほぉぉおおおっっっ！　イッグゥウウウッッッ！　オークの赤ちゃん、出るっっっ！　産まれるっっ！　イヤなのにっっ！　イグのとまりゃないぃぃいいんんっっっ！」

ブリュブリュブリュゥウウウウッッッ！　ビクビクゥウウッッッ！

アサギの両手の動きが、股間を頂点とし、ボッキ乳首を底辺とする逆三角形のラインを、鋭角なV字ライン、そして屈服Wピースをビシッとキメたと同時、

「おほぉぉおおおおおおっっっ！　でぇぇっ、てぇぇっっっ、りゅふぉおおおおおおっっっ！　オークっっ、オークの赤ちゃんほぉおおっっっ！　ブリブリでてるのぉっ！　クソデカ熟女ウンチみたいにマンコから出りゅっっ！　これが出産んんっっ！　気持ちイイイッッッッ！　女の幸せ、めちゃくちゃギマっちゃってりゅのほぉおおおんんっっ♡」

牝ホルモンを最高潮に刺激する出産という行為に、感度数千倍の快楽が混ざり合い、アサギの屈強な理性を、一匹の底辺牝豚へと沈めていく。

しかも健也の淫力が加えられたオークザーメンの妊娠は、オーク一体だけの出産では済まさない。

ドリュリュゥウウッッ！　ブチョブチョッッ！　ドビュゥウウッッ！

「あっひぃいいぃぃいっ！　出てりゅうぅっ！　どんどん産まれるぅふぅううんっ！　わ、

わたし本当に家畜になってるっっ！　何体もオーク産んで、イギまくってましゅっぅぅうんっ♡」

（こりぇえっ！　マンコをオーク赤ちゃんで無理やり刺激されるマンコいいっっ！　あ、あぁぁぁっ。私の心が……消え、るぅぅっ。どんどん本気で下品になってるっっ！　いや、いやよっ！　いやなのにぃぃいいいっっ！）

「んおほぉぉひぃいいいんんっっ！　見てぇぇっ！　カメラの前の皆様、最強の対魔忍アサギのオーク出産アクメショーで、思いっきりマス掻いてぇぇぇんっっ♡　おほぉぉぉっ、ミルク噴射アクメもサービスしちゃうぅぅんっっ！　欲求不満のＢＢＡ対魔忍の、牝幸せ絶頂ぉぉっっ！　一生保存して、シコリまくってちょうだぃぃぃいいんんっっ♡♡」

　ガニ股で完全固定されたアサギの黒ずんだピンク膣穴から、オークが一体、また一体と排出されるたびに、アサギの対魔忍としての高潔なプライドをもった人格が、底の破れたジュース入り紙パックを無理やり押しつぶして、中身を噴き出すかのように、消されていく。

「や、やめろぉぉっっ！　これ以上はやめてえっっっ！　き、消えるっ！　私が消えるっっ！　おほぉぉぉっっ！　私の身体が、牝の心がクズどものオモチャにされるぅぅっ！　こ、殺してぇっっ！　加奈さん、夏鈴っっ！　もういっそ私を殺してぇぇっっ！」

　完全敗北より、なお屈辱的な、もうどうあっても覆せない決定的敗北を悟り、アサギは最強の対魔忍というプライドだけは守るために、元対魔忍の美女二人に懇願する。

「それはダメですよ、アサギさん。対魔忍は牝ママであることが、真の幸せ……」

「健也さまに最後まで逆らった……自分の幸せを認めようとしないアサギ隊長が招いたことです」

「大丈夫だよ、アサギオバさん。余計な人格がなくなって、これからは幸せだけを……オークの精子を孕み、産み続けるママ対魔忍の快感を100％、死ぬまで味わい続けることができるから。さぁ、最後の一体だ♪」

「そ……そんな……っ。おおぉっ、出るっっ！　んほぉおおおおっっ！　産まれるっっ！　オーク、クソオークの赤ちゃんんんっっ！」

アサギは、仲間から告げられた最後通告に絶望しながら、かつてない出産快楽に、その気高い理性を粉砕され、敗北絶頂へ昇り詰めるのを、自らの牝欲で加速させてしまう。そして――。

ジュバッッ、ドブゥウウウッッ！

「のぉおっほぉおおおおおおっっっ！　イッグゥウウウッッッ！　しゃいごの一体ぃいいっっ！　チンポ乳首ミルクも出るっっ！　ケツ穴ザーメンも噴くっっっ！　アサギ、イクゥウウウウウウッッッ！」

膣穴を全開に広げ、オークの赤ん坊を出産しながら、アサギが完膚なきまでの白目アへ顔を、全世界中に見せつける。

最強のママ対魔忍の誕生を自ら祝うかのように、乳首からブシュウウッッ！　と猛烈に

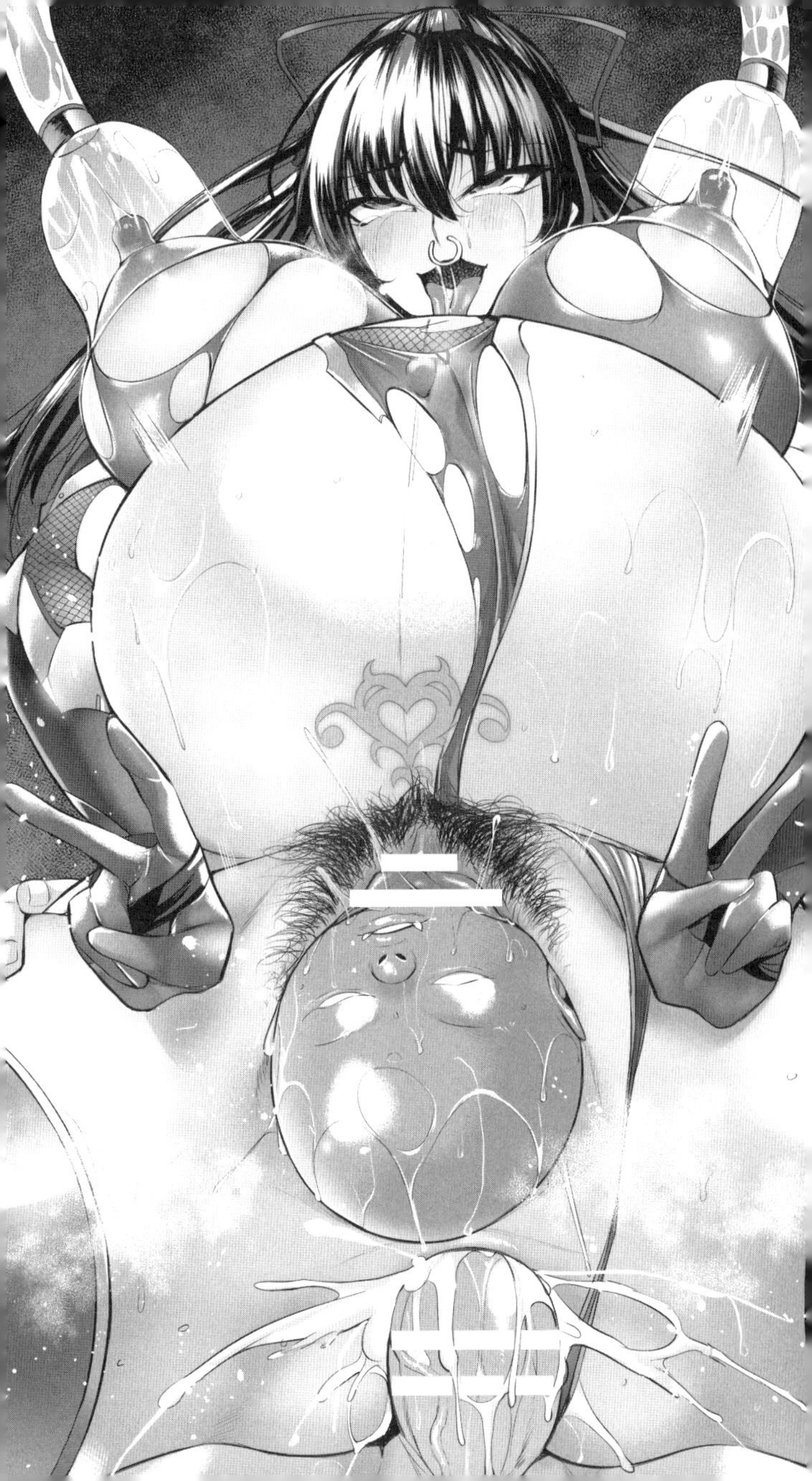

濃い母乳射精が行われ、尻穴からは健也のザーメンを恥知らずにぶちまける。

「あ、あへ……おほっっ……んお、ほぉぉぉ……っっ」

数分後、ようやく出産絶頂の余韻から降りてきたアサギは、ハイレグガニ股V字Wピースポーズをキメたまま、かつてない恍惚のアクメ顔を晒し、対魔忍スーツと白濁に包まれた淫乱ボディをビクビクと震わせている。

「ふふふ、ご苦労様、アサギオバさん」

健也の優しげな、それでいて確実に見下している声音に、アサギはうっとりした表情で応える。

「はいぃぃぃ。ありがとうございます、健也さま♡　井河アサギは、これから貴方さまの忠実な牝ママ対魔忍として、尽くさせていただきますぅっ。おっほぉぉぉんっ♡」

高潔な人格を残らず排出され、自身に残る——これまで抑えつけていたマゾ牝本能の赴くまま、健也に、そしてカメラに淫乱極まる表情を浮かべるアサギ。

「あぁ、アサギさん。素敵よ……。わたしももうすぐ健也さまの子供を……っ」

そんな元最強の対魔忍の姿に、加奈、そして夏鈴は、自身の膨れたお腹をさすりながら、股間をジュクジュクの愛蜜で濡らすのだった。

あとがき

はじめまして、お久しぶりです、新居佑（あらいゆう）です。

この度は、「ママは対魔忍・ノベライズ」をお読みいただき、誠にありがとうございます！

今や一大コンテンツとなった「対魔忍」シリーズは、ちょうど自分が官能小説家デビューした時期に、記念すべき第一作が発売され、速攻でプレイし、全シリーズをプレイするほど、どハマりした作品でした。

その濃厚かつドエロい演出、テキスト、そして魅力的でかっこいいキャラクターや世界観は、官能小説家としてどのような表現を歩んでいくべきか悩んでいた自分に、多大な影響を与えてくれ、15年以上、官能小説家を続けてこれた、まさにバイブルといっても過言ではないものでした。

そんな素晴らしいシリーズの作品を、ノベライズという形で、皆さまにお届けでき、対魔忍シリーズの一員に加わることができたことに、圧倒的な幸せを感じています。

さらに今回は〝最強のあのキャラ〟も出演させていただき、エロ対魔忍を貫き通させていただきました。

最後にＫＴＣ様、Ｂｌａｃｋ　Ｌ·ｉｌ·ｉｔｈ様、そして読者の皆様、ありがとうございます……っ！

ママは対魔忍
乱れ堕ちる熟くノー

2021年5月1日　初版発行

【原作】
Black Lilith

【著者】
新居佑

【発行人】
岡田英健

【編集】
村山祐太

【装丁】
マイクロハウス

【印刷所】
図書印刷株式会社

【発行】
株式会社キルタイムコミュニケーション
〒104-0041　東京都中央区新富1-3-7ヨドコウビル
編集部　TEL03-3551-6147／FAX03-3551-6146
販売部　TEL03-3555-3431／FAX03-3551-1208

禁無断転載 ISBN978-4-7992-1481-7　C0293

本書は『二次元ドリームマガジン』vol.109～113に掲載し、
書き下ろしを加えて書籍化したものです。
乱丁、落丁本はお取り替えいたします。

KTC

本作品のご意見、ご感想をお待ちしております

本作品のご意見、ご感想、読んでみたいお話、シチュエーションなどどしどしお書きください！
読者の皆様の声を参考にさせていただきたいと思います。手紙・ハガキの場合は裏面に
作品タイトルを明記の上、お寄せください。

◎アンケートフォーム◎ **https://ktcom.jp/goiken/**

◎手紙・ハガキの宛先◎
〒104-0041 東京都中央区新富1-3-7 ヨドコウビル
(株)キルタイムコミュニケーション　二次元ドリームノベルズ感想係